文春文庫

剣樹抄　インヘルノの章

冲方　丁

文藝春秋

剣樹抄　インヘルノの章　目次

イラスト　わいっしゅ

初出「オール讀物」

東叡大王　二〇二二年六月号
八王子千人同心　二〇二二年九・一〇月合併号
かまりの隠れ里　二〇二三年一月号
大谷のマルチル　二〇二三年六月号
公方館のコンヒサン　二〇二三年九・一〇月合併号
インヘルノ　二〇二三年一一月号

本書は文庫オリジナルです

剣樹抄

インヘルノの章

剣樹抄地図
新吉原
浅草寺
水戸
中屋敷
伝通院
上野
水戸
上屋敷
吉祥寺跡
本妙寺
湯島
浅草川
神田明神
小石川門
元吉祥寺橋
牛込門
神田駿河台
相生橋
筋違橋門
浅草見附
(御門)
清水門
雉子橋門
神田紺屋町
一ツ橋門
回向院
小伝馬町牢屋敷
本丸
深川
紀伊上屋敷
麹町
江戸城
西の丸
金王八幡宮
渋谷村
紀伊中屋敷
数寄屋橋
石川播磨守屋敷
増上寺
行人坂
大鳥大明神
大円寺
大聖院
目黒不動
目黒川
品川
東海寺

東叡大王

一

凍った池の上を滑る風が、道具小屋を囲う幔幕《まんまく》をはためかせている。幕の紋は並九曜《なみくよう》、すなわち会津《あいづ》藩保科《ほしな》家の家紋である。九つの円を正方形に配したもので、九曜星を意味し、かつ不動明王や弥勒《みろく》といった九つの仏身を表すらしい。

了助《りようすけ》は、一段と寒さが増した風を避けるため、別の道具小屋で義仙《ぎせん》とともに坐禅を組みながら、板の隙間から幔幕を見つめていた。

幔幕は、間々田本陣《ままだほんじん》に宿をとる小原五郎右衛門《おばらごろうえもん》の指示によるものだ。間々田八幡宮の敷地に二つの池があり、それぞれの畔に、境内や街道を整備するための道具を入れておく小屋が建てられている。その一つを、宮司の許可を得て、即席の牢にし、投降した極楽組《ごくらくぐみ》の首魁《しゆかい》・極大師《きわみだいし》を拘留しているのである。

宿場町を避けたのは、賊が再び火をつける可能性が高かったからだ。また見通しのよい場所に幔幕と兵を立てれば、賊が迫るのをいち早く見て取ることができる。

そのように厳重な警戒をとるのが了助には不思議だった。てっきりすぐにも極大師を江戸《えど》に送るものと思っていたのだ。

傷を負った柳生《やぎゅう》の二人は、とっくに江戸へと発っている。義仙が兄宗冬《むねふゆ》に宛てた手紙を持って帰ることが、彼らの新しい務めだった。手紙には、老中阿部豊後守《あべぶんごのかみ》から命じられない限り、極楽組の追跡をやめる気はないと断っていた。老中の名を出したのは時間稼ぎだという。柳生家としては老中の面目を潰す真似はできない。だがいずれ伊豆守《いずのかみ》が、突破口を作ってしまうに違いないというのが義仙の考えだった。小原たちが間々田にとどまったままなのも、極大師の身柄を巡り、幕閣内でせめぎ合いが生じているせいだろう、と義仙は言った。

「首魁は降ったが、配下の三人が逃散したままでは旅を終えるわけにはいかない」

了助は義仙のその言葉に、ひそかに喜びを覚えた。日光《にっこう》街道の真ん中まで来て、もう江戸に帰ると言われることが怖かった。ここで足を止めたくない、この先へおのが身を運びたい、という強い衝動をはっきり感じていた。

それがどのような心根からくるのか自分でも上手く説明できないが、少なくとも、和《わ》田右京亮《だうきょうのすけ》の回復と出立を見届けられたのは嬉しいことだった。

右京亮は、了助が必死に船を漕《こ》いで助けてくれたことに繰り返し礼を述べ、

「仇のことを忘れようと無理をすることはない。けれども仇を憎む心に囚われるなんて、この世で一番不幸なことだ」

そう言い聞かせてくれた。

「ありがとうございます、右京亮様」

その純粋な忠告に、了助も素直に礼を返すことができた。旅の前だったら、あるいは叶慶《うんけい》と出会って木剣を譲ってもらうまでは、なんで憎い心を我慢しなければならないんだ、と返していたかもしれない。

忘れられないのは、右京亮を見送り、

「お優しい方でしたね」

という了助の言葉へ、義仙がこう返したことだ。

「相当の地獄を見たのだろうな」

「地獄……」

確かに右京亮は、父は祖父の手で地獄へ引きずり落とされたと言っていた。そういう一族の憂き目を、さんざん見たのだろう。ただ了助が不思議に思うのは、

「地獄を見て、優しくなれる人と、そうでない人がいるのは、なぜですか？」

という点だった。

「壁にでも訊《き》いてみるとよい」

義仙は言った。これは彼が好む禅のやり方で、流派の違いでもあるという。

壁に向かうのは曹洞宗、人と向き合うのが臨済宗。東海寺《とうかいじ》や柳生の里は臨済宗がもっ

ぱらだが、義仙は一人で壁に向かうほうが悟れるたちだそうな。

了助としては、義仙と並んで禅を行うことで、いろいろ悟れる気にさせてもらえるのだが、それでは修行不足になることもわかっていた。義仙に寄り添わねば禅を行えなくなってしまう。それで自分なりに問いを立てたのだが、そのとき訊いて回ったのは壁ではなく死者たちだった。

極大師が仕掛けた釣天井《つりてんじょう》で殺された百十二人もの男たちだ。彼らが何者か極大師に喋《しゃべ》らせ、小原と宿場役人が協力して、一体ずつ検分したのである。

そのあと近隣の寺に屍《しかばね》を運んで葬ったのだが、数が多すぎるので、間々田の行泉寺《ぎょうせんじ》と浄光院《じょうこういん》の両方の墓地に半分ずつ受け入れてもらうことになった。

了助が、これほど累々《るいるい》たる死者を見るのは久しぶりである。まるで大火の後のようで、結局それが極大師の望むところと思わされる光景だった。とにかく大勢を死なせて世を騒がせることが目的で、一人一人のことなどなんとも思っていないのではないか。

小原の家臣たちが猛烈に働いて埋葬し、了助も義仙とともに手伝いながら、ぐしゃぐしゃになった屍に、心の中で訊いた。

――あなたも地獄を見たんですか？　なぜ優しくなれなかったんですか？

そうするうち、屍のひどい有様そのものが、答えのように思われてきた。寺で見られるどんな地獄絵図よりも雄弁に、心の地獄がその身に現れたさまを物語っていた。

そうして了助は今も、板の隙間から見える幔幕と、その内側にいる極大師へ、同じように問い続けた。あなたも地獄を見たのか、だから火つけや人殺しをするのか。そう心の中で問うていると、しばしば手が冷え、揉み合わせたり、持ち込んだ火鉢にかざしたりせねばならなかった。

極楽組に殺された人々の顔が浮かび、身に力みが生じて、血の巡りが鈍るのだ。それでも禅の呼吸に努め、心の中で悪党の首魁に問い続けたのは、ひるがえって旅を望む自分の心根に通じる予感があるからだった。最初は義仙に引っ立てられるようにして始まったこの旅が、おのれの一生になくてはならないものとなった、という実感さえあった。

それは拾人衆《じゅうにんしゅう》として働き、将来の暮らしに期待するというのとは異なるものだ。歓喜《かんぎ》院《いん》の極楽の景色を終生忘れることはないだろうし、もしまた、ひどい人生が待っていたとしても、この道中の記憶をよみがえらせるだけで、耐えていけそうな気がした。

だからこの旅を続けたかった。もっと多くの問いと答えを、心に蓄えたかった。それが不十分のまま、江戸に戻ってはいけないと、お鳩《はと》や拾人衆の仲間たちの顔が浮かぶたび、思うのだった。

そのように、了助がおのれの心を探っていると、ふいに足音が近づいてきた。

交代の藩士ではない。幔幕へ向かわず、こちらの小屋の前に相手が来た。

戸や板の隙間から、股引《ももひき》に厚手の草鞋《わらじ》といったものが見えた。旅装の男性である。

「もしもし。列堂《れつどう》義仙殿、了助さん、この中におりますか？」

知った声であることに了助は目を丸くし、義仙を振り返った。壁を向く義仙が、肩越しにうなずくのを見て、立ち上がった。

脚を軽く伸ばし、木剣を帯に差して背の後ろに回すと、びゅうびゅう吹きつける風を押しやるようにして戸を開いた。

「ああ、よかった、よかった」

嬉しそうに笑う、龍造寺伯庵《りゅうぞうじはくあん》である。狭い小屋の中に遠慮なく入り、義仙に一礼すると、そこらにあった桶を逆さにして勝手に座り、言った。

「ちゃんとこの地に留まってくれていたんですね。そちらが列堂殿ですか？」

「いかにも。そちらは？」

「会津公、肥《ひ》後守《ごのかみ》様にお世話になっている龍造寺伯庵と申します」

「龍造寺……」

戸を閉めた了助が、元の位置に逆向きに座り、二人の顔を見比べた。義仙のほうが、その名に覚えがあるという様子だ。

「幕府に嫡流の承認を願《ねご》うているとか」

「ええ。お願いし続けて幾星霜《いくせいそう》、嫡流とするには母の身分が低すぎると一族の者たちまで言い出す始末ですが、龍造寺を名乗る分にはお構いなしです」

伯庵が諧謔《かいぎゃく》めいて言った。了助が伯庵の個人的な事情を聞くのはこれが初めてである。あまりにしつこい伯庵の嘆願に幕府が困り果て、身柄を保科正之《まさゆき》に任せたことも了助は知らなかった。義仙も、さほど関心を示さず、別のことを尋ねた。

「私たちに用がおありか?」

「はい。まずは、極楽組の首魁を見事に追捕したこと、感服いたしました」

「兵に囲まれた賊が降っただけのこと」

「お二人が追跡してのけたからこそですよ。で、極楽組の配下の顔を見たとか」

「鶴《つる》、錦《にしき》、甲斐《かい》の三人であれば、私も了助も、顔を合わせている」

「素晴らしい」

ぱん、と伯庵が拍手した。嬉々とした様子である。事情がわからず義仙も了助も顔を見合わせるばかりだ。

「お二人には証人になって頂きたく、ぜひ日光山までご同行願えませんか?」

了助は俄然、目を輝かせた。旅が続く上、街道の終点である日光山へ行けるのだ。

「いかなる事情がおありか?」

義仙が尋ねたとき、外でいくつも足音が聞こえた。一人や二人ではない。一団が足並み揃えてやって来るのだ。

「お話しする前に到着してしまいました」

伯庵が、ひょいと立って小屋を出た。義仙がその後を追うので、了助もそうした。見ると街道のほうから白袴《しろばかま》の一団が、三つもの駕籠《かご》を囲み、幔幕へ向かっていく。ほとんどが旅装の僧だった。供の者たちも、とにかくきらびやかな衣裳をまとっている。帯や小物で派手に飾るのではなく、装束の全てが豪奢で雅な造りなのだ。駕籠も、漆塗りの立派なしろもので、それを担ぐ男たちもそこらの駕籠かきとは画然と異なる、立派な出で立ちである。

小原が幔幕から現れ、低頭して一行を出迎えると、全員が中へ入った。

「一緒に話を聞きましょう。隅のほうで大人しくしていれば追い払われませんよ」

伯庵が言うので、三人で幔幕へ向かった。見張りの藩士が、義仙と了助の顔を見て、無言で中へ入れてくれた。

厳重に見張られた小屋の前で駕籠が地面に置かれた。全員、立ったままである。縄をかけられた極大師が、藩士に引き立てられて小屋から現れ、駕籠の前で両膝をつかされた。極大師の表情は意外なほど明るく、まるで再会を喜ぶ者のようだ。

先頭の駕籠の戸が開き、ほっそりした手が見えた。お伴《とも》の僧が慌てて屈《かが》み、

「宮様、いけませぬ――」

「よい。麿《まろ》の履物を置け」

「や、しかし――」

「早《はよ》うせぬか」

僧が諦めたように履物を置くと、駕籠から若々しい僧が出てきた。齢は二十の半ばくらいであろう。袈裟《けさ》も着物も立派の一言で、端麗な面持ちに、ほんのりと化粧を施している。姿は優美だが、目つきは険しく、ひざまずく極大師を憎々しげに睥睨《へいげい》した。

残り二つの駕籠でも戸が開き、雅な装束の僧が顔を覗かせたが、出てくる気はなさそうだ。どちらも罪人の穢《けが》れを恐れるように首をすくめ、扇で半ば顔を隠している。

極大師が、若い僧を見上げて言った。

「お久しゅうござりまする、宮様。最後に尊顔を拝したのはいつでござったか。この勢《せ》多木之丞《たもくのじょう》を覚えておられますか？」

若い僧が、唾《つば》を吐きかけるような烈《はげ》しい調子で返した。

「かつて見た顔とまるで違う。どうしたらそのように変えられるというのじゃ」

「私が木之丞であることをお疑いなら、私と宮様しか知らぬことを口にしましょう」

「無用じゃ。顔を変えたとて、忌《い》まわしい魔物の気は変わらん。何の真似じゃ？　父上の次は、将軍を苦しめるとでも？」

「世のために働いているのでございます」

「ぬけぬけとよう言うわ。貴様は江戸へ送られ、逃げも隠れもできぬぞ」

「望むところでございます」

極大師が恭《うやうや》しく頭《こうべ》を垂れてみせるのを、その僧はまったく無視した。

「小原とやら。よろしく頼むぞ」

「ははっ。お任せ下さいませ」

小原も、平伏せんばかりにして応じた。

若い僧がきびすを返すや、だしぬけに、極大師が朗々と声を上げた。

「大王《おおきみ》になりたくはありませんか？」

たちまち若い僧が屹然《きつぜん》と振り返った。

「魔物め！　その舌を引き抜いてやれれば、どれほど清々するか！」

「閻魔に会《お》うたとき、宮様がそう仰《おっしゃ》っておられていたとお伝えいたします」

「宮様、もうよいでしょう」

お伴の僧たちが極大師の前に壁を作り、若い僧をとどめた。若い僧も、それ以上は極大師に構わず、伯庵へ声をかけた。

「伯庵、その二人か？」

「はい。大事な証人です」

義仙が頭を下げ、了助も倣《なら》った。

「ありがたや。このような冬空の下、日光山まで付いてきてくれるのじゃな？」

「はい」

義仙が短く応え、了助は思わず、ぱっと目を開いて笑顔を浮かべてしまった。

若い僧が、了助に声をかけた。

「そちは、この者の弟子か？」

「あ……、はい」

反射的にそう答えていた。お供ではあるが、弟子入りした事実はない。だが弟子と言われて何の不自然も感じなかった。むしろ義仙を師と思う自分を、初めて自覚したといっていい。

「澄んだ気じゃ。弟子を見れば師の力量がわかる。良い修行をさせておるな」

義仙が無言でまた頭を下げた。

了助もそうした。二人いっぺんに誉められたのだとわかって嬉しかった。

「では、頼んだぞ」

僧が伯庵に言って、駕籠に戻った。すぐ三つとも担がれ、幔幕から出て本殿のほうへ移動していった。

極大師も、引っ立てられて小屋に戻り、小原が藩士たちに命じて幔幕をたたませ、江戸に戻る準備に取りかかった。

「宮様たちは本殿で一晩休まれてから出発するご予定です。ひとまず暖を取りませんか？　あの小屋、修行には良いかもしれませんが、私には凍えて仕方ありません」

「了助、火鉢を」

　義仙に言われて了助は小屋に行き、火鉢を腕に抱いて戻った。それから三人で間々田の宿へ向かいながら、了助が訊いた。

「宮様と呼ばれていたお人は、どこかのご住職なんですか？」

「三山の管領となられた方だ」

　義仙が言って、ちらりと伯庵を見た。どこまで口にしていいかわからないから、そちらに説明を任せるというのだ。

　伯庵がうなずき、にこやかに告げた。

「後水尾院《ごみずのおいん》の第六皇子にして、東叡山《とうえいざん》・日光山・比叡山《ひえいざん》の三山の長、今宮《いまみや》法親王様こと、輪王寺《りんのうじ》宮様です」

二

「輪王寺宮様が行啓《ぎょうけい》ですと……？」

　光國《みつくに》は、あんぐり口を開けた。

　父の頼房《よりふさ》がうなずいた。不機嫌な顔つきである。原因は伊豆守こと信綱《のぶつな》だった。いや、そもそもは光國のしくじりゆえだ。

極大師捕縛の報を受け、老中と御三家および保科正之の間で評定があった結果、改めて、拾人衆のお目付役である光國に、入牢《じゆろう》の監督を任せると決まったのである。

その際、信綱が頼房に近づき、耳打ちするように、こう告げたのだという。

「極大師は妄言を弄して御曹司《おんぞうし》を惑わすはず。妄言が世に出ることあらば、御曹司様の不行跡《ふぎようせき》も知られましょう」

不行跡とは、光國が若い頃に働いた狼藉《ろうぜき》のことだ。信綱配下の大目付である中根《なかね》が、家臣に命じて大名旗本の子息の行状を事細かに調べていることは公然の秘密だった。普段なら光國や頼房にとって屁でもないが、伊豆守はすでに了助の存在をつかんでいる。

父も、光國と了助の間に因縁《いんねん》があることを、うすうす感づいていた。

市中での刃傷《にんじよう》沙汰など、父とて若い頃の狼藉は有名だ。しかしそれは、奴《やつこ》同士の対等な喧嘩であり、無腰の無宿人《むしゆくにん》を取り囲んで斬り殺すのとはわけが違う。しかも殺した者の子に支援の手を差し伸べるなど、悪事を悔いていると認めるようなものだ。

「いかな因縁か知らぬが、貴様の世子の座が危うくなることはなかろう。だが家名については、覚悟がいる」

もし水戸《みと》徳川家の評判が失墜すれば、将軍の覚えも悪くなり、老中とのせめぎ合いで窮地に陥ることもありうる。もし万一、紀伊《きい》藩のように謀叛《むほん》が疑われたとき、そもそも家の評判が良いか悪いかで結論は天と地ほども異なるだろう。

そのような急所を伊豆守に握られているのだから面白いわけがない。今は我慢しているが、本音では光國をぶん殴りたくて仕方ないに違いなかった。

それで光國も、狭い茶室で可能な限り相手の間合いを外す位置に坐している。了助に打たれるならまだしも、若い頃は自分以上の狼藉者だった父に殴られるいわれなどないと思っていた。

「輪王寺宮は、極楽組の件で、わざわざ日光山行啓の時期を早めたのですか？」

「そうらしい。保科公が輪王寺宮と話し、伯庵という客士を随行させたそうだ」

あの、いけ好かないが、恐ろしいほど頭の回る男の顔が、ぱっと浮かんだ。

「あの士を遣わすとは、釣天井で死んだという者たちの検分でしょうか？」

「日光山で働きが要るらしい。極楽組を追う柳生と拾人衆の一人を証人としたいそうだ。何か問題はあるか？」

頼房がじろりと光國を睨んだ。どんな問題が生じうるかわかったものではないぞ、と目が言っている。光國は、念のため父の手が届かぬ間合いで、従順を装って頭を下げつつ言った。

「保科公の頼みを拒む理由はありません。こちらも仔細を知ることができます。それにしても、まことに極大師が、保科公や輪王寺宮まで動かしたのですか？」

頼房は話を逸《そ》らすなと言いたげだが、しいて追及せずうなずいた。

「輪王寺宮は極大師の話を聞くや否や、ただちに出立を決心されたそうだ」

「いったい極大師とは何者ですか？」

「伊豆守がいうには、大猷院《たいゆういん》（家光《いえみつ》）様の代より前から、将軍家が捨て子を拾い、諜者《ちようじや》として育てることが、ままあったと」

「つまりもとは、大猷院様の諜者と？」

「大権現様《だいごんげん》だ」

光國は目をみはった。幕府開祖たる徳川家康《とくがわいえやす》の諜者。確かに、戦国の覇者に仕えた者であれば、泰平の世に暮らす自分たちなどいくらでも翻弄してのけそうだった。

「中でも木之丞は、稀代の諜者と目され、伊豆守は大猷院様の命でその身柄を預かったものの、計り知れぬ、と言うておった」

「思い通り動かせぬ大権現様の諜者となれば、伊豆守はその尻ぬぐいをさせられていただけという理屈になりますが……。そもそも諜者として、どのような働きを？」

「関ヶ原、大坂、島原、正雪《しようせつ》」

度肝を抜かれる答えだった。徳川の命運を決した関ヶ原の合戦から、豊臣方を滅した大坂の陣、幕府を動揺させた島原の乱に、由井《ゆい》正雪の乱である。

「その全てで⁉」

「徳川の危機となる件には必ず関わっておるらしい。虚実定かならぬ、綸旨《りんじ》の一件においても、な」

「綸旨……？」

　不穏な言葉に光國は思わず声を落とした。綸旨とは蔵人頭《くろうどのとう》の管理のもと発行される、天皇の命令である。言うまでもなく、天皇自筆の宸翰《しんかん》につぐ重要文書だ。

　頼房もささやくような声になり、

「幕府討伐の綸旨だ」

　と言って、光國を戦慄させた。

「ま、まさか……そのようなものが？」

「噂だ……が、あるとき御所に関わる者たちに、多数の人死にが出たのは事実だ」

「まさか綸旨は、後光明《ごこうみよう》天皇の……？」

　光國は恐る恐る尋ねた。

　後水尾上皇の第四皇子であり、女帝たる明正《めいしよう》天皇が譲位してのちの天皇が、数年前に突然崩御した、後光明天皇である。

　朝儀の権威再興をはかる一方、文武両道を極めんと欲して儒学と剣術に打ち込むなど、希有な天皇として知られている。

　当時の京都所司代が、後光明天皇に剣を学ぶことをやめるよう諫言し、聞き入れてもらえねば切腹するとまで言ったが、

「武士の切腹は見たことがないな。よし。壇を築くので、そこで切腹してみせよ」

後光明天皇のとんでもない返答に、幕府もそれ以上強く言えなかったという。

このように苛烈な性分の後光明天皇が憎むものが二つあった。仏教と幕府である。天皇家の権威を貶める幕府への怒りを隠さぬ上、仏教を無用とみなし、あるとき三種の神器が収められた唐櫃《からびつ》に仏具が紛れているのを見て、庭に棄てさせたという。

寺社と幕府、両方へ火種をまき散らすような振る舞いをする天皇が、あるとき急死したのである。毒殺されたと噂になったが、実際は痘瘡《とうそう》に罹《かか》り、回復の兆しなく崩御してしまったらしい。

今の輪王寺宮はその後光明天皇の弟だった。何か因縁があるのかと光國は邪推したが、頼房はかぶりを振った。

「後光明天皇がそのような綸旨を発すれば、わしの耳にも入る。もし綸旨が事実ならば……後水尾院が発したものであろうよ」

いずれにせよ光國としては複雑である。妻の泰姫《たいひめ》は皇族であるし、当然ながら夫婦ともに朝廷の人々と親交が深い。後水尾上皇の詩文を拝読したこともある。

「一度だけ、御三家の間で真偽が問われたが、うやむやに終わった。大猷院様が朝幕の関係を慮《おもんぱか》って無言を通されたゆえだ」

「やはり、ただの噂に過ぎぬかも……」

そうであってほしいという願いがこもった言葉に、頼房も深く首肯し、言った。

「確かなのは、この勢多木之丞が働くところ、恐るべき数の人死にが出る、ということだ。ゆえに扱いにはくれぐれも注意を……と、伊豆守が言うておった。覚悟して身柄を預かれ。よいな」

三

小原たちが極大師を連行して出発した翌日の早朝、了助は足取りも軽く間々田をあとにした。

義仙と伯庵とともに、輪王寺宮の一行を追ってのことである。当然ながら輪王寺宮の駕籠のそばについて歩くことは許されないため、つかず離れずの距離で、美麗な駕籠を前方に眺めながら、了助は改めて新鮮な驚きを味わっていた。

光國や泰姫よりも位が上の貴人。頭ではそういう人たちがいることはわかるが、実在して動き回り、しかも一言とはいえ自分に声をかけたことが信じられなかった。

しかもその驚きは、心の中の別の何かと関係していた。それが何か、もやもやしてわからないまま光國の顔が思い出され、しかもそれが苦痛ではないことにも驚いた。それよりも右京亮と一緒に川船の底に這いつくばっていたとき、鶴に浴びせられた哄笑《こうしょう》の記憶のほうが今は辛かった。

とはいえ歩みを乱されることなく、一日で小山《おやま》、新田《しんでん》、小金井《こがねい》、石橋《いしばし》と進み、日暮れ前には悠々と雀宮《すずめのみや》の一里塚を通過していた。江戸から二十五里目だ。さらに進んで宇都《うつの》宮《みや》城下で、投宿となった。

八里(約三十二㎞)ほどを一日で進んだ計算だが、輪王寺宮一行も了助たちも、むしろ余裕をもった行程といえた。

輪王寺宮たちは宇都宮藩主が世話をする定宿に泊まり、了助は義仙と伯庵とともに宿場町で宿を得た。三人同室である。

足を拭い、入浴と食事を終え、茶を頼んで喫しながら義仙がおもむろに尋ねた。

「そろそろ聞かせてもらおう。日光山で何があった?」

すると、伯庵は勿体《もったい》ぶることなく告げた。

「輪王寺の金が盗まれたそうなんです」

了助は、極楽組が火をつけた上で強盗を働いたのかと思い、ひやりとなったが、伯庵は大したことではないという調子で手を振って続けた。

「下手人は捕まり、極楽組にそそのかされた、と自白したそうです。放火や刃傷沙汰があったとは聞いていません。行って調べねばわかりませんけどね。本当に極楽組の働きかも不明です」

「なぜ輪王寺宮様が直々に？」

「極大師の話を聞いた宮様が、執当《しっとう》を遣わすのでなく、ご自身で行くと言い出されたんです。極大師の顔を確かめるためでしょう。縁があるようでしたから。どんな縁か訊かないで下さい。私も知らないし、知りたくないんです」

「なぜそちらが同行を？　下手人の自白が信用ならないというのか？」

「さあ、どうなんでしょう。私は肥後守様に命じられているだけでして」

「どれほど盗まれた？」

「一千両だそうです」

あっさりと伯庵が言った。

義仙が口をつぐんで考え込む一方、了助は思考が停止してしまった。想像すら不可能な金額である。そんなに金があったら床が抜けてしまうのではないかと思った。

「何をお考えか、当てて御覧に入れましょうか。そもそもなぜ、それほど多額の金が、輪王寺にあったのか？　また、なぜ賊は金が輪王寺にあると知ったのか？」

義仙がうなずいた。

「詮索無用、と肥後守様から厳しく言われていましてね。かえって興味をそそられますが、君子危うきに近寄らずです」

「さもなくば？」

「知らぬほうがいいことを知ったがため、全員閉じ込められて、二度と山を下りられないなんてことになるかもしれません」

了助はその脅しを真に受けた。憧れの地が牢獄となると言われて不安になったが、

「金の由来はさておき、本当に極楽組の手に渡ったならば追うための重要な手掛かりとなる」

義仙はそう口にしただけだった。拘束されると考えてはいないようだ。

これに了助は大いに安心させられた。極楽組を引き続き追うという点も、旅の続行を意味するのだから幸いだと思えた。

「ええ、ええ。金がいかにして盗まれたかが大事で、そのほかのことは無関心という顔をしていて下さいね」

伯庵がしつこく言ったが、義仙は元より関心を持っていないという様子である。

話はそれきりで、めいめい明日の準備をし、義仙も伯庵も速やかに就寝した。雑魚寝《ざこね》である。了助もなるべく何も考えずに寝床について目を閉じ、眠りに落ちた。

翌朝、暁闇《ぎょうあん》の中で目が覚めて最初に思ったのは、まだ旅のさなかであり、今日一日歩き通すということだ。そのことに深い安心を覚え、なぜだろう、と寝床の中で考えた。

江戸に帰りたくないわけでも、このまま消え去りたいわけでもない。本当に義仙の弟子になれればと思うが、拾人衆としてのお務めがあっては、ずっと一緒というわけにもい

かないだろう。何より義仙に拒まれるのが怖くて訊けない気持ちもあった。

そんな思いが、身に羽虫がとまるようにまとわりつき、心の手でそっと払うということを繰り返した。そのうち義仙が目覚めて身を起こし、伯庵もむくりと起きた。

三人とも言葉少なに旅の用意にかかり、食事を終え、輪王寺宮一行が街道に現れるのを待って追いかけた。

その日も、了助は禅の呼吸に努めながら歩行三昧を味わった。惑う心を鎮めるため歩き、休憩の際にも棒振りをした。

それだけで心が晴れるのを感じるうち、はたと、強い確信がわいた。自分はずっとこうしていたし、これからもそうし続ける。そういう心の去来、一切却来《きゃくらい》のあり方を、初めて体験したのである。

野犬を払うための棒振りが、今は地獄を払い、雑念という虫を払う行いとなった。芥《ごみ》を拾っては築地《つきじ》に捨てる仕事が、悪を追っては自分なりの問答を賽《さい》の河原の石のように積んでいくことに通じていた。

異なる行いに見えて、実は全て同じなのではないか、と思ったとたん、過去と今と将来が一本の道として、ぴたっと辻褄が合う感じがした。それまで味わったことがないほど深い溜息が腹の底から出て、こんがらがって絡み合った紐が、ぱらりと解けたような爽快感がわいた。

その了助を、ちらりと義仙が見た。なんとなく目が合った。義仙が小さくうなずいてくれたことで、自分が何かを達成したという実感がわいた。

それを何と呼ぶべきかわからないまま、光國が道のどこかにいると思った。おとう、養父の三吉《さんきち》、火傷面《やけどづら》の鶴、極楽組や悪党たちも、数珠のように自分につながり、自分も何かにつながっている。おとうや三吉が自分に愛情を注いでくれた事実も、右京亮が言ってくれた、この世で一番の不幸を生む怨みの念も、同じつながりの内なのだ。

そう悟ったところで、現実は何も変わらない。ただ、そのとらえ方が自分の中で変わったことは明らかだった。何より、光國や極楽組のことを改めて考えるまで、彼らの存在すら、すっかり意識から消えていた。

代わりに、街道で初めて見るもの全てに親しさを覚えた。生まれてからこの方、これほどの安心感に満たされたことはなかった。歩けば歩くほどこの世が愛しくなり、疲労などまったく感じなかった。

そうして宇都宮から徳次郎《とくじら》、大沢《おおさわ》、今市《いまいち》と進み、いよいよ鉢石《はついし》に至ると、伯庵が道の先を指し示し、言った。

「あちらに見える本陣に、少々、立ち寄らせて下さい。調べることがあります」

高野《こうや》本陣である。日光山の本坊納戸役《ほんぼうなんどやく》が出仕しているという。納戸役とは、高貴な人の衣服や調度品、献上品や金銀の管理をする役人で、確かに今回の件で話を聞くべき相手といえた。

本陣の向こうには大谷川と日光橋があり、その先に日光山がそびえている。輪王寺宮一行がまっすぐ橋へ向かうのをよそに、義仙と了助は街道脇に座り、本陣役場へ入った伯庵を待った。

その間、了助は胸を高鳴らせっぱなしだった。日光橋はこの街道の始点にして終点であり、その向こうにある山のどこかに、あの歓喜院を超えるほどの立派な寺院があるのだ。早くこの目で見たいと焦《じ》れるうち、伯庵が飄々《ひょうひょう》と戻ってきた。

「お待たせしました。行きましょう」

本陣を離れ、左手に観音寺が見えたがそれも通り過ぎた。かと思うと、またしても伯庵が横道に逸れながら言った。

「山に入る前に、我々の事件解明を祈っておきましょうか」

いつ〝我々の〟事件になったのか。義仙と了助が、伯庵の勝手な言い分に眉をひそめながら続いた。

そこに、杭と縄で結界を施された石があった。地名の由来となった鉢石である。綺麗な鉢の形ではなく、地面から露出した霊験《れいげん》あらたかという岩を、三人で拝んだ。

岩の周囲は綺麗に白砂利が敷かれ、何を思ったか伯庵が屈んでそれをかき回すようにした。

「御利益があると思って砂利を持っていってしまう者が後を絶たないとか。役場の方がときどき砂利を足すんだそうですよ」

妙な知識を教えられたが、義仙はもとより、了助も関心の外だ。それより一刻も早く日光山に入りたいと気が急《せ》いた。

「これでよし。いざ参りましょう」

伯庵が満足げに言い、街道に戻った。

すぐに大きな朱塗りの日光橋が現れ、了助は緊張して、義仙と伯庵の後についてそれを渡った。眼下の崖に落ちるのが怖いのではない。神域を前にした緊張をどうにか鎮めながら橋を渡ると、いよいよ山内に入っていった。

四

参道を登り、石の鳥居をくぐって立派な表門から境内に入るや、豪華な建物に出くわした。

上中下の三神庫である。てっきりそれが日光東照宮だと思ってしまったが、義仙も伯庵も左へ折れて進んでゆく。左手には神厩舎《しんきゆうしや》があって三猿の木彫りが見え、正面には水《すい》盤舎《ばんしや》があるが、了助には、ただ立派な建物としかわからない。

さらに右へ折れたところで完全に立ちすくんでしまった。想像を絶する馬鹿でかい石の鳥居があり、その向こうの建物までかなりの距離があったが、それでも衝撃だった。すごいものがある、と思ったとたん、力が抜け、へたへたと膝をついていた。

鳥居の表側からちょうど鼓楼《ころう》と鐘楼《しょうろう》に挟まれているように見える、東照宮陽明門である。それが門に過ぎず、拝殿はその奥にあるということもわからず、了助は思わず両手を合わせて拝んでいた。うっかり近づいたら建物が消えるのではないかと本気で思った。あまりに神々しいせいで少しでも邪念があれば目に映らなくなってしまうのではないかと不安だった。

「了助さん、大丈夫ですよ。あの門に、とって食われたりしませんから」

伯庵が笑って言った。それであれが門なのだとわかり、むしろその先にあるものを見るのが怖くなってしまった。

すると門のほうから輪王寺宮一行の駕籠が石段を降りてきて、

「見よ、気を感ずるに長《た》けた子じゃ」

輪王寺宮その人が戸を大きく開いた駕籠から、了助を指さして感心したように声を上げた。お伴や他の駕籠に乗った院家の二人までもが、くすくす笑っている。

了助は慌てて立ち上がろうとし、義仙と伯庵が膝をつくので、またぺたんと土下座した。相手はここのあるじだと思うと、人ではなく神仏に近い存在に思われた。

「よい、好きに見物せよ。今小路《いまこうじ》、この者たちを投宿の室へ案内してくれ」

「はい、宮様」

今小路と呼ばれたのは、なんと帯刀した僧だ。輪王寺の坊官である。最上級の僧職の一つで、僧であり、かつ宮家に仕える士である、いわば僧兵を限りなく立派にしたような存在だった。

「では詮議の場でな」

輪王寺宮が、なんとも気安く了助たちに声をかけながら、駕籠に乗ってお伴とともに去っていった。本殿に入ってのち、参道を降りて輪王寺に宿泊するのである。

屈託というものがまったく感じられない人物であり、どこか泰姫に通じるものがあった。側近はみな公卿の子弟で、寺社の法務を司る偉い人たちだが、彼らも歓喜院で見た仙人の像のように軽やかで楽しげだ。

「こちらへ。部屋に案内いたす」

代わって厳めしい顔つきの坊官に促された。こちらは態度が武士そのものだ。僧二人を供にしているが、ただ連れ歩くのではなく、率いているという様子である。

了助たちが案内されたのは、大猷院のそばにある大きな僧坊である。

坊官が、供の僧たちに言って、三人のための湯と手拭いを用意させてくれた。

旅の埃《ほこり》を拭い終え、旅装束を解いて着替えると、当地の僧が寝起きする坊の一室に案内された。そこで食事を出され、さらに茶や果物まで振る舞われた。

「宮様は、本日、早速の詮議をお求めであるとのこと。用意が整いましたらば人を来させますゆえ、しばしおくつろぎ下され」

坊官のこの言葉を、了助は都合良く解釈しかけた。棒振りを言い訳にして、門を見に行く暇があるのではないか。そう思い、

「あの、義仙様……」

と許可を得ようとするや、

「了助、少し目を閉じるといい」

さっそく壁を向く義仙が、みなまで言わせず淡々と返した。

「え？」

「今は務めに心を向け、見物のことは忘れろ。門も本殿も消えはしない。明日ゆっくり見て回れるだろう」

こうも的確に諭されると、鋭く叱責される以上の抗えなさがあった。

「はい、義仙様」

了助は素直に禅を組んだ。いつもは縁側など広い場所へ顔を向けるのだが、このときは義仙を真似て壁を向いた。その方が逸《はや》る心を抑えられそうだったからだ。

「確かに良い修行をなさってますね」

伯庵が、義仙と了助の背を眺めて微笑《ほほえ》ましげに茶をすすり、こちらは持参の書物を開いて時間を潰した。

それから半刻（一時間）ほどのち、了助が自分でも意外なほどしっかり心を落ち着けることができたところで、坊官の配下の僧が、三人を呼びに来た。

僧房から出ると、道の向こう側にある輪王寺の敷地の裏手へ案内された。

周囲の鬱蒼とした木立と異なり、綺麗に拓かれ、均《なら》された土地だった。一面に白砂利が敷かれたそこに、御簾《みす》で覆われた急ごしらえの壇が設けられ、多数のかがり火が辺りを照らしている。

中央に敷かれた茣蓙《ござ》の上で、縄をかけられた男が悄然《しょうぜん》とうなだれていた。その背後に坊官と僧が横一列に並んで立って壇と向かい合っている。さらに武士数名が、縄をかけられた者の横顔を見る位置に並んで床几《しょうぎ》に座り、武士たちの背後ではお供がずらりと砂利に座っている。

いかにも裁きの場といった張り詰めた空気の中、義仙、了助、伯庵が、いぐさ編みの円座に着席を促された。武士たちと向き合う位置である。

これで、縄をかけられた者の四方を、その場にいる全員で取り囲むかたちとなったわけだ。

了助がちらりと見たところ、武士たちは戸惑いを隠せず互いに目配せしており、どうやらこうした場を設けること自体、異例であることが窺えた。

「揃うたな。今小路、詮議を始めよ」

御簾の奥で輪王寺宮が命じ、坊官の今小路が、立ったまま書状を読み上げた。

「盗難の一件、また下手人の白状したるを申し上げまする。

まず、ここにおられる会津藩金山《かなやま》奉行の士、河合勢右衛門《かわいせいえもん》殿が、命に従い、軽沢《かるさわ》銀山にて産出せる金銀二百両を、秤《はかり》役人から受け取って当地へ運び、本坊納戸役の久文弾正《くもんだんじょう》殿に預け申した。

次に、久文殿が金箱に錠印符を施し、家来に運ばせて輪王寺の金蔵に納め申した。

そののち幕府寺社奉行の指示に従い、当地の金蔵の目録作りをし、それを寺社奉行の士、柳本九右衛門《やなもときゅうえもん》殿が監督したところ、河合殿が運ばせた二百両をふくめ、計一千両もの金銀が消え失せておることが明らかとなり申した。

全ての金箱を改めたところ、盗まれた箱は蓋の桟木《さんぎ》が切り折られ、解錠せずして金銀が抜き取られたとわかり申した。

怪しき者を捜したところ、河合殿の家来、草履《ぞうり》取りの平助《へいすけ》が、金蔵のそばをしばしば通りがかる姿ありと四人の僧より証言があり申した。

そこで久文殿が問い質《ただ》すや、この平助、金銀を盗んだこと、それを鶴と名乗る男に預けたこと、自身も分け前を得て、鉢石に住まう藤兵衛《とうべえ》の屋敷に銀二十両を隠し、後日使う気であったこと、一人働きで他に連座すべき者はおらぬことを白状し申した」

対面に座る武士たちが、名を口にされるたび首肯したため、誰が誰だか了助たちにもわかった。金銀の輸送と保管に携わった、金山役人の河合、本坊納戸役の久文、目録作りを監督した柳本である。

了助は、こうまで事態がはっきりしているのに何を話し合うのだろうと不思議な思いでいる。だが輪王寺宮が、

「では詮議せよ」

と言うや、伯庵がひょいと立ち、平助の前に歩んで、片膝を突いた。

「や、何の真似か」

今小路がすごんだが、

「よい。その者の好きにさせよ」

輪王寺宮に厳しい調子で命じられ、引き下がることとなった。

「平助さん、なぜ嘘をついたのですか？」

伯庵が、開口一番そう尋ねた。

今小路や武士たちが愕然と目を剝く一方、うなだれていた平助が、はっと顔を上げ、まじまじと伯庵を見つめた。

「う……嘘では……ありませぬ……」

震える声で言う平助に、伯庵が首を傾げてみせた。

「なぜ銀を隠したのですか？　隠して使うなら普通、一分金にするでしょう」

「さ、郷《さと》の若松への仕送りに便利で」

「なら、なぜ仕送りせず隠したのですか？」

「河合様のお勤めが終わるまではと……」

「あなた自身で使う気ではなかった？」

「い、いいえ、あとで自分で使う気でした」

「鶴という極楽組の男にそそのかされ、輪王寺の金蔵にある一千両を持ち出し、報酬として二十両を銀で得たのですね？」

「は、はい。その通りです」

「鶴はどんな男でしたか？　何か一言で口にできる特徴はありませんか？」

「え、そ、それは……背が、そう、背の大きな、浪人の、その、他には何も……」

「上背がある以外に目立つ特徴はないと」

「は、はい、そうです」

義仙も了助も、何も反応を示さないことに努めた。二人を証人にしたがった伯庵の意図は明白だった。鶴の風貌を語る上で、左顔面の火傷痕に言及しないのはおかしすぎる。この草履取りの平助、実は鶴と一度も会っていないと考えるほかなかった。

「一千両も運ぶのは大変だったでしょう」

「は、はい、少しずつ運びました」

「一度に五十両としても二十回です。どれくらいの期間をかけたのですか？」

「毎年のお勤めで、一度ずつ……」

「二十年もかけて盗んだのですか？　それほど前から、あちらの河合様の草履取りをされていたのでしょうか？」

「五年前からだ」

だしぬけに河合が口を挟んだ。声が明るく、伯庵の聴取を歓迎する様子だ。自分の家来が下手人とみなされたことを不名誉に思っていることが窺えた。

逆に、尋問した久文や、坊官の今小路、柳本は、揃って険しい顔になっている。

「一度にだいぶ運んだのですね。手に持てば目立ちます。どう隠したのですか？」

「は、はい。袖に隠して……」

くっ、と河合が喉を鳴らして笑った。

久文が愕然となり、今小路と柳本も、呆気にとられた様子だ。

慶長《けいちょう》から元禄《げんろく》まで公定相場は金一両につき銀五十匁《もんめ》（約一八七ｇ）である。日頃、何両という金に無縁の草履取りの常識ゆえ、そう答えたことは明白だった。

「一度に二百両は運んだはず。一万匁（三七・四kg）、銀十貫《かん》ですよ。袖に入れたら破れてしまうかもしれませんね」

「う……ち、違う、違うのです」

「何が違うのでしょう。ちなみに鶴の顔を知る人たちが、あそこにいます」

伯庵が、義仙と了助を指さした。

その場の全員が、驚いた顔で義仙と了助を見た。

「了助さん。鶴の特徴を教えて下さい」

「いつも覆面をしていて、顔の左半分が火傷でただれています」

了助が素直に言った。伯庵がうなずき、

「ずいぶん目立つ特徴ですが、平助さんはうっかり忘れていたのでしょうか？」

平助は呆然となり、途方に暮れた顔で、わざわざ久文や坊官の今小路の顔を振り返って見るということをした。自分は何を間違えたのか教えてくれ、という顔である。

「たわけ！　何が下手人か！　今すぐその者の縄を解け！」

御簾から輪王寺宮の声が飛んだ。気さくな振る舞いからは想像できないほどの苛烈さだ。

今小路配下の僧たちが弾かれたように動き、平助の縄を解いた。平助は何がなんだかわからない様子で呆然と座り込んだままだ。

「最初の質問に戻ります。なぜ嘘を？」

伯庵がやんわり尋ねると、平助はそれこそ罪を暴かれた者のように這いつくばって詫びながら説明した。

久文から厳しく追及された上に、

「今白状すれば縁坐《えんざ》は免れよう。だが拷問の末に白状したとなれば親兄弟がお前のせいで御成敗となるのだぞ」

と脅されたのだという。また、銀二十両を隠したという屋敷のあるじ藤兵衛は、平助の義兄弟だった。これは男色によって結ばれた相手を意味する。

久文はこの藤兵衛を呼び出し、

「おれは同罪でも構わん。だが父母を巻き込んじゃいけない。自白してくれ」

泣きながら訴えさせたという。それから間もなく、平助は、父母兄弟の助命を約束するお墨付きを頂戴した上で、久文が誘導するまま白状したのだった。

「金蔵の前を通った理由は何でしょう？」

伯庵が念を入れて問うと、

「他に、煙草《たばこ》をやれる場所がなくて……」

平助が申し訳なさそうに告げた。

境内で火の元となる煙草は厳禁である。ここそこ蔵の陰で煙管《きせる》を口にする平助の姿を、みなが思い浮かべたに違いない。

「私からの質問は以上です。他に、平助さんに尋ねたい方はいますか？　念のため彼を拷問しましょうか？」

伯庵が尋ねると、輪王寺宮の声が鋭く応じた。

「無用じゃ。その者への疑いは解けた。ことが明らかになるまで、その者を預かる。よいか、河合？」

「ははっ、承知致しました」

河合が、即座に地面に膝をついて応じた。

ぽかんとしていた平助も、河合に大きくうなずきかけられると、嬉しげに涙ぐんだ。

「伯庵よ。後の詮議、どう進める？」

輪王寺宮が問うた。完全に久文、今小路、柳本を無視してのことだ。三人が屈辱で顔を歪ませるのをよそに、伯庵が言った。

「金銀を入れていた箱を作った大工をお呼び下さい。同じものを作らせ、本当に錠を開けずに金銀を取り出せるか調べたいと思います」

五

牢の中で、光國はむっくり起き上がり、辺りを見回した。自分がどこにいるのかわからなかった。その光國を、中山勘解由《なかやまかげゆ》がうんざりした顔であぐらをかいて見ていた。

「お目覚めなら、早く出して下さい」

「おお、そうか。貴様も自力では出られなかったのだな？」

「御覧の通りですよ。満足ですか？」

「ふむ……あと数日は試したかったが」

「今日にも到着ですよ。どうあがいたってここから出られません。もう牢検分は不要です」

中山が珍しく苛立ちをあらわにし、

「そう怒るな。これも良い経験だ」

光國が懐から鍵を出し、格子の隙間から外へ手を伸ばして器用に解錠した。

「入牢なんて何の役に立つのやら」

中山が這うように外へ出た。光國が後に続き、満足げに新品の牢を振り返った。

小石川《こいしかわ》の上屋敷で普請《ふしん》を担う腕利きの大工たちを、浅草《あさくさ》の蔵屋敷に呼び寄せ、大急ぎで作らせた座敷牢である。

出来映えを試すため、中山を呼び、二人でひと晩閉じ込められてみたのだが、急ごしらえとは思えぬ脱出不能の堅牢さで、中山など早々に諦めて横になったものだ。

極大師を収容するための牢である。蔵屋敷を選んだのは、光國の家族から罪人を遠ざけるためと、日光・奥州《おうしゅう》街道の出入り口に位置するためだ。連行される極大師を受け入れ、街道に消えた極楽組配下を追うには格好の拠点だった。

二人で台所に行き、

「てっきり牢にお運びするものかと思っておりました」

厨番《くりやばん》が笑いながら用意する朝餉《あさげ》をかき込んでいると、街道に配しておいた拾人衆のうち、韋駄天《いだてん》の鷹《たか》が現れて告げた。

「会津勢ご一行は、半刻のうちに到着されるとのことです」

「わかった。ここで休んでいよ」

光國は鷹に飯を食わせ、中山とともに庭へ出た。

蔵屋敷といえども頼房の造園趣味が高じて立派な庭構えである。そこに水戸《みと》藩士と中山の家臣を集め、極大師受け入れに備えさせていた。みな武芸に秀で、かつ殺気を隠せずにいる。極楽組に同胞を殺傷された怨みは烈しく、彼らを抑えることも光國と中山の務めだった。

しばらくして騎馬と足軽の一団が唐丸籠《とうまるかご》を取り囲むようにして現れた。駕籠の棒にぶら下げた大きな籠に、縛《いまし》めた極大師を入れて運んできたのだった。

「小原五郎右衛門でござる。主命によりこの者を護送致しました」

「ご苦労至極です。我々が責任をもって預かりますと保科公に宜しくお伝え下さい」

光國が丁寧に言い、彼らに茶菓子を振る舞って労うよう家人に命じる一方、籠に入った極大師を洗い清めてから入牢させるよう指示した。極大師は瞑目《めいもく》し、石仏のように身《み》動《じろ》ぎ一つせず籠ごと運ばれていった。

用意が整ったところで、光國と中山が数名の士を連れ、座敷牢の前に陣取った。

牢の真ん中では、綺麗に垢を拭われ、髭《ひげ》も剃られた極大師が、真新しい白地の着物をまとい、背筋を伸ばして堂々と光國らと対面した。間近で見るとかなりの大柄で、光國と中山の二人を悠々と収容できた牢が、狭く見えるほどだ。

「極大師、またの名を勢多木之丞だな？」

光國が口火を切ると、極大師がゆっくりとうなずき、腹に響く声で返した。

「いかにも。水戸徳川子龍《しりよう》様」

「我を名指しした意図を申せ」

すると極大師が太い指で、白髪に覆われたおのれの頭を示し、言った。

「全国の反幕の士、賊、侠客の、顔、名、出自、生業《なりわい》など、全てここに収めております。お役に立つかどうかは御曹司様のお心次第。気に入らねば、私を磔《はりつけ》にするも首を刎《は》ねるもよし」

「偉そうにほざきおって。追い詰められ、助命嘆願をしておるだけではないか。まず貴様が真実、何者かを述べよ」

「大権現様に拾われた捨て子でございますよ、御曹司様。ご存じのことでは？」

「今も遺命で働いていると申すか」

「もはや何者でもありませぬ。極楽組の生き残り三人が大義名分を継ぎました」

「大義名分？」

「幕府を強うし、朝廷を浄うし、諸氏の恭順を促し、もって天下静謐《せいひつ》とする」

「さんざん世を騒がし、何が静謐だ。極楽組の三人はどこで何をしている？」

「挙兵の準備でもしているのでしょう。それだけの金を手に入れましたゆえ」

「まさか日光で盗まれたという金か？」

光國は反射的に問うた。一同が驚くのをよそに、極大師が淡々と告げた。

「いかにも」

「そもそもなぜ金があるとわかった？」

「東叡大王《だいおう》即位金のことでしたら、将軍様か保科公、輪王寺宮様、さもなくば後水尾院にお尋ねなされ」

光國は背筋が冷たくなるのを覚えた。要は、幕府および朝廷の秘事に関わる金だ。しかも東叡大王とは、関東の人間が好む輪王寺宮の尊称である。その即位金という言葉にはたまらなく不穏な響きがあった。

「どうしてその金の存在を知った？」

「後水尾院の綸旨の一件で」

「本当にあったのか⁉」

「七通の綸旨を運ぶ者たちを七天狗などと称されておられた。多くは皇子皇女様方のお付きの坊官。私は幕命のもと、天狗たちを招き寄せ、一網打尽に致しました」

時期的に秀忠から家光へと将軍の権限が移行する時期であろう。光國はとてつもない爆弾を懐に抱えてしまったという思いを押しのけながら訊いた。

「どうやって天狗たちの信を得たのだ」

「倒幕の綸旨を求め、奏上を願《ねご》うたのが、この勢多木之丞だからです。かの時は天狗組という西国の反幕者の受け皿を作りましてな。大名の子息も加わる始末でした。天狗たちを宴に招いて毒を飲ませましたが、折り重なる屍の山を見て、ふと思うたのです。悲憤や怨念につき動かされる者どもを騙し討ちにするばかりでは、幕府はかえって弱うなるばかり、と」

「……どういうことだ？」

「隠密に殺すばかりでは、幕閣の方々は反幕の実態を知らぬまま、偽りの平穏に甘んじるだけ。由井正雪の一件で、やはりそれではいかぬとわかり、極楽組を作って悪党を集め、江戸に火をかけさせました」

この言葉に、全員が腰を浮かしかけた。

「貴様があの大火を起こしたのか⁉」

「正月元日から十九日までに起こった全ての火が、我が企てであるなどという大法螺《おおぼら》は、さすがに吹けませぬ。あれこれと試みましたが、残念ながら、城を焼くほどの大火を起こすは至難のわざ。それができると思わせるため、紀伊藩の絵地図を盗むのがせいぜいのことでした」

「全てではないにしろ、どれかが貴様の仕業だったと申すのだな？」

「二日の麴町《こうじまち》、五日の吉祥寺《きちじょうじ》、この二つのみ。せいぜいが、一町二町の火事。それらが種火となってくれたかどうか……。むしろ十八日の本郷《ほんごう》、十九日巳《み》の刻の小石川、中の刻の麴町といった、まことの大火は、天然自然に燃えたとしか言えませぬ」

たまらず光國たち全員が立ち上がり、この稀代の悪党を睨み据えた。

「燃えただと……こやつ、途方もない人死にを、家屋敷、寺社、城、学書万巻の焼失を、雨風のように語るか」

怒りの呟きをこぼす光國の横で、中山が冷ややかに目を細めて問うた。

「吉祥寺で小十人《こじゅうにん》の本間佐兵衛《ほんまさへえ》を斬らせたのは貴様か？」

「ああ、渡辺忠四郎《わたなべただしろう》ですな。あれが御城の納戸役と通じ、財物刀剣を盗んで極楽組配下の褒美としておりました。ところが渡辺がその小十人に嗅ぎつけられ、盗みのための火つけの場で、斬り込まれたのです。我々は財物をよそへ移すさなかで、渡辺に構っているいとまはありませんでした」

「御城で盗みを働くのも幕府を強うするためと申すか？」

「然《しか》り。いともたやすく盗めました」

中山が黙った。言い負かされたのではなく、本間佐兵衛の一件の証言を初めて得たことに深い溜息をつくのだった。

光國が牢に一歩近づき、訊いた。

「石川播磨守《いしかわはりまのかみ》の邸に放火させ、水野《みずの》や幡随院《ばんずいいん》らに罪をなすりつける気であったな？」

「いかにも。慧眼《けいがん》ですな」

「ふざけるな。伊豆守、大目付の命令か？」

「我が企図に過ぎませぬ。市中を焼けと、どなたも命じては下さいませんでしたゆえ」

当たり前だと返したかった。長年の諜者働きが人をこのような狂人に変えるのかと光國は空恐ろしい気持ちにさせられた。

「なぜわしに身を預ける？　誑《たぶら》かそうとて、わしに幕府への怨みなどないぞ」

「私も、伊豆守様も中根様も老いました。将軍様はお若く、大猷院様がひそかに諜者を遣っていたことさえ知りませぬ。保科公は誠実な御方で、確かに浪人救済の手を打ちました。しかし由井正雪たちは処刑され、何より山形では一揆を鎮めるため大勢を磔にせねばなりませんでした」

島原の乱の直後に起こった、山形白岩の一揆のことだ。民百姓をほとんど騙し討ちにせねば鎮静できず、保科正之はこれを痛恨の一事とし、以後、飢饉を防ぐための独自の策を領内で進めている。

「保科公に降りたかったが、やめたとでも申すのか？　まさかその一揆も、貴様が企てたのではなかろうな」

「いいえ。一揆は関ヶ原以後、企てていません。私が申し上げたいのは、新たな世を、新たな手で治めるべし、ということ」

「新たな手？」

「私はいつ首を刎ねられてもよい身。いっそ、そうして頂けるならと思うこと頻《しき》りとなるとき御曹司様のことを知りました。御曹司様と鶴、そしてあの子どものことを。御曹司様自ら改心し、かつ両火房《りようかぼう》をも改心せしめたことには驚嘆するばかり」

「だからどうした」

ぞんざいに返した。鶴市《つるいち》がどのような経緯でこの男に従うようになったか不明で、そもそも両火房のことは泰姫のなせるわざなのだが、いずれについても口を挟まず、相手が結論を述べるのを待った。

「そんな御曹司様に、私がかき集め、金を与え、江戸に放った悪の者たちを、私がしてきたように誅戮《ちゆうりく》するのではなく、改心によってお救い下さいますよう、この身命を賭して、お願い申し上げるのです」

そう言って、極大師が平伏した。

人々の呻《うめ》き声が重なった。後ずさる者さえいた。このあまりにも一方的でねじ曲がった理屈に、光國も愕然とし、このときやっと相手は真実、狂人なのだと思うに至るのだった。

六

詮議が行われた砂利敷きの庭で、鑿《のみ》を打ち、木を削る音が威勢よく響いている。

三人の大工が道具を持ち込み、金箱を作っているのだが、寒天下ゆえ火を焚いているせいで何かの儀式のように見えた。

誰かが大工に話しかければ、誰かがそれを見ることになる。密室で作らせるより、よほど誰からも干渉されず働けるという伯庵の意図によるものだ。

また、伯庵が輪王寺宮に頼んで解放された平助、証言を終えた了助と義仙は、一件が解決するまで伯庵と同室となった。

金箱が出来上がるまで何もすることがなく、おかげで了助は、義仙が言った通り、東照宮の見物三昧となった。途方もない数の極彩色の彫刻を一つずつ見て回る了助に、境内を清掃していた親切な巫女《みこ》が、主立った彫刻の意味を教えてくれた。いわく、神厩舎の猿は平穏に一生を過ごすすべを示している。いわく、裏で騒ぐ雀をよそに眠る猫は天下の静謐をあらわしている。

目を輝かせ頬を上気させて聞き入る了助が可愛いのか、案内してくれる巫女の数がどんどん増え、女たちに囲まれる了助を、義仙が見守るという状態だった。

異変が起きたのは、陽明門から唐門へ向かう途上のことだ。

「喝《か》ぁっ！」

義仙が突然、とてつもない気合い声を、神輿《しんよ》舎《しゃ》の向こうの塀へ放ったのだった。

次の瞬間、矢が義仙からやや離れた地面に突き刺さり、巫女たちが悲鳴を上げた。

塀の向こうで木の枝が揺れ、がさがさと騒がしく葉擦れの音を立てながら、黒ずくめの覆面をした誰かが、木から下りるというより、落ちるように塀の陰に消えた。

「追うぞ」

義仙が塀へ走り、了助も、腰を抜かす巫女たちを置いて追った。

「木剣の柄《つか》を上に向け、地に立ててくれ」

塀の前で言われ、了助は木剣を抜いて両手で握り、地面に立てた。義仙が柄を踏んで、ひとっ飛びで塀に乗り、油断なく森へ目を向けながら手を差し出した。了助がその手をつかむと、易々と引き上げられた。

見ると、右手の奥宮があるほうへ、木々の間を逃走する者が垣間見えた。茂みをかき分け、音を立てながら走っており、追跡は容易に思われた。

が、義仙は塀に乗ったまま動かない。

「義仙様？」

「矢に殺気がなかった」

義仙の一喝でおののいたせいで殺気が散らされたのでは、と了助は思ったが、

「あれは囮《おとり》だ。伯庵殿と平助を探す」

義仙は身をひるがえして境内の地面に戻るや、すぐに走り出している。了助も急いで降り、座り込んだまま怯えて肩を寄せ合う巫女たちに、

「ありがとうございました」

ぺこりと頭を下げ、義仙を追った。

伯庵はすぐ見つかった。輪王寺の裏手で金箱作りを眺めていたのである。

「平助は？」

義仙が訊くと、

「先ほど、一服したいと」

伯庵が、金蔵があるほうを指さした。

義仙がきびすを返して走り、了助だけでなく伯庵もそのあとを追った。

蔵の裏手に回ると、木立の間で、平助が苦しげにもがいていた。首に縄をかけられ木の枝に吊されている。義仙が袖から何かを取り出しながら跳び、それを宙でさっと一閃《いっせん》させるや、縄がぷつんと切れ、平助が地に転がった。了助と伯庵が急いで介抱したが、平助は、げほげほ咽《む》せ返り、喉首に縄目と擦り傷をつけた以外、無事だった。

「先ほど矢を射られた。私と了助を遠ざけ、その間に平助を始末するためだ」

義仙が伯庵に告げつつ、手にしたものを袖に戻した。なんと懐紙を切るための竹べらである。それで丈夫な縄をすっぱり切ったのだ。平助を救った義仙の妙技に、了助は肌が粟立《あわだ》つほど感動した。自分も木剣の振りようによっては切れるのではないかと思わされた。

「ご自分で首を括《くく》ったのですか？」

伯庵が念のため訊くと、平助は恐ろしさで身を震わせ、かぶりを振った。

「い、いきなり後ろから、縄を……」

「待ち伏せていたんでしょう。人数や顔はわかりますか？」

「ふ、二人で……顔は、虚無僧《こむそう》みてえな笠かぶってたんで、よくわからねえです。あと、懐に、これを突っ込まれて……」

平助が取り出したのは一通の書状である。それを伯庵が受け取って見た。

「ははあ。金銀を盗んだことを悔いて死ぬと書いてあります。こんな下手な偽装で死ななくて良かったですね、平助さん」

「へ、へえ。一度ならず二度までも助けて頂き、ありがとうごぜえます」

平助が膝をついて感謝するのをよそに、

「下手人を釣るため手元に置いたのだ」

義仙が、ぼそっと了助に言った。

平助を、本当の下手人をおびき出す餌に使ったというのである。了助は思わず眉をひそめたが、伯庵のほうは意気揚々としてこう告げた。

「真の下手人が当地にいることは明らか。金箱は間もなく完成します。このお調べの総仕上げと参りましょう」

かくして、日暮れののち、火が焚かれる白砂利の庭に、詮議の面々が再集合した。

今回、平助は了助の隣に座り、中心の莫蓙に置かれたのは金箱である。錠がかけられ、錠印符を施された新品の金箱を前にして、伯庵がみなへ言った。

「この状態で箱の桟木を切ることができるか、みなさまお試し下さい」

金山奉行役人の河合が率先して試し、ひとしきり箱をいじり回したが、

「不可能である」

と断じた。柳本も同様。納戸役の久文が、悪戦苦闘の末に諦め、坊官の今小路は手も出さず、瞼《まぶた》を閉じて腕組みするばかり。

「金箱を壊さねば、桟木を切って金銀を取り出すことはできません。つまり金箱を預かる者にしか盗めないのです」

伯庵が、四人の士を見た。今や彼らのほうが下手人と疑われていると悟り、河合、久文、柳本が顔を強ばらせたが、伯庵が目をとめたのは、瞑目《めいもく》する今小路だった。

「運び出した金銀を鉢石の砂利の中に埋めて隠し、極楽組がそれを掘り起こして大谷川に浮かぶ船へ積む。何度となくそれを繰り返し、一千両が賊の手に渡った。そうですね、今小路様。ちなみにここに来る前、あなたとお供の僧がしばしば鉢石を拝むのを見たと本陣の役人から聞いています。平助さんに疑いをかけるため藤兵衛さんの屋敷に銀を隠し、また本日も平助さんを殺そうとしましたね」

僧二人が凍りついた。今小路は無言。

「なお、金箱にはそもそも金銀は入っていなかった。あなたは銀山の秤役人と結託し、ここに運ばれる前にすでに抜き取っていたのではないですか?」

なおも黙る今小路へ、

「今小路！　麿を朝敵にする気か！」

輪王寺宮の叱声が放たれた。

今小路が目をかっと見開き、組んでいた腕をほどきざま、抜刀して駆けた。向かう相手は了助だった。殺すのではなく人質にしやすいとみたのだろう。

了助のほうは注意深く相手を見ていたので、こちらへ来るのを一瞬早く察し、自然な所作で木剣を抜いて構えることができていた。義仙も、了助の動きを見てあえて助けず、平助の腕をつかんで退かせた。

「きいいいいえええぇっ！」

了助の喚叫が、今小路の動きを鈍らせ、ついで放たれた木剣の一閃が、横殴りにその身を吹っ飛ばした。大きな体が宙を舞い、壇の間で転倒して刀を放り出すさまに、他の者たちが驚嘆の声を上げた。

「飛んだ！　人が飛びよった！」

輪王寺宮が、御簾を手で押すようにして叫び、大笑いした。

気絶した今小路と、その配下の僧二人が縄をかけられ、平助を取り戻した金山奉行役人の河合が、秤役人の聴取を任じられた。

それから、義仙、了助、伯庵が、輪王寺宮の室に招かれた。なんと人払いされ、四人がじかに顔を合わせていた。天皇の子息と同席する緊張で、了助は心臓が破れそうだった。

「今どき魔物にそそのかされて天狗になりたがる坊官が現れるとはの……。ただ、今小路の父兄は、反幕の疑いでひそかに殺されたいう話や。気持ちはわからんでもない」

屈託がないどころか、知人と話すような調子に、三人ともやや面食らった。

「宮様。それは内密の話では……」

伯庵が警戒するように言うと、

「聞かざるで聞いてくれればええ。そちたちは信用でける。少しだけ、麿の愚痴に付き合《お》うてほしいんや。それに、何のために一千両もあるのか知りたいやろ」

輪王寺宮が、どこか切々と返した。その優雅な身から、深い孤独の念がにじみ出すのを、了助は驚きをもって見守った。

「宮様がお望みのままに」

義仙が言うと、伯庵が溜息をついた。

「聞かざるですよ。私たちに喋ったなどと誰にもお話しにならないで下さいね」

「わかっとる。今小路があの金を賊に渡したんは、徳川の泣き面を見たかったからや。何しろあれは、東叡大王即位金の一部なんやから」

義仙と伯庵が重々しい息をこぼした。何か重大なことらしいが、まったく理屈がわからずにいる了助に、

「麿がもう一人の天皇になるための金や」

輪王寺宮が、微笑んでそう告げた。

了助は目をみはった。もう一人とはどういうことか。天皇は京都にいる。江戸にもう一人立てるなんてことがあるのか。

「もし、どこかの藩が朝廷と組んで、倒幕を目論《もくろ》むとするやろ。そうなったときは、徳川が逆賊にならんよう、あらかじめ関東に置いといた皇子を、即位させるんや。東西に二人の天皇がおって争わせれば、反幕どうこうは、うやむやや。ただの皇族同士のいざこざということに落ち着かされる」

完全に沈黙する伯庵をよそに、

「そのような策を将軍が……？」

義仙が恐れず問うた。

「家康公に、日光山を建て直した天海《てんかい》、その弟子の公海《こうかい》やろな。後水尾院様もあとになって企みを知ったんや。幕府が隠密にやることは、何であれ恐ろしいわ。あの魔物も、もとは幕府の手先やった」

「極大師が？」

「そうや。今も覚えとる。まだ麿が小さいとき、いきなり庭にいて、じいっとこっち見て言うんや。大王《おおきみ》になりたくはないかと。麿は怖くてなんも言えんかった。魔物やと思った。やつも黙って消えた。そのあと坊官たちが大勢死んだ。それからだいぶ経って、麿が東叡山に入ったとき、また現れよった。そんときも、大王になりたくはないかと訊いてきた」

「何と答えられたのですか？」

「去《い》ね、うぬと話しとうない、と言うと消えた。その頃には磨も、あの魔物が反幕の者をそそのかし、殺して回っとると上皇様からそれとなく教えられてた。とにかく怖うてなあ。それがまた現れたと聞いて、これは対決せなあかんと覚悟したが……なんや、ずいぶん年寄りになりよって拍子抜けしたわ。ええ加減、お陀仏《だぶつ》せえいうんや」

輪王寺宮が乾いた笑いをこぼし、孤独の色がいっそう強まった。皇子なのに、いつでも幕府の都合で親族と対決するもう一人の天皇にされてしまう。これほど高貴な人が、そんな不自由さを味わっているとは了助には想像もできずにいたことだ。

「磨の愚痴に付き合うてくれて感謝や。こないなこと、誰にも話せん」

義仙が無言で頭を下げた。伯庵と了助もそうした。話は終わりだった。

三人とも輪王寺を辞し、僧房へ戻る途中、了助はふと立ち止まり、そのまま動けなくなった。涙がはらはらと流れ落ちた。義仙が了助の様子に気づいて歩み寄り、その肩を抱くのを、伯庵が急かしもせず見ていた。

「高貴な人でも利用されるんですね」

了助が泣きながら言った。

「高貴ゆえに狙われるのだ」

義仙の答えに、了助はしゃくり上げた。

今の今まで、信じられずにいたことがあった。光國が利用され、おとうを斬ったということだ。光國は権力者の子である。意に反したことをさせられるわけがないと。

だが違った。高貴であっても不自由だった。鶴の笑い声には、高貴な人を自由に操ってやったという嘲笑《ちょうしょう》もふくまれていたのだと初めて気づいた。

「怨み、怒りを感ずるか？」

そう問われ、

「悲しいです。ただ、おとうに……会いたくて……悲しいです……」

了助は、肩を抱く義仙にすがり、おとうが殺されたあと三吉と抱き合って震えていたときのように、声を上げて泣いた。

八王子千人同心

一

「この義は、是か非か？」

駒込邸《こまごめ》の茶室で、茶碗を差し出しざま、光國《みつくに》が問うた。

傍らにいる中山勘解由《なかやまかげゆ》へではない。二人の前にいる痩身の男に向けてのものだった。

隻眼《せきがん》である。銅銭のような穴のあいた鉄片に紐を通したもので左目を覆っている。剃《てい》髪《はつ》し、僧服をまとっているが、僧ではない。光國が呼んだ若い儒者だった。幕府の慣例として、儒者や医者、ついでに卜占《ぼくせん》を行う者などは、まとめて僧形《そうぎょう》をする決まりだ。

「すまんが、いまひとつ要領を得んので、語り直してくれ」

儒者はそう返してから、ゆるゆると茶を喫した。

苦々しげな光國をよそに、中山のほうは、さもあらんという顔でいる。二人とも無茶な諮問《しもん》だと承知の上なのだ。どうにか筋道を立てたがる光國に比べ、中山は諦めがちだった。

「ある男がいる。王の命で、津々浦々の悪党と親しくし、騙し討ちで一網打尽にすることを務めとしてきた諜者《ちょうじゃ》だ」

光國が言った。自分のもとに降った極大師《きわみだいし》のことである。近頃、こうした話題は書楼でするこことにしていたが、今日は文人たちが詰めているので使えなかった。

この儒者も書楼に詰めてくれる人材なのだが、極大師の件で諮問するため、光國が茶室に引っ張ってきたのだ。それだけ光國が学識において信頼する人物だった。

名は、林読耕斎《はやしどっこうさい》。

知の巨人たる林羅山《らざん》の四男である。儒者の僧形を不快なものとしながらも家のために受け入れ、いつか世を捨てて隠者になることが大願であると公言するなど、いちいち先鋭的なものの考え方をする男だった。

水戸家御曹司たる光國に対しても、遠慮をしたためしがない男だが、今回は光國の側に秘匿すべきことが多すぎた。それでどうしても抽象的な「要領を得ない」物言いになるのだ。

「あるときその諜者は、自分が働けば働くほど、王とその臣は、世に悪党がいることも知らぬままになると考えた。それでは王と臣を弱体にさせるばかりであると」

「ふむ。それで?」

「そこで諜者は、おのれが集めた悪党に謀叛を起こさせた。目的は王を打倒することではない。謀叛によって王と臣を強くし、世直しを推し進めるためだ」

光國はそこで、わかったか、というように読耕斎の顔を覗き込んだ。

読耕斎は両手を袖の中に入れて腕を組み、両肩をぐいっと上げ、すとんと落とした。

言っていることはわかるが、まったく馬鹿馬鹿しい、というのだ。

光國とて同感なのだが、問いをやめるわけにはいかず、眉間に皺を刻んで続けた。

「またこの諜者は、悪党を改心させた臣がいると知るや、あえてその臣に降った。謀叛の企てをさせた悪党の改心を願い、追捕を扶《たす》けると誓った。この義は、是か非か？」

読耕斎が右の目を見開き、ぐるりと回して見せた。

目眩《めまい》がすると言いたいらしい。それから、なんでこんな愚問に答えねばならないんだといった刺々しい態度で口を開いた。

「義もくそもない。正気とは思えん」

「権でもないと？」

光國がしつこく問うた。権とは、いわば非常処置のことだ。誅伐や粛清など、正道ではないが、やむを得ず行うことをいう。

「権でもない。王も臣も命じず、民も求めず、理もなく義もないまま、人を謀叛に駆り立てるなど、ただの外道《げどう》だ」

「では、その外道の口を割らせ、悪党を改心させる臣は、権と言えぬか？」

「その前に、いったい悪とは、王、臣、民、いずれにとってのことだ？」

「王を弑逆《しいぎゃく》せんと欲し、臣を惑わし、民を貪《むさぼ》り、おのれの名を自ら貶《おとし》める者どもだ」

「むやみと広義だな。まあいい。どのみち権たりえず、むろん、中たりえない」

中とは完全な道徳に則ることをいう。為政者が到達すべき理想のあり方だ。

「五常のいずれでもないか？」

なおも光國は問いを重ねた。

五常とは、仁・義・礼・智・信という、他者との正しい関わり方を示す言葉だ。

「問いが逆だぞ。改心とは、いうなれば悪行を省みて、五常に立ち返ることをいう。何者かに導かれたとしても、あくまで当人の努めだ。まあ、仏道でいう自力というやつだな」

読耕斎が言いつつ鼻に皺を寄せた。僧形をしているが、本音では仏教嫌いなのだ。

「改心へと導く者には、何の義もないというのか？」

「そもそもどちらが導いているのだ？　悪を集める外道の諜者か、諜者が降った臣か」

「はじめは諜者だが、最後は臣だ。外道に始まり、王道に終わる」

「その王道が、いつしか外道に染まらんといいがな」

光國が唸った。まさに恐れるべきことがそれだった。善導を施さんとして謀略に絡め取られては、拾人衆目付《じゅうにんしゅう》としてのお役目だけでなく、お家の障《さわ》りともなりかねない。

「諜者は、こう言った。他ならぬ大権現様《だいごんげん》（家康《いえやす》）が、悪党の改心において王道を成し遂げている。例えば三甚内《じんない》が、まさにそれであると」

三甚内とは、まず吉原《よしわら》の惣名主となった庄司《しょうじ》甚内こと甚右衛門《じんえもん》、日本橋富沢町《にほんばしとみざわ》で古着商の元締めとなった鳶沢《とびさわ》甚内、そして関東八州の盗賊狩りで幕府の案内人となった向崎《こうさき》あるいは向坂《こうさか》甚内の、三名をいう。

庄司甚内は女郎屋、鳶沢甚内と向崎甚内は盗賊の頭だった男だ。

吉原を幕府公認の色里とすることに成功した庄司が、のちに甚右衛門と改名したのは、横山町に向崎甚内がいて、名を巡って争ったからだという。

鳶沢甚内は、捕縛された際、家康直々に命じられて盗賊撲滅のため働き、盗人たちを古着買いとして更生させた。富沢町も、当初はその名にちなみ鳶沢《とびさわ》町といった。

向崎甚内は結局捕らわれて処刑されたが、刑場となった鳥越には社《やしろ》が建てられ、瘧《おこり》の治癒に効くとして祀られた。

「瘧にさえ罹らねば捕らわれはしなかったのに。まことに恨めしいのは、この瘧だ。同じ病に悩む者あらば、祈願次第できっと治してやろう」

などと向崎が誓ったからだという。光國は実のところ、この手の話は眉唾《まゆつば》だと思って信じたためしがないのだが、最終的に世のため人のために尽くすことになったという点が大事だった。

だが、読耕斎は一蹴した。

「下手な弁明だ。庄司と鳶沢は元北条《ほうじょう》方、向崎は元武田《たけだ》方。主君を失った将兵が、乱取り（略奪）に頼って生きぬよう市井に組み入れたに過ぎん。しかも向崎は、おのれが盗賊であることを幕府に隠し、強奪をやめなかったゆえ磔にされたのだ。改心などしていない」

「では、この義の一切は非か？　大坂城の戦に臨み、主君討伐に悩む大権現様に、中なりと告げたのが林家であろうが」

「またまた大権現様か。その諜者とやらの出自が知れるから、それ以上、おれの耳に入れてくれるな」

光國がぴたりと口をつぐんだ。中山が感心して読耕斎を見つめた。

読耕斎は、ふてぶてしく鼻息をこぼして結論を述べた。

「何やら難儀な目に遭っているようだが、そもそも、この問答を定める義がない。何も行われておらず、成果を生ずる算段もないのだからな。ゆえに言えることは、一つだけだ」

光國が身を乗り出した。

「それはなんだ」

「君子危うきに近寄らず」

拍子木でも打つような、しごく明快な応答だった。光國が苦しげに呻き、中山がますます感心した顔になった。

「他に用がなければ、おれは書楼に戻らせてもらう」

すっと読耕斎が膝を立て、

「泰姫《たいひめ》が快癒なされるよう祈っている」

さりげなくそう言い残すと、さっさと茶室を出て行ってしまった。

光國は、また長々と呻き声をこぼした。このところ、泰姫の体調が思わしくないのである。

正月の大火で江戸一帯の水が濁り、夏になって赤痢や瘧病《マラリア》が流行したせいだ。水戸《みと》徳《とく》川《がわ》家も病苦は避けられず、光國ですらひと月余りも病臥したほどだ。泰姫はいっとき重篤の一歩手前となり、当主の頼房《よりふさ》は腫れ物が悪化し、湯治に努めねばならなかった。

幸い死人は出ず、秋にはみな回復したが、冬になって再び体調を崩す者が出始めた。

そして今まさにこの駒込邸の奥で、泰姫が熱を出して安静にしているところなのだ。

――そんなときに罪咎《つみとが》の穢《けが》れを家に持ち込めば、病禍の源となる。姫のためにも、貴人として穢れから遠ざかれ。

読耕斎は、そう言いたいのである。それが世の罪咎の常識でもあった。

「理路整然、立て板に水とはこのこと。感服しました。何もかも、あの御仁の言う通りではないですか、子龍《しりよう》様」

中山が読耕斎を激賞し、光國を諭した。

「だが極大師は、わしの預かりだ」

「目付の役に専念し、徒頭《かちがしら》かつ拾人衆差配の私にお任せ下さい。だいたい極大師の牢を、このお屋敷でなく浅草の蔵屋敷に設けたのも、お家から罪人の穢れを遠ざけるためでしょう」

光國は、応とも否とも言わず、大きく息をついてその議論を脇へ置いた。

「その是非はさておき、報告を聞こう。伊豆守《いずのかみ》が、またぞろ何か企んでいるとか」

「企みと言えるかはわかりません。ただ豊後守《ぶんごのかみ》様より、城内の一件を調べよとの御内意を仰せつかり、子龍様にもお報《しら》せするように、と」

御内意とは、阿部忠秋《あべただあき》が内々に命じたということだ。御下知、すなわち公式の調査ではない。

「城内の一件？」

光國は首を傾げた。何か大事が生じれば、父を通して聞いているはずである。

「八王子《はちおうじ》千人同心」

中山が、声を低めて言った。

それは、奇妙な処罰だった。いや、処罰なのかどうかも判然としない。

先頃、八王子千人同心の千人頭である石坂正俊《いしざかまさとし》が、城内で迷った挙げ句、本来の詰め所とは異なる部屋に踏み入ってしまった。このことを咎められ、十人いる千人頭全員が、「躑躅《つつじ》の間」詰めから、「御納戸前廊下」詰めへ降格されたというのである。

何が奇妙か。確かに、部屋詰めから廊下詰めになるのは不遇といえる。

廊下では座布団も敷けず、茶坊主に何か頼むことも憚《はばか》られる。中庭に面した部屋には日が入るが、廊下は日取り口からの僅かな明かりしかない。大廊下や松の廊下であっても、襖《ふすま》の絵すら判然としないほど暗いのだ。書物を嗜《たしな》むこともできない暗い廊下で、黙って座っているしかないのである。

だが、御城の本丸御殿の構造を考えれば、これが降格といえるかは微妙だった。

御殿は、表、中奥、大奥の三段構造である。これらは将軍との距離、あるいは将軍の日常生活や執政との距離を示している。

そして「躑躅の間」は、表にある。

主に行事に用いる白書院と、将軍が対面に用いる黒書院の周辺に存在する、多数の部屋の一つだ。すぐ隣は「焼火《たきび》の間」で、囲炉裏《いろり》があって常に火を焚くことからそう呼ばれる。これには火災を防ぐ縁起担ぎの意味もあった。そして八王子千人同心は、火の番として働くことが多く、明暦三年の大火でも出動している。火の番にふさわしい詰め所といえた。

それがなぜか、「御納戸前廊下」に移された。

重要なのは、この「御納戸」が中奥にあるという点だ。中央は御座《ござ》の間とも呼ばれ、上段・下段・二の間・三の間・大溜・御納戸構の六つの部屋からなる。

将軍に謁見する場所としては最も位が高く、老中が三の間にて評議する。後年、御座の間に続く、御休息所と御小座敷が設けられるが、この頃は中奥の御座の間こそが、将軍と幕閣にとって執政の場所であった。

つまり千人頭全員が、御殿の表から、ずっと将軍や幕閣に近い中奥へ移されたのである。老中が御内意を告げやすい場所にだ。

「その石坂正俊とやらは、どこにさ迷い込んだ？」

「我が配下と拾人衆を使って調べましたが、判然としません。そもそも火の番を担う者たちが部屋を間違えるなど、あってはならないこと」

火災への対処は、延焼を防ぐための家屋の引き倒しと、民の避難である。空間的な構造を把握することが技能の一つとなる。

そのような士が、いかに廊下が暗かろうと部屋を間違えるとは思えないし、そもそもそんな理由で咎められるなど聞いたことがなかった。この頃は大奥でさえ、お務めの者が頻繁に出入りしているのである。

「幕閣が……つまり伊豆守が、八王子千人同心を手元に置いた、としか思えんな」

「はい。浅草番《あさくさ》によれば、降格の原因となった石坂は、数日のうちに配下の同心を多数率いて、日光街道《につこう》へ出たとのこと」

浅草番とは、日光街道へ逃げた極楽組を追うために配した監視網のことだ。拾人衆だけでなく、阿部家、中山家、水戸徳川家から人を出し、罔両子《もうりようし》と通じる寺院関係者も協力してくれている。

「日光だと？　勤番か？」

光國は眉をひそめた。

八王子千人同心は、五年前の承応《じようおう》元年（一六五二）に、日光東照宮の勤番、特に火の番のお役目を与えられている。

「たまたま勤番の交代に当たった、とも考えられますが、しかし……」

「動きが怪しすぎる。伊豆守が千人頭に何かを命じて日光へ放ったとしか思えん」

「ですが、いまひとつ企みがわかりません」

ふと光國が視線を落とし、呟いた。

「武田、か」

八王子千人同心の由縁のことだ。全員、武田家旗本の子孫なのである。

当時は九人頭だったが、徳川配下となって十人頭となった。頭一人につき百人の同心がつけられ、北条方の城であった八王子城に配されたことから、八王子千人同心という呼称が定着した。

「八王子は、わしともお主とも縁がある」

中山が、はあ、と生返事をした。

八王子城を守っていた北条方の将の名は、中山家範《いえのり》。豊臣秀吉《とよとみひでよし》の小田原《おだわら》攻めに籠城で対抗し、その奮戦ぶりには攻め手の前田利家《まえだとしいえ》のみならず、秀吉や家康ですら感銘を受け、なんとか生かそうとしたほどだった。しかし家範は降ることを拒んで妻子を斬り、最後まで戦って死んだ。

そののち、家範の長男と次男が生きていることを知った家康が、秀吉に先んじて迎えたのである。長男は照守《てるもり》、次男は信吉《のぶよし》。いずれも家康の旗本として信任を受けた。

「確かに、私の祖父ですが……」

照守は、三百石の使い番となり、武功を重ねて三千五百石の大身旗本となった。通称、勘解由。これが今、子孫である中山の通称ともなっている。

「信吉には、わしがまだ幼い頃、よく叱られたものだ」

光國が、懐かしげに言った。信吉は、水戸徳川家の附家老《つけがろう》となり、十五年も前に亡くなっていた。家督を継いだ長男も致仕《ちし》したため、今は四男の信治《のぶはる》が、三代目の水戸家附家老として勤めている。

「縁といえば、大久保《おおくぼ》家のこともあるな」

光國がその名を出すと、中山が眉をひそめた。

八王子千人同心を組織したのは、同じく武田方だった大久保長安《ながやす》という人物である。もとは大蔵《おおくら》、土屋《つちや》を名乗り、家康に見出されて大久保忠隣《ただちか》の与力となったことから姓を大久保に改めたという。

大久保忠隣は、『三河物語』の著者として知られる大久保忠教《ただたか》の甥で、甲斐《かい》信濃《しなの》の平定に尽力し、小田原六万五千石を拝領して、秀忠政権下では老中を務めた人物だ。

その忠隣の三男である教隆《のりたか》の娘が、中山の妻なのだった。

「北条、武田、大久保の因縁をまとめて司るか。お主の血筋も面白いな」

「よして下さい。何の因縁ですか」

「まあ、聞け。極大師が、わしに三甚内のことを例えに出してすぐ、伊豆守が元武田方の旗本を日光に使わした。報せでは、列堂《れつどう》と了助《りょうすけ》は旅路で風魔の末裔と出くわしている。元武田方の向崎甚内が、先手となって一掃した盗賊こそ、武田と対立した北条方の風魔であったという」

これで中山の顔色が変わった。

「極大師が、今後起こることを、事前にそれとなく子龍様に示唆した、と？」

「かもしれん。少なくとも、千人同心の一件と、その日光派遣の裏には、何かがある」

「私が極大師の尋問を行い、浅草番に石坂の足取りを追わせます。街道にいる列堂殿にも報せましょう。伊豆守様の御内意の詳細については、相手に気取られぬよう、注意を払って調べたいと思います」

「だが極大師は、わしにしか話さぬと言うておるのだぞ」

「では失礼ながら、お鳩《はと》の声色で子龍様のふりをさせます」

「うーむ……」

「読耕斎殿の言葉をよくよくご思案なさって下さい。あのような罪人の穢れに触れてはいけません。万事、この私が仕りますゆえ、どうか泰姫のおそばにいらして下さい」

中山から懇々と説かれ、光國も反論できなかった。

それからすぐ中山が退室し、光國は自室に戻った。ひとまず拾人衆目付としてこれ以上やれることはない。書楼に行って学問に打ち込もう。そう思ったが駄目だった。

君子危うきに近寄らず。だが本当にそうなのか。追い続けた賊の棟梁が不可思議な理を突きつけてきたとき、所詮は外道の考えと一切を捨てておいてよいのか。

何より極楽組の件には光國自身の因縁が深く絡んでいる。自身の罪咎も、そそのかした者たちの罪咎も。それらの罪咎が雪《そそ》がれるとは思えないが、改心という言葉には、無視できないどころか強烈に引き寄せられる何かがあった。

あの極大師という男は、泰平の世にあって、ただ一人で戦を続けさせられたようなものではないのか。その男が真実、策謀に倦《う》んで改心という救いを求めたのか、はたまた光國を利用して別の策謀を繰り広げたいのか。いずれであるかを自ら見極めねば、迷うばかりだった。

だが中山は、その見極めも任せろと言っていた。とはいえ読耕斎の応答への反応からして、中山は粘り強く見極めるよりも、迷いが生じるくらいなら斬《き》り捨てるべきと考えそうだ。

しかもそう考えかねないのが、中山だけではないことを、光國は知った。

書楼に足を運べぬまま、いたずらに時を費やすうち、登城していた父の頼房《よりふさ》が、供の者たちとともに駒込邸に戻った。小石川《こいしかわ》邸の再建はだいぶめどがついてきたとはいえ、まだまだ水戸徳川家の全員が移り住むほどには整っていない。

家人に呼ばれて、頼房の部屋へ行くと、

「また、しばらく湯治に出ることになりそうだ。お前たちには迷惑をかけるが、な」

廊下に侍《はべ》る者たちにも聞こえる声で告げた。快癒したと思ったら、ぶり返す。今年は誰もが似たような状態だった。

「承知しました」

光國も端的に応じた。余計な気遣いをすると、かえって不機嫌になる点は似た者同士の親子なのだ。

それよりも父の名代として登城することになれば、ますます穢れに気をつけねばならなくなる。極大師について口にすべきか逡巡《しゅんじゅん》したが、その前に頼房が言った。

「姫の具合は？」

「今朝方、だいぶ落ち着いたと左近《さこん》から聞いています」

「同じ邸内だ。もっと頻繁に見舞ってやれ」

光國は苦笑した。

これまで正妻を娶《めと》らず、側室ばかり抱え、家族を案じる態度などろくにみせない父に言われる筋合いはないのだが、その父に気遣われるのが妙におかしかった。

「蔵のほうに閉じ込めた賊の穢れが気になるのか？」

急に、頼房のほうからそんなことを訊いてきた。

「いえ……ただ、正直、迷うております」

光國は言った。

そもそも穢れを恐れる感性自体、この父子には希薄だ。家中で罪人が出れば、頼房はためらわず自ら首を刎《は》ねる。幼少の光國に、斬った首を拾ってこいと命じたこともある。度胸試しのためだ。そんな父子が穢れに戦々恐々とするものではない。

やはり問題は、泰姫だった。

武家とは根本的に違う。自分たちの行いが姫に障ったらと思うと、言いようのない不安を覚えるのだ。

「迷いを断て、と命じられるやも、な」

頼房が言った。光國は目を剝いた。

「極大師を生袈裟《なまけさ》にせよとでも？」

これは江戸幕府の慣わしで、大名家が死罪人を預かり、処刑することをいう。生きたまま試し斬りにするという苛烈な刑罰だった。

「極大師こと勢多木之丞《せたもくのじよう》は、窮鳥懐に入れば猟師も殺さず、という情理にふさわしき者ではなく、ただただ獅子身中の虫である、という伊豆守の言に、上様（家綱《いえつな》）が賛同されたそうだ」

「上様が？」

「ひどく驚かれていて、な。大権現様の諜者のことも知らず、ましてや、その諜者が幕府転覆に加担したというのだから、無理もなかろう」

「伊豆守が、そのようにことを運ぼうとしているだけでしょう。あの男は、私に預けると決まったはず」

「だがもし貴様らが、勢多とやらに翻弄されるようであれば、ただちに処断すべしとの命が下ろう。わしも、かえってその方が良いかもしれぬと考え始めている」

「私では心許《こころもと》ないと？」

「いいや。わしとて覚束《おぼつか》なかろうよ。伊豆守すら、大権現様の諜者という遠慮もあったとはいえ翻弄され、召し捕ることもかなわなかったのだ。誰の手にも負えぬほどの怪傑ならば、いっそ――」

「お待ち下さい。まだその命も下っていないのですよ。せめて今の一件で、成果を得るか見届けて頂きたいものです」

「一件だと？」

光國が八王子千人同心の件を話すと、頼房はあっさりうなずいた。

「中山に差配を任せ、貴様が目付として見極めろ。ことの成り行きから、もし迷いのもとを断つと決めたなら、中山に生袈裟を命じ、自ら斬るなどという真似はするな。姫のこともある。家中に穢れを持ち込まぬようにな」

珍しくあれこれ指示された。委細任せるはずではなかったのか。ちらりと思ったが、光國は逆らわず承知した。

気分が落ち着かないまま自室に戻り、何をどう思い定めれば気が晴れるのかもわからず、いたずらに思案に耽《ふけ》っていると、

「もし、御曹司様。姫様からの文でございます」

廊下から、左近の呼ぶ声がした。

入らせて文を受け取った。今日は機嫌がいいという他愛ない文と歌である。それだけで、ぱっと気分が明るくなった。

「歌を返すのもよいが、もし無理でないなら、ともに詠みたいと伝えてくれぬか」

「はい」

左近がにっこり返したところをみると、実際に泰姫の体調は良いらしい。

いったん左近が去り、すぐに戻ってきて泰姫の諒解を告げた。

光國が左近と一緒に奥の部屋へ移ると、泰姫がきちんと起きて他の侍女たちとともに待ってくれていた。泰姫の血色がだいぶ戻ったことを見て取り、光國は思わず笑顔になりながら対面した。

「具合が良さそうで安心したぞ」

「はい。夏の頃よりはずっと楽です。旦那様は、何か御心配ごとがあるのですか?」

あっという間に見抜かれた。光國は頭を撫で、からりと笑って言った。

「たった今、なくなった。そなたの身が心配だったのだ」

泰姫が、柔らかに光國の手を取った。

「泰は大丈夫です、旦那様」

二

了助は、いつも通り夜明け前に床を離れ、木剣を手にいそいそと庭に降り、暁闇の空の下で棒振りを始めた。

一里塚番士の宅の庭である。昨夜降ったみぞれが丈の低い垣根の上にうっすら残っており、その向こうには、七本桜《ななほんざくら》の一里塚の影が見える。

江戸日本橋より三十三里目で、鉢石《はついし》から江戸方面へ向かった先の、今市宿《いまいち》を越えたところにある。

伯庵《はくあん》はとっくに江戸へ発ったが、義仙《ぎせん》と了助は当地に逗留し、近隣の森友村《もりとも》を訪れたり、次の水無《みずなし》の一里塚や、大沢宿《おおさわ》との間を、何度も行き来していた。

理由は、道の多さである。

まず今市宿から南へ行く道がある。徳川家康の命日に朝廷が使わす例幣使《れいへいし》が使う、中《なか》山道《せん》の倉賀野《くらがの》宿へ通じている。

七本桜と森友村の間には、同じく南の鹿沼《かぬま》宿へ通じる道がある。

北へは会津道、奥州道へ通じる道があり、加えて大谷川の水運があった。この地から、東西南北のどこへでも行けるのである。

「この辺りを念入りに調べれば、極楽組がどこの誰に匿われているかを知れるだけでなく、先々の手を読むことができるだろう」

と義仙は考えていた。

了助に異論があるはずもなく、喜んで街道を行き来した。この調子で旅が続いてほしいとすら思った。義仙ほど自分に色々と教えてくれる人はいない。今市に来てからも、新しい足運びと木剣の振り方を教わり、毎朝の棒振りがいっそう楽しくなった。

了助はまず摺《す》り足で庭を巡り、ついで左右に棒を振った。摺り足は普通、どちらかの足が常に前に出る。これに対し了助が棒を振るう際は、左右の足を交互に出すことになる。

「それを、剣術では歩み足と呼ぶ」

一気に間合いを詰めるため、ここぞというときに用いる足運びだと義仙は言った。

だが了助はその足運びを前提にする。柄の握り方も振るうたび左右逆になる。そのため、普通は半身になって相手の攻撃をかわすための「開き足」の動きも混じる。こうしたことから、武芸を学んだ者ほど了助の猛攻に意表を衝かれるのだという。

加えて、一気に距離を取ったり詰めたりといった跳躍的な動きをする。剣術でいう「継ぎ足」である。こうした了助の歩法は、道場稽古では学ぶことさえ出来ない。そんな風に激しく動き回れば、狭い道場では壁に激突してしまう。

だが野っ原や芥溜《ごみた》めで犬の群を相手にどっしり構えたりしたら、あっという間に囲まれる。町奴相手でも同じだ。了助からすれば、それこそ命取りの足運びだった。

「だが犬ならいざ知らず、人であれば、いずれ剣筋を読む者が必ず現れる」

どれだけ意外な足運びをしたところで、左右に振るだけとわかれば見切られる。

事実、極楽組の錦氷ノ介《にしきひのすけ》も、長刀を使う甲斐《かい》も、打ち倒すことなどできなかった。もし逃げ場もなく対峙《たいじ》すれば、殺されるのは了助のほうだ。

「お前の術は本来、打ち払って退けるか、逃げるかするためのものだ」

義仙も、極楽組の面々を打ち倒せとは言わない。そうではなく、遭遇したときに殺されないようにするための、別の技を教えてくれていた。

突きである。

左右に振るだけでは剣筋を読まれるからといって、上下の動きを入れたところで大差なかった。むしろ振り下ろせば、確かに打撃は強まるが、かわされた途端に隙だらけになる。振り下ろした得物を持ち上げるため、どうしても間が空くからだ。振り下ろしたとみせて斬り上げる技もあるが、体ごと左右に振ることに慣れた了助には、上下の動きは不向きだった。

それに比べ、突きは外しても引っ込めやすく、隙が少ない上に、多様なやり方ができる。両手で握って突く、左右それぞれの手で突く、突き上げる、突き下ろす。

何より得物の長さの分だけ相手と距離が取れる。牽制には最適だった。近づけば突かれると相手に思わせられれば、当然逃げやすくなる。後年、俠客のたぐいが同様の仕方で喧嘩をするようになるのも、斬るより突くほうが身を守りやすいからだ。

良いことずくめだが、取り入れるのはなかなか大変だった。足運びも握り方も新たな工夫が必要だった。それに、選択肢が増える。これまでは、足の位置でおのずと左右どちらへ振るか決まるから、考える必要がなかった。だがこれからは突くか振るかを選ばねばならない。そのせいで動きが鈍れば本末転倒だ。

「殺されると思ったときのため、奥の手として残しておけ」

義仙はそう言った。しかし木剣を握るときはたいていそうだった。打たねば殺されると思うから振るのだ。犬を払っていたときはそうだったが、いつの間にかそうではなくなっていた。殺されないためではなく、地獄を払うために打つという考えを得たとき、棒振りの意味が変わった。

そう考えると、突きの工夫は、元の自分に戻ることでもあるのだろうかとも思う。間違っても、元の自分が抱えていた地獄を取り戻したいとは思わない。だが芥運びで暮らしていた頃の、常に危険に備えようとする緊迫の念を思い出させてくれるのは確かだった。寺暮らしで薄まる一方だったその念が、おのれの中でぐっと込み上げてくるときほど、素早く上手に木剣を突き出すことができた。様々な柄の握り方から、どれを選ぶか迷うこともなかった。

その緊迫をあまりに強く感じ、昂ぶりを覚えると、いったん棒振りをやめた。

草鞋《わらじ》を脱いで足袋のまま縁側で坐禅を組み、目の前に木剣を置いて見つめた。

そうすると良いと義仙に教わったのだ。昂ぶりに任せて足を運べば転倒する。泥で滑る地面ならなおさらだし、実際、風呂屋ですっ転んだこともある。

息を整え、昂ぶりを鎮めるうち、おのずと牢の前に座る女性が思い出された。

光國の妻、泰姫だった。対面する両火房《りようかぼう》から、みるみる地獄が払われていったときのことが、身震いするほどの感動とともによみがえった。このところずっとそうなのだ。歓喜院や東照宮の美しい彫刻を思い出そうとすると、決まって極楽の光景のどこかに、牢の前に座る泰姫が現れるのである。

話が聞きたい。泰姫が言ったのはそれだけだった。そして相手に耳を傾けた。たったそれだけのことで地獄を払った。

自分の棒振りなど、泰姫の泰然自若なありように比べれば、足もとにも及ばない。そう思うと、とても不可思議な考えがわいてくるのだった。

──鶴《つる》の話が聞きたい。

光國をそそのかして、おとうを斬らせた悪党のことが知りたいなど、これまでの自分からすれば正気の沙汰ではない。だが鶴だけでなく、できれば錦ともそうしたかった。吽慶《うんけい》のためにも、悪妄駆者《あもくもの》の狂気に陥った錦のどこかに、まだ正気の部分がないか確かめたかった。

こうした思いはまだ義仙にも言っていなかった。本気でそう思っているのか自分でも自信がなかったのだ。しかしどうやら本当に悪党どもの話が聞きたいらしい、とこのときわかった。たとえ不快で嫌な目に遭うだけだとしても、自分の足下の地獄を本当に遠ざけるにはそうするしかない。そんな決心がわいたとき、縁側に義仙が出てきた。

「上手く振れていたな」

義仙が言った。見ていたのではない。木剣が空を切る音を聞いていたのだ。

「突きの工夫もしています」

了助は組んでいた足を解き、笑顔で言った。義仙が足跡だらけの庭を眺め、うなずいた。了助のつけた足跡から、正しい鍛錬ができていると見て取ってくれていた。

それから二人で水を汲んでいると、一里塚番士が起き出したので、一緒に火焚きをし、朝食を摂った。無音で食べる義仙と了助を、年配の一里塚番士が真似しようとするのがおかしかった。

膳を片づけてから、一里塚番士が言った。

「そろそろ名主たちが何か伝えに来てくれるかもしれんですな」

うむ、と義仙が呟いたが、期待している様子はなかった。この地に来てからずっと、そんな様子はないのである。

「条々《じょうじょう》の件は、伝わっておりますからな」

一里塚番士は、だからきっと大丈夫だと励ますように続けた。条々とは『盗賊人穿鑿《とうぞくにんせんさく》条々』という幕府のお触れのことだ。

大火の直前、明暦三年正月に出されたもので、関東八州の村の名主と五人組に、盗賊の監視や密告を命じ、ぐずぐずして盗賊を取り逃がせば、名主と五人組を罰するという厳しいお触れだ。

一里塚番士は、連日歩き回っても成果を得られない義仙と了助を気の毒がっていた。だがそもそも村の名主や五人組はおろか、代官所ですら盗賊に対抗できる武力を持っていない。幕府とて関東八州を巡察させる仕組みすらまだなく、村々には盗賊に報復されないよう匿名で密告するといい、といった助言をするにとどまっている。

当地の代官所に極楽組のことを尋ねた際も、このように現状を聞かされたものだ。

「近くに盗人蔵があるんだろうと、ずっと前から噂です。だって盗賊が出ないんですから。きっと盗人蔵の近くで騒ぎが起こらないよう、土地の盗賊が目を光らせてるんですよ。おかげで、どこかにある盗人蔵を、ありがたがる者もいるほどで」

まったく本末転倒だが、結果的に村の暮らしが守られるなら構わないと、むしろ代官所からして捜索には消極的だ。

そんなわけで義仙が土地の代官所に期待する様子はなく、了助もその点ではすっかり油断して宅を出たのだが、街道に出るなり、向こうから誰かが息せき切ってやって来た。

代官所の者だ。義仙と了助が足を止めると、二人へ手を振り、寒さで肩をすくめるようにしながら近寄ってきた。

「ああ、列堂様。ちょうど良かった。代官様に言われて来ました」

「どうなされた？」

「箱です。箱が焼かれているのを村の者が見つけました。空っぽの千両箱です」

「その場所へ案内して頂きたい」

「ぜひ、ぜひ。ついてきて下さい」

義仙と了助はそうした。

代官所の者が案内したのは、森友村の北の外れにある小さな社だ。境内と呼べるほどの敷地もない。その社の真ん前に、くすぶって煙を上げるものがあり、周囲に村人たちが集まって不安そうにしていた。

代官も来ており、中途半端に焼け残った箱に困惑顔だった。

「これは、列堂様。わざわざありがとうございます」

「これが焼かれていたという箱か？」

「はい。村の者が見つけ、慌てて火を消したとのこと。火事になっては大変ですから」

「火をつけた者は見なかったのか？」

「誰もいなかったようです。もしや……日光から盗まれたものでは？」

代官が声をひそめて訊いた。その件はおおやけには伏せられているが、森友村は日光神領とあって内情はすぐに伝わる。

義仙は首を傾げてみせただけだった。日光の一千両は抜き取られたのだから、箱は関係ない。そもそも、こんな目立つ場所で箱を焼く意味が了助にはわからなかった。

「焼け残ったものを、代官所に運んでおきます」

代官が、大事な証拠だからと言ったが、義仙はもうその箱を見てもいなかった。

「辺りを見回っても良いかな？」

義仙が訊いた。代官も村人たちも駄目とは言わない。厄介ごとを引き受けてくれる二人に感謝する様子だ。

一帯は、起伏の激しい森である。ゆったりと見て回る義仙のあとを了助は大人しくついていったが、何もなかった。

森の北側へ出ると、斜面の下に、石ころだらけの狭い川原があり、大谷川が流れている。川原と呼べるのはそこだけで、川べりは鬱蒼と緑が生い茂り、急峻なせいか渡し舟も見えない。

義仙は、ひとしきりその辺りを眺めてから、こう呟いた。

「どうやら、我々の姿を見たくて、わざわざ箱を焼いたらしい」

「見る？　襲うためですか？」

「気配はあったが、殺気はなかった。もう去ったようだ」

「どういうことでしょう？」

「戻りながら考えよう」

きびすを返す義仙に了助も倣った。義仙は森を迷わず進んだ。目印にしやすい大杉や山などを教えてもらったおかげで、了助も今どの辺りにいるか見当がついた。

難なく社に戻ったときには誰もいなくなっていた。箱も消え、燃えかすには土がかけられている。義仙はそこでふと足を止め、了助を見下ろした。

「お前がほしいのかもしれない」

了助はきょとんとなった。

「瓦曽根《かわらぞね》村の鳥見頭《とりみがしら》の宅で、極楽組の一人が養子の件を持ち出し、お前を私から引き離そうとした」

はたと思い出した。確かにそうだ。しかし何のためか。それも遅れてわかった。

「子龍様が、おれのおとうを殺したから？」

水戸徳川家の恥であり罪咎である。証人たる了助を抱えようと画策したのは伊豆守だ。

では千両箱を焼いた者は、自分を伊豆守に引き渡そうとしているのか。

「賊にとって、お前が伊豆守との交渉に使えるのか、それとも賊がそもそも伊豆守に通じているのか。その点がはっきりすれば、先の手が読めるのだが」

再び歩き出す義仙の後を追いながら、了助はかねて考えていたことを口にした。

「おれが、あいつらと話すことは駄目でしょうか」

「あえて敵の懐に飛び込むと？」

「はい。もしあいつらが、おれをほしがってるんなら、殺されないんじゃないかと」

「何を話す？」

「いえ、おれじゃなくて、あいつらの話が聞きたいと思って。なんで、おれのおとうだったのか、とか……。あの、おれじゃ、無理ですか？」

「虎穴に入って一切動じぬ自信があるなら上策となる。少しでも動じれば下策となり、問答無用で殺されることもありうる」

淡々と義仙が言った。了助がどちらであるとは断じず、

「今一つ、何か手を打ってからのほうがよいだろうな」

呟くようにそう口にした。

どんな手か、義仙にもまだ判然としないようだった。だがそれも、ほどなくして向こうからやって来た。

まず来たのは手紙である。一里塚番の宅に戻ると、中山勘解由の名が記されたそれが届けられていた。義仙が受け取って読み、内容を了助にも教えてくれた。

極大師が向崎甚内の名を持ち出したので留意せよ。八王子千人同心の千人頭が、伊豆守の御内意を得てそちらへ向かったようなので気をつけろ。なお泰姫の病状が思わしくないゆえ光國が差配から退いて目付に専念し、中山が一切を取り仕切る。

とりわけ了助が注目したのは泰姫の件で、胸を衝かれる思いだった。あんなにも地獄を遠ざけられる人が病に罹るなんて。ひどく不条理な気がして悲しくなった。

だが義仙は当然、違う点に注目した。

「明日、大沢で宿を取り、千人頭の石坂正俊を待ち伏せる」

そうする路銀も十分あった。輪王寺宮《りんのうじ》から、事件解決の褒賞金を頂いたのだ。長逗留の礼として一里塚番士に宿代を払うこともたやすく、払いが良いためか、宅を出ると告げた義仙に、いつでもまた泊まってくれと一里塚番士はしきりに言ったものだ。

翌朝、水無の一里塚を越えて大沢宿に入った。将軍の御休息所があるが、たびたび火事に見舞われたという火難のせいもあって、こぢんまりとした宿場町だった。

四十余軒ある旅籠《はたご》の一つで部屋を取り、千人頭とやらを待ち構えた。人相も分からないのに大丈夫だろうかと了助は不安に思ったが、こればかりは杞憂だった。

武士一人と思ったら、供の桁が違った。なんと百人もの同心を率いて現れたのである。日に焼けた肌をした筋骨逞《たくま》しい男たちで、鉢がねを額に巻いて具足をつけ、槍鉄砲を担いでの堂々たる行軍である。よく関所を通れたものだと了助を唖然とさせたが、義仙は気にもしなかった。

続々とやって来る武士の一団に、誰もが恐れをなして道を譲る中、義仙は了助とともに道の真ん中に立ち、先頭の者に声をかけて全員の足を止めさせた。

「失礼ながら、石坂正俊殿とお見受け致す。私は柳生《やぎゅう》列堂義仙。さる方々の御内意により、当地にいる」

「確かに、石坂です。列堂殿のことはこちらも伺っております。探して見つけねばならないと思っていたところでしたが、まさかそちらからお出でになるとは」

「私を求める理由をお聞かせ願いたい」

「承知しました。宿に入り、支度を致しますので、しばしお待ち願えますか？」

義仙が同意し、自分と了助が泊まる宿の名を教えた。戻って待つうち、宿の者が客の来訪を告げた。上がってもらうように言うと、石坂一人が部屋に現れた。

質素な着物姿だった。あらかじめ、将軍休息所にある家臣のための宿泊所に話を通していたそうで、旅装束や具足一式はそちらに置いてきたという。

「改めてご挨拶を申し上げます。私は八王子千人同心の千人頭、石坂と申します。列堂義仙殿とその扈従《こしょう》の六維《むい》了助とお見受けします」

了助の名も正しく口にした。義仙は一点だけ訂正を述べた。

「扈従ではなく私が預かったまで」

石坂は、失礼、と言って二人に小さく頭を下げた。

「老中様より養子斡旋の意向を伺っております。従者をつけますので江戸へ……」

「お待ちを。それについては先般、同郷の柳生の者を通し、お断り申し上げたはずだが、お聞き及びではないと?」

「や、さようですか。となると重ねてのお尋ねということになりますが、考えに変わりないでしょうか?」

義仙が了助に目を向けた。了助は、きっぱりとかぶりを振ってみせた。

石坂は意外そうだった。老中の養子斡旋である。なぜ喜ばないのかという顔だ。

だがその話題はこれで終わりというように、義仙が言った。

「私を求めた理由をお聞かせ願おう」

「当地の賊を追っているとの由。これより我らに一切をお任せ願います」

嫌だと言っても力尽くで退ける。そういう気迫が込もった言だった。

「それはどなたのご意向か?」

「意向ではなく、父祖の大義です」

「大義とは?」

義仙の問いに、石坂は大きく息を吸い、鼻の穴を広げてこう告げた。

「甲州征伐」

三

八王子千人同心の祖は、甲斐武田家の旗本である。当時は、小人頭《こびとがしら》と呼ばれる者が九人おり、それぞれ手勢を抱えていた。数百人規模に過ぎなかった彼らを、千人にまで増大させたのは、同じく武田家に仕えていた土屋十兵衛長安こと、大久保長安である。

始まりは天正《てんしょう》十年（一五八二）、激動の混乱期にさかのぼる。

その年、まず武田勝頼《かつより》が織田信長《おだのぶなが》に敗れて自刃し、武田家が滅亡した。かと思えばその僅か数ヶ月後の六月、信長が本能寺の変で斃《たお》れた。羽柴《はしば》秀吉が清洲《きよす》会議をもって織田家の後継者となる一方、甲斐国、信濃国、上野国《こうずけ》一帯は、為政者のいない内乱状態に陥った。

これを、天正壬午《じんご》の乱という。

家康も、北条と争うほか、上杉や旧武田勢を相手にし、あるじなき国々の攻略をはかった。乱は、徳川と北条が講和を結ぶまで五ヶ月も続き、この間に、多くの武田家遺臣が、徳川方となっていった。

信長が武田の残党狩りを命じたのに対し、家康は武田家遺臣の取り込みを推進していた。家康の「慈悲心」のあらわれというが、徳川方の増強に努めたまでといえる。

「そしてこの天正十年に、元武田家配下の九人の小人頭が、浜松で大権現様に謁見し、甲州九口の道筋奉行となったのです」

石坂は言った。

他方、家康家臣の大久保忠隣の与力となった長安は、作事（建築）、勘定（経営）、さらには鉱山開発の才を発揮して家康を扶け、またたく間にその立場を強めた。

とりわけ乱後の甲斐国を平定するよう命じられるや、長安はあらゆる手を尽くし、数年のうちにこれを成し遂げてしまった。

所務方の本多正信《ほんだまさのぶ》や伊奈忠次《いなただつぐ》ら有力家臣が奔走したとはいえ、甲斐国と旧武田家の事情に通じた長安がいなければ、到底不可能だったろう。

天正十七年（一五八九）になると、天下平定を推し進める豊臣家と、北条家の関係が悪化し、翌年には小田原征伐へと発展する。これにより北条家は力を失い、家康が国替えで関東に移ることとなる。これが江戸の始まりともなるのである。

関東二百五十万石のうち、百万石が家康のものとなったが、当時の関東八州は戦乱で荒廃し、様々な家の旧臣が、盗賊と化して跋扈《ばっこ》する土地だった。

秀吉の目論見としては、めきめきと力をつける家康が、関東平定で頓挫することを内心で期待しつつの国替えであったのかもしれない。だが家康は才ある者たちを次々に奉行・代官に任じ、関東の統治を実現していった。

長安も、代官頭となって活躍し、天正十九年（一五九一）には早くも武蔵国八王子に、表向きは八千石だが、実際には九万石もの所領を与えられた。

長安は、その地に十八人の代官を置いて開拓を進める傍ら、国境の防備を整えるべく、家康の許しを得て、道筋奉行であった九人の小人頭に一人を加え、五十人ずつ同心を配した。

「これが、八王子五百人同心です」

十人の頭は旗本だが、同心は農作業をしながら戦に備える半農半士とされて今に至る。その同心を、八年後の慶長《けいちょう》四年（一五九九）に、長安が一気に倍増させた。頭一人につき百人を従えさせたのである。

「名実ともに、今の八王子千人同心となったのも、戦に備えるためでした」

石坂が言う通り、翌慶長五年（一六〇〇）は、徳川方の命運を賭けた戦の年となった。会津征伐と関ヶ原の戦いである。

八王子千人同心も、家康の長柄頭《ながえがしら》として奮闘し、徳川方の勝利に貢献した。決戦ののち、豊臣家のものであった金山銀山が、徳川家直轄となり、かねて鉱山開発でも活躍していた長安が、そうした地の代官となった。また長安は、関東一帯の街道の整備も命じられ、一里塚の設置を進めた。

こうしたことから、長安の権限はみるみる拡大し、徳川家直轄となった百五十万石の、実質的な経営を司るほどとなった。

「天下の総代官」の誕生である。

さらに長安は七人の息子を、有力な武家の娘を娶《めあわ》せるほか、松平忠輝《まつだいらただてる》と、伊達政宗《だてまさむね》の長女の五郎八姫《いろはひめ》の婚儀を取り持つなど、諸大名との人脈を確かなものとした。

その生活は栄耀栄華と呼ぶにふさわしく、家中どころか配下の代官所ですら奢侈《しゃし》がまかり通り、長安自身も公私を問わず何十人という側妾を連れて歩いたという。

だがその天下も長くは続かなかった。金銀の産出量が減っていくとともに家康の信頼を失っていったのである。しまいには代官職を次々に取り上げられ、慶長十八年(一六一三)には、以前から悩まされていた中風が悪化して、世を去ることとなった。

「長安の亡骸は、甲斐に運ばれる手筈でしたが、その前に、事件が起こったのです」

石坂が、神妙な顔で告げた。

他ならぬ家康が、長安の葬儀を差し止め、代官所の勘定の調査を命じたのだ。

すぐに長安配下の手代の不正が明らかとなった。家康は続いて、長安その人の蓄財を調べさせ、その子らに長安が関わった全ての勘定の調査を命じた。

だが子らが、「亡き長安に比べて能力がなく、役目を果たすことができない」と答えたことに怒った家康は、彼らから奉行職や知行など一切を取り上げて勘当した。

「ですが、大権現様のお怒りはそれだけでは収まりませんでした」

なんと、長安が遺した七人の息子全員に、切腹を命じたのである。

血も涙もない粛清だった。これにより家は断絶、その蓄財を検められ、一切合切が没収されて駿府の蔵に納められた。金銀だけでも五千貫余りもあったという。

しかも事件はこれで終わらず、長安が築いた人脈がそのまま連座の対象となった。長安と結託して不正に蓄財したとみなされた者は、改易や流罪、あるいは切腹に処された。これには家康の実子、松平忠輝の改易もふくまれているとも噂された。家康が武田家遺臣の取り込みにみせた「慈悲心」など、かけらもない処断である。

「このとき、まことしやかに噂されたのが、長安の謀叛についてであったといいます」

石坂の言葉に、了助は目を丸くした。将軍様の目を盗んでお金を貯め込んでいただけならともかく、その将軍様を打倒しようとしていたというのでは、罪の桁が違った。

「大賀弥四郎《おおがやしろう》のごとくか？」

義仙の問いに石坂が大きくうなずいた。

「まさに。まだ武田家が甲斐にあった頃、三河諸村の代官だった大賀弥四郎は、実は武田と通じておりました。これを知った大権現様は、弥四郎とその妻子全員を磔にしたといいます」

一族郎党の連座は、とりわけ主君への裏切りが発覚したときに顕著となる。

織田信長が武田の残党狩りを命じたのも、そもそも婚儀まで整えて同盟した武田に裏切られたことへの憤激があったからだ。

確かに、長安の事件の結果だけみれば、息子全員が死罪とされ、縁者も咎められている。だが本当に謀叛が企てられていたなら、死罪人の数は桁違いになっていたはずだ。刑も切腹よりずっと苛烈なものになっていただろう。千人同心だってどうなっていたかわからない。

「謀叛の企てがあったのは、事実なのです。ただし、大権現様もご承知の上でのこと」

これには、了助だけでなく義仙も首を傾げた。家康自ら承知の謀叛とは、矛盾も甚だしいではないか。

だが石坂は、いっそう神妙な顔つきで、

「それが、甲州征伐の義です」

と最初の言葉を繰り返した。

いったいいかなる義か。それは、長安が、混乱する甲斐の平定に着手した頃、すでに講じられていた企みだった。

一向に徳川方になびかない元武田方の諸士をまとめるため、「武田再興の策」を、長安の方から申し出て回ったのである。

かの大賀弥四郎に倣い、武田家遺臣である長安が率先して徳川方に降って地歩を固め、いずれ諸士を呼び集めて城を奪い、再興をはかる。

どこか、のちの由井正雪の空論を想起させる策である。当時の甲斐に跋扈していた者たちはこれを信じ、徳川方への面従腹背に応じた。その頃は一向一揆が頻発し、元武田方が狙い撃ちにされていたという事情もあった。一向一揆の背後には徳川方の煽動があるとみなされており、早急に鎮定せねば自分たちが危うかったのである。

　事実、長安が持ちかけた策に応じた地では、またたく間に一向一揆が下火になった。元武田方からすれば、応じざるを得ない策であったろう。

　だがその策は、二重に用意されていた。元武田方が大人しくしているうちは、来たるべきときに備えておけ、と言うだけでいい。だがもし彼らが痺れを切らして決起へと傾いたときは、どうするか。

「彼らを一カ所に集め、我ら千人同心が取り囲んで誅滅する。それが甲斐征伐の義」

　石坂がようやくその意を告げ、義仙と了助が顔を見合わせた。

　決起を願う者たちを集めて一網打尽にする。征伐とは言うが、騙し討ちである。まったくもって、どこかで聞いた策だった。

「その策を考えついたのは、もしや大権現様配下の諜者か？」

　義仙が訊ねると、石坂は隠そうともせずこう告げた。

「はい。亡き祖父から聞いたところでは、大権現様が育てた諜者がおり、とりわけ関ヶ原の合戦の前後、徳川家のため様々な策を企てており、それで千人同心もずいぶん働いたとのこと。甲州征伐の義も、そうした策の一つなのです」

「その諜者が今も生きており、悪党を糾合《きゅうごう》して罪を働いたため、つい近頃、この街道で捕らえられたことはご存じか？」

「な、なんですと？　確かに本人なのですか？　年をとりすぎているのでは……」

「確証はないが、十中八九、その諜者本人だろう」

石坂は驚いたようだが、かといって自分たちに関係があるとは思っていないようだった。

「本当なら、関東平定の陰の功労者。泰平の世で罪を働くとは許しがたいことですが、一度会ってみたいものです」

「そうした方が良いかもしれぬな」

「と、仰ると？」

「そこもとの義の続き次第だ。それで、なぜこの街道で甲州征伐を？」

「ここから先は秘中の秘。また、老中様もご承知とはいえ、あなた方がこの一件についてお尋ねになっても、関知しないことだと言われるでしょう」

「うむ。口外はせぬし、こちらもお報せする相手は老中様だ」

「では申し上げます。全ては、向崎甚内を名乗る者が現れたがゆえ」

「その昔、磔にされた盗賊の頭の名だな」

「はい。武田家家臣、高坂弾正の子孫などと称していますが、正体は関東八州に散った、武田のかまりです」

意味がわからず眉をひそめる了助に、

「忍《しのび》のことだ」

と義仙が言った。

北条方に仕えた忍が風魔を名乗り、すっぱ、らっぱなどと呼ばれたのに対し、武田方に仕えた忍は三ツ者あるいはかまりと呼ばれたという。

「向崎甚内は、武田再興の策に応じて乱を生き延び、上野国や信濃国に拠点を設けて盗人を従えるようになったといいます」

「新たな向崎甚内も、かまりの子孫か？」

「いいえ」

石坂は確信を込めて否定した。

「では何者と？」

「大久保長安の子です」

了助は目をみはった。先ほどみんな切腹になったと言ったばかりではないか。だが義仙のほうはすぐに察し、こう言った。

「側妾たちの子か」

「はい。長安死後に生まれた者も、かなりおりまして、千人同心が引き取った者もおります」

「どうして今の向崎甚内が、長安の子だとわかった？」

「長安亡きのち、千人同心は常に甲州征伐の義に備えながら、徳川方として御役目を頂戴してきました。むしろその義があるからこそ、長安の件があっても一切咎めを受けなかったのです。しかし、お家断絶や家財没収を怨み、出奔した者もいました。男だけとは限らず、長安の側妾だった女なども、旧武田方へ流れ、そのため秘中の秘であったはずの策が……」

「相手にも知られるようになったと？」

「はい。逆に、我々を頼って来る、旧武田方もおります。なんといっても、今や主君なき野武士同然。時代錯誤も甚だしく、今の徳川の世がどういうものかも知らない集落さえあり、たいてい困窮して賊になるほかないのです」

「なるほど。そういう者たちほど、過去の義を持ち出しそうなものだ」

「まさに。我々が五年前、日光勤番となったことから、彼らの方こそ甲州征伐の義をもって、我々と対決することを企むようになりました。そのために当地に移り住んできた者もいます」

「つまり相手は日光で合戦がしたいと？」

「はい。八王子を攻めるほどの力は、彼らにはありませんから。将軍様と我々を一度に最も狙いやすい場所として日光はうってつけなのです。企んだのは、ある兄弟で、どちらも長安側妾の子です。兄が向崎甚内を名乗り、弟は甲斐と名乗っているとか」

ここでまた義仙と了助がちらりと顔を見合わせた。極楽組の甲斐と同じ人物か確かめるべきだったが、義仙はそのことについては質さず、別のことを訊いた。

「そうしたことを、いかに探ったか伺ってもよろしいか？」

「探るも何も、千人同心の子や縁者に、彼らの方から糾合を呼びかけて来る始末でして。社参する将軍様を攫《さら》って擁立し、日光神領を奪って自国となすとか。本気でそんなことを考えているんです。今の世の常識など通じませんよ」

「なるほど。それでご公儀にお報せしたところ、解決を命じられたと？」

「おおやけには何も命じられてはおりません。諜者の策など世に存在しないことになっておりますし、今では千人同心と旧武田方の野武士連中とで互いの縁者が入り乱れ、いわば身内の不始末ということに……」

「それでは、千人同心も咎められよう」

義仙が指摘すると、果たして石坂は奥歯を噛みしめ、悲愴な面持ちとなった。

「放置して本当に日光攻めなどされれば、千人同心全員が咎めを受けます。お務めを失わぬためには、誰かがこの不始末を片づけねばならないのです。代わりに、老中様は残りの千人頭をいっそう取り立てると明言して下さいました」

その老中が伊豆守であることは明白だった。千人頭一人と配下百人が、望みもせぬ私闘を行わねばならず、自ら咎めを引き受けるというのである。

過去の因縁が積み重なった末の、とんでもない不条理に、了助は呆気にとられるとともに気の毒で仕方なくなった。

いったい武士とは何なのか。たかが知れた禄のため、不自由を競い、不満を溜め、旗本奴のように暴発する。気づけば、そんな武士を哀れにすら思うようになっていた。

「お分かり頂けたでしょうか？　どうか我らが務めを果たすまで、手出し無用に願います」

「千人同心は鹿島新當流《かしましんとうりゅう》を学ぶとか」

義仙が、絶妙の間で、まったく関係なさそうなことを口にした。石坂が気炎の吐きどころを失い、鼻白んで言った。

「ええ、まあ……武田方に使い手が多かったからですが」

「始祖の塚原卜伝《つかはらぼくでん》は、鹿島神宮の祭神たる建御雷神《たけみかずち》より極意を授かったという。建御雷神は必ず先に談判し、ただちに戦をすることを慎んだ。鹿島新當流の極意も、その態度に通ずると聞いている」

「まさに仰るとおりです。しかし甚内や甲斐が、こちらとの談判に応じるとは思えません」

「では、こちらの小さな建御雷神に頼むのはいかがか？」

だしぬけに義仙が了助のことを持ち出し、石坂をぽかんとさせた。

了助のほうも神様の話に興味津々で、いきなり話を振られてびっくりした。

「この子を使わすと？　殺されますよ」

「そうさせぬよう手を打つ。そこもとにも協力してもらいたい」

「ですが……」

「そもそもあちらが、この子を欲しているのだ。今日もこちらをおびき寄せるため、わざわざ村の外れで千両箱を焼くということをした」

「なんと。いったい、この子は……。や、よもや、老中様の隠し子……？」

その飛躍に、了助の方がぎょっとなった。だが石坂からすれば他にないのだろう。

「あいにく話すわけにはいかない。そこもとの話はよくわかった。だが一つ見極めねばならないことがある。今の向崎甚内と老中が、通じているかどうかだ」

石坂が愕然となった。

「まさか。そんなことがありますか」

「そもそもが、総代官と呼ばれた大久保長安が担った策。それを今、誰がどう用いているか探るのが、私たちの役目でもある。そこもとも、背後にあるものを見極めてから務めを果たしても遅くはないと思うが、いかがか？」

石坂は、義仙と了助の間で視線を行ったり来たりさせ、やがて深く息をついて言った。

「承知しました。私は何をすれば良いか、仰って下さい」

夜明け前、了助は旅籠をこっそり抜け出した。完全な旅支度である。

髪を頭の後ろで束ね、防寒のため頭巾を巻いて耳と口元を覆っている。

義仙に櫛を入れてもらったのだが、こんなに髪を伸ばしたことも、櫛の歯の感触も初めてで、頭の皮を引っ剝がされそうだと思った。

変装のためではない。逆だった。人相書きにしやすいよう髪型を整えたのだ。

宿場を離れて街道を今市に向かって進み、途中で右の脇道に入った。

かつて将軍家光が造営させたという御殿があり、そこに入り込んだ。もう使われていないと石坂から聞いていた通り、ぼろぼろで隙間風が吹いている。

外で寒さに耐えるよりはましだと考えたが、一室で小さな囲炉裏を見つけ、これ幸いと火を起こして暖を取らせてもらった。

やがて外が明るくなる頃、大沢宿で騒ぎが起こった。養子斡旋のため江戸へ連れ帰るはずの子どもが逃げた。石坂と同心百人が口々にそうわめき、人相書きをしたためて宿じゅうを駆け回ったのである。

宿場町のどこにもいないとわかると、江戸方面、日光方面の二手に分かれて街道を駆け、手当たり次第に尋ねて回った。

これが演技だと知っているのは石坂だけで、配下の同心は必死である。こんなところで火を焚いていては見つかるに決まっているが、石坂が上手く人を配し、こちらには来ないようにしてくれる手筈だった。

了助は廃墟に籠もり、炉端で禅をし、木剣を振り、湯を沸かして弁当を食った。自由気ままに過ごすことで、今後すべきことへの緊張を可能な限り緩めることに努めたのである。

日が暮れ始めると、了助は囲炉裏の火を消し、きっちり頭巾を巻いて廃墟を出た。足早に向かうのは、森友村の外れの森である。迷ったらと思うと怖かったが、義仙から目印になるものを教えてもらったおかげで、真っ暗になる前に、千両箱が焼かれていた社に着いた。そこから森へ入り、目指すべき場所へ向かった。

あった。森から出たところに急斜面があって、下に石ころだらけの川原がある。了助は安心のあまり笑顔になって頭巾を取り、それで額の汗を拭った。

眼下にいる者へ顔をさらすためでもあった。最初に来たときは何もなかったその川原に、一艘の舟がつけられており、船首に火の入った提灯《ちょうちん》が吊されている。その舟のそばに、笠をかぶり、腰に脇差しを佩《は》き、肩に長刀を担ぐ男が立っていた。

男のほうも笠を取って、浅黒い顔を了助にさらしてみせた。間違いなかった。越ヶ谷で対峙した極楽組の一人、甲斐だ。

「お願いです、その舟に乗っけて下さい。銭ならあります。盗んだものですが」

了助はそう訴えながら、斜面を下りていった。

甲斐は笠を手に腕組みしている。刀を抜く気はないと、はっきり示していた。

「なぜここに来た？」

眼前に来た了助へ、甲斐が訊いた。

「一緒にいた列堂って人が、千両箱を焼いた誰かは、舟でここに来たんだろうって言ってたから。おれもその舟に乗っけてもらえば、逃げられると思って」

「何から逃げている？」

「伊豆守って人が命令して、おれを江戸に戻して閉じ込めるために、百人も武士をよこしたんだ。列堂さんは反対してくれたけど、百人相手じゃ敵いっこないから、おれだけ逃がしてくれた」

甲斐が低い声で面白そうに笑った。

「お前のために百人が来たわけではない。が、おかげで、お前をあの男から引き離すことができたわけか。しかも、お前がここに向かっていると手の者から聞いて来たが、よもやそういう考えとはな」

了助は、甲斐の次の言葉を待った。ならばその百人の代わりに自分たちがお前を伊豆守に引き渡してやろう。そう口にするかどうか確かめねばならなかった。

「お前のことはこちらも興味を持っていた。理由はわかるか？」

「水戸家の御曹司が、おれのおとうを斬ったから。おれがいれば水戸家を脅せる」

「まあ、間違ってはいない。だが同じ理由で、お前は鶴《つる》に意趣があるはずだ。それとも鶴に果たし合いを望むか？　別におれは止めんし、望むならそうさせてもよい」

楽しんで見物してやろうというようだった。了助はこの上なく正直に言い返した。

「おれは武士じゃない。武士の考え方は嫌いだ。それだったら、話が聞きたい。なんで、おとうをあんな目に遭わせたのか。それがわかればいい」

「ふむ……。残念だが、鶴と錦は江戸へ向かった。おれはここでやることがあるが、それが終わったあと、二人と落ち合うことになっている」

了助はすかさず言った。

「おれを連れてって下さい。お願いします。老中様に閉じ込められるのは嫌だ」

甲斐は笠をかぶると、背の長刀を手に取った。いつ抜かれても反応できるよう了助は息を整えた。だが甲斐はその長刀を舟に置き、自分も乗り込むと、振り返って言った。

「乗れ」

了助は駆けていって、漕ぎ棒を手にする甲斐に用心しながら舟に乗った。甲斐は、いきなり棒で殴りつけてくることもなく、棒で舟を川へと押し出した。

辺りは真っ暗だ。しかし甲斐は慣れた様子で、提灯一つを頼りに、危なげなく舟を進めている。了助は頭巾をかぶり直し、緊張を遠ざけるための呼吸を繰り返した。ここからは一人だった。傍らに義仙はいない。代わりに賊だらけの場所に行くことになる。動じれば、義仙が言う通り、この行動は下策に終わる。地獄に囲まれ、命を失うことになる。

自分に地獄を払う力があることを願いながら、了助は、追い続けてきた賊の一人が漕ぐ舟に乗って、見知らぬ暗がりへ運ばれていった。

かまりの隠れ里

一

ゆったりとした川の流れる音に、寒風に揺れる枝葉の擦れる音が混じっている。

真っ暗闇だった。左右を傾斜の激しい河岸と生い茂った木々に挟まれているせいで、星月の明かりも届かないのだ。

船首に吊された提灯の明かりを頼って目を凝らすことを、了助《りょうすけ》はとっくにやめている。背後にいる舟の漕ぎ手を振り返ることもしない。大人しく船首側に座り、あぐらをかいた脚の上に木剣を横たえ、禅に努めた。

頭巾で顔を覆い、厚着の上に菰《こも》を巻いているが、川面の空気は、陸上よりずっと冷たい。血の巡りを促す呼吸を保たねば、冷気を吸って胸痛を起こしそうだ。

決して流れの速い川ではないとはいえ、普通はこれほどの暗黒の中で、舟を漕げるものではない。川は一直線ではなく左右に蛇行する。灯りが河岸を照らすのを確認してから避けていては、いずれ激突するだろう。衝撃で投げ出されたり、舟が転覆したりしたら命取りになる。

冬の凍《い》てつく川がどんな風に人を殺すか、了助は先の大火で思い知っていた。大勢が蝟集《いしゅう》して体温を保とうとしたし、陸地では猛火が燃え盛っていたから、かろうじて生き延びたのだ。ここではどちらも期待できない。すぐさま這い上がり、火を起こさねば凍え死んでしまうが、周囲が崖だらけではそれも容易ではないだろう。

だが漕ぎ手である甲斐《かい》は、難なく舟を運んでいる。舟運《しゅううん》の腕が達者であるという以上に、これまでに何度となく行き来し、川の形状や速さをすっかり覚えているのだ。目をつむって舟を漕ぐような命知らずの行為だが、幕府の追っ手をかわすにはそれ以外ないのだろう。

了助も、そうした逃避行を続けてきた甲斐の道行きを信じ、平静でい続けた。舟から落ちることを恐れて慌てふためけば、かえって転覆の危険を招く。そんな状態の者を、甲斐は舟に乗せておかず、すぐさま川に投げ込もうとするに違いなかった。

果たしてその了助の考え通り、ふと甲斐が言った。

「よい座り方だ。怖じ気づいて騒ぐなら捨てるつもりだった。師の教えのたまものか」

了助は体の向きを変え、甲斐を見た。暗いせいで表情はわからなかった。

甲斐のほうは、ずっと了助を観察していたらしい。逃亡者とは思えないほどの余裕だ。誰も自分たちを追って来られはしないという自信が窺えた。

「朝まで漕いで、遠くに行くんですか?」

了助が訊くと、甲斐の苦笑が返ってきた。そんなわけがあるか、と言いたげだ。

「この先は急流になる。おれでも危うい」

甲斐が言い、舟を右岸へ近づけた。了助にもそれが見えた。突然、ほの明るい陸地が現れたようだった。砂利が集まって平らな地面をなしており、木々が少ないため、そこだけ星月の明かりが届いているのだ。今市の外れで、甲斐が舟をつけていた場所と同様の地形だった。

舟を砂利地につけ、甲斐が言った。

「先に下りろ」

了助は木剣を持って立ち、舟から下りて手足の強ばりをほぐした。

甲斐も下り、舟を引っ張ってさらに砂利地へ船体を上げた。舟から長刀を取って背負い、船首の提灯を取り、木々が生い茂るほうへ足を向けた。

「ついてこい」

了助は黙って従った。

急な崖にぶつかったが、甲斐が掲げる灯りが、狭い石段を照らした。

了助は甲斐のあとに続いて慎重に石段をのぼった。下から水の流れる音が聞こえてくる。足を滑らせれば、これまた川に真っ逆さまだ。幸いそうはならず、石段をのぼりきったところで、何かがそびえ立っているのが見えた。

甲斐が持つ灯りで、建物の壁だとわかった。茅葺《かやぶ》き屋根の匂いがした。壁の周囲を巡り、明るい地面に出くわした。玄関や障子から明かりがこぼれだしているのだ。

「おれだ。誰かいるか」

甲斐が呼びかけると、がっしりした体軀の、目つきの鋭い男が、玄関の上がり框《かまち》に置かれた衝立《ついたて》の陰から現れ、甲斐から灯りを受け取って吹き消し、奥に引っ込んだ。

了助は、甲斐と並んで草鞋《わらじ》を脱ぎ、行李《こうり》に入れて屋内に入った。居間の暖かな囲炉裏の周囲で、四、五人の男たちが食事をしている。甲斐がどこへ何をしに行っていたか承知しているとみえ、了助を見ても誰も何も言わず、一人が甲斐とうなずき合っただけだ。

灯りが用意された奥座敷に入って座ると、甲斐が長刀と両刀を置いて言った。

「荷物を置いて休め。夜が明けたら、また舟に乗せて、里へ連れて行ってやる」

「里？」

「かまりの隠れ里だ」

甲斐がにやりとした。お前も気に入るだろうというような調子だ。

「武田忍《たけだのしのび》の技を使う者たちの根城でな。そこでの務めが終わったら、お前を連れて、鶴《つる》や錦《にしき》と落ち合う。少々、窮屈な船旅になると覚悟しておけよ」

「窮屈？」

「身を隠して川を下るということだ。何に隠れるか、決まったら教えてやる」

そこで障子が開き、台と食膳がすっと差し入れられた。二人分の食事だ。麦飯、味噌づけの魚、漬け物、汁の椀、水が入った茶碗も添えられている。旅籠の食事のようだった。

先ほど甲斐とうなずき合った男が、小さく頭を下げ、障子を閉じた。

「飯だ。食え」

甲斐が自分の台を引き寄せ、顎をしゃくった。

――犬でも拾った気でいるんだ。

了助も台を取りながら嫌悪の念を覚えた。東海寺《とうかいじ》で食事を振る舞われたときには感じなかったものだ。おかげで拾うという字に不快感すら抱くところだったが、すぐにおのれの心を受け流し、無心に飯を食った。

相手が油断してくれるなら犬扱いでも構わない。上策となさねば死ぬ。相手の懐に飛び込んで生き延びたければ、常に平静でいろと義仙《ぎせん》が言っていたのを思い出していた。

「本当に、鶴と果たし合いをする気はないのだな？」

甲斐が面白がるように訊いた。前にも答えたことだと言いたかったが、

「武士の考えは嫌いだ。話を聞くだけでいい」

改めてきっぱり言うと、甲斐に鼻で笑われた。

「いざ鶴を前にしたとき、どうなるか見てやろう。奇縁を持つ者同士が、つらを付き合わせるのは面白いからな。言っておくが、鶴がおのれの行いを悔やむことは決してない

ぞ。極大師《きわみだいし》は、わざわざそのような者を選んで、極楽組の惣頭としているのだから」

「そのような……？　悔やまない人たちってこと？」

「悔やんだところで何も変わらぬ、幕府が最も許さぬことをした者たちだ」

「火をつけるとか？」

甲斐が笑った。明らかに了助の無知を面白がっていた。

「そのうち教えてやる。極楽組のために働く気があるならだが」

「働くって？」

「老中がほしがるほどだから、お前の使い道はいろいろとあろう。問答は終わりだ。さっさと食って休め。明日は珍しいものを見せてやる」

甲斐が言った。了助が逆らうことはないとすっかり見極めたような鷹揚な様子だった。

二

「義仙殿からの報せは、以上です――」

中山《なかやま》が告げ、書状から光國《みつくに》へ目を向けたとたん、ぎくりとなった。

「了助を虎口に送り込むとは、義仙は何を考えておるのだ……」

光國の両手が、わなわなと震えながら摑むものを求めてさまようさまに、中山がのけぞって壁に背を押しつけた。二人がいるのは駒込《こまごめ》の邸の茶室である。うっかり激情に任せて上等な畳をむしると修繕の費えが馬鹿にならないのだ。

大火後の普請では、広大な敷地を拝領した大名家ほど費えがかさむ。以前はどの屋敷も、家勢を誇示するため立派な門構えにするのが当然だったが、昨今では幕府が質素倹約をしいるまでもなく、費用を抑えるため簡素な造りに努めている。そのせいで門や屋根を見るだけでは、どの大名の屋敷かもわからなくなってしまったほどだ。

光國は両手をがっしりと組み合わせ、手の甲に爪を立てて憤激の念をどうにか圧し、言った。

「……了助を間者《かんじゃ》に仕立て、極大師が欠けたあとの極楽組と伊豆守《いずのかみ》とのつながりを探らせるか」

中山が壁から背を離し、うなずいた。

「はい。千人同心の頭の一人である石坂《いしざか》および百名の同心の助力を得て、万全の策を講じた上で送り込んだのですから、すぐさま危険な目に遭うことはないでしょう」

「どうあれ、旧武田方の子孫の大義とやらを止められると思うか？」

「それについては阿部豊後守《あべぶんごのかみ》様が、千人同心がことに及ばぬよう働きかけ、松平伊豆守《まつだいら》様とも談判すると仰っています」

「極大師だ」

光國がいきなり断言した。

「先日の報告では、いかなる策も、それを封じる別の策を用意するのが、大権現様《だいごんげん》（家《いえ》康《やす》）配下の常であったと極大師が話したそうだな？」

「はい。こたびの千人同心の件も同様と？」

「そうだ。ことによると伊豆守もそれを承知で、石坂たちを送り込んだのかもしれん。極大師を預かったわしが、まことあの悪党を泰平の世のため役立てられるか試すためにだ。もし、わしがしくじったならば、極大師を生袈裟《なまけさ》にすべきと将軍様に訴え、始末させる気であろう」

中山が口を引き結び、思案する目つきになった。

「確かに、それであれば伊豆守様のなされたことに辻褄が合いますな。ただちにお鳩《はと》をつれて浅草の蔵屋敷に戻り、極大師に千人同心の件を尋問いたします」

「お鳩の声色は、通用しておるか？」

「はい。今のところ、真偽定かならぬ昔話をさんざん聞かされておりますが」

「ほう。どのようにしてお鳩の姿を隠しておる」

「穢《けが》れを防ぐという名目で、牢前に幕を張ります。向こうは何も見えません」

「ふうむ。それで口を割るか？」

「埒《らち》が明かぬとなれば、拷問してでも割らせます」

光國は顔をしかめた。内心、拷問は有効な手段ではないと思っていた。苦痛から逃れるために嘘偽りを述べ、犯してもいない罪を認める者が多いからだ。事実、東照宮《とうしょうぐう》で金が盗まれた件では、拷問を恐れて自白した無実の者が裁かれかねなかったではないか。だが拷問には、刑罰同様、罪を犯すのは割に合わないと民に思わせる抑制策という面もある。

ゆえに江戸のみならず、どこであっても誰かがやらねばならないこととされていた。そして中山は、その一人となるよう命じられており、光國も一概に否定するわけにはいかなかった。

「大権現様配下であった者を拷問にかけることには、上様も懸念を示しておられると聞く」

つい遠回しに拷問させぬよう述べたが、中山は毛ほども気にしていない様子だ。

「お咎めを受ける覚悟でやります」

「わしであれば何でも話すと言うておるのだぞ……」

未練がましい光國を、中山がすぐさまたしなめた。

「姫を穢れから守るためです。極大師のことは委細お任せ下さい。やつが話したことはすぐに子龍《しりよう》様と阿部豊後守様にお伝えいたします」

光國は唸ったが、何も言えなかった。

「では、これにて失礼致します」

と言って中山が退室したあとも、光國はぐずぐずと茶室に居座り続けた。

喫緊の務めがあるというのに、蚊帳《かや》の外に置かれること自体、光國にとっては心苦しいことなのである。幼い頃から、なんでもおのれの身で経験し、おのれの頭で考えねば気が済まないたちで、他の大名世子のように大人しく邸に閉じ籠もっていることが何より苦痛だった。

しかも今日は了助が賊の中に身を置いたと報され、苦しさが何倍も増した。了助がどこまでおのれの意思で行動しているのかわからないし、若き日の過ちが巡り巡って、この自分ではなく了助のほうにさらなる苦難をもたらすなど、やるせなくて仕方がない。

書楼に行って文人たちとともに学書と向き合えば、少しは気が紛れるだろう。そう思ったが、憂いに沈むあまり立つこともできなかった。いたずらに炭と灰をかき回し続けるうち、にじり口を叩く音が聞こえ、ついで戸が開いて外の冷気が入り込んできた。

光國がいつまで経っても出てこないので、家の者が様子を見に来たのだろう。

そう思って顔を上げると、家の者は家の者でも、なんと泰姫《たいひめ》が身を低めてこちらを覗き込んでおり、光國をぎょっとさせた。

「泰⁉　この寒さで、何をしておる？」

「旦那様のご様子が優れないようだと聞きましたので」

泰姫が、着物を戸口にこすりつけるようにして入ってきた。背後には侍女の左近《さこん》がいて、せっせと着物の裾を押し込みながら、申し訳なさそうに言った。

「恐れ入ります……姫様がどうしてもと」

泰姫は知らぬ顔で、光國の横手に座って囲炉裏に手をかざしながら微笑んだ。

「いつもここで、御屋形様や、どなたかとお話をされていますね」

「うむ……務めのことなど、な」

そう返しつつ、寒そうに手をこすり合わせている左近へうなずきかけた。

左近が低い位置でさらに頭を下げ、戸を閉めた。

光國は泰姫の顔色を見て取りながら訊いた。

「起き上がっても何ともないか？」

「はい。もうだいぶ良くなりました」

大火後の濁った空気と水に冒された後遺症が、冬になってまた多くの家の者に現れるようになったのだ。だがこのとき泰姫の顔色は多少青ざめてはいるが、生気が衰えているという感じはしなかった。

――穢れを避けたのが効いたか。

光國はついそう考えたが、泰姫のほうは違った。

「わたくしに穢れが障らぬよう、旦那様が御自重されていると御屋形様から聞きました」

「父上が言うたのか」

光國は呻いた。泰姫を安心させるためであろうし、泰姫からも光國に自重を求めさせるためであろう。だがそもそも、泰姫に言うようなことではない。父やその側室たちだけでなく、誰であれ、泰姫には口を滑らしがちなのだ。

問題は、そのように言われて、泰姫が大人しく感謝するとは限らないということだった。何しろ、極楽組配下であった両火房《りょうかぼう》と、対面したいと言い出した姫なのである。死《し》穢《え》や病、血の穢れには大いに気を遣うが、罪咎については鷹揚なのだ。罪を犯したからといって穢れるとは限らないと思っている節もある。

光國とて同感だが、このところ病気がちの泰姫に万一障っては悔やんでも悔やみきれない。

そして泰姫のほうは、その光國の憂慮を、いつも通り正確に見抜いていた。

「わたくしを、お気遣い下さることは嬉しく思います。けれどもそのせいで、お務めの妨げになり、旦那様の気を病ませてしまうなど、ちっとも嬉しいことではありません」

「だが、泰よ——」

泰姫は、光國の手におのれの手を重ね、かぶりを振った。それだけで光國は、中山のときとは別の意味で、何も言えなくなってしまった。

「泰は、大丈夫です」

その一言で、光國は情けないほど安心させられていた。胸のつかえが取れ、ふーっと肚《はら》の底から温かな息がこぼれた。

「いつも、すまぬな。わしのほうこそ、そなたに気を遣わせてばかりだ」

苦笑混じりに詫びると、泰姫は、にっこりうなずいた。

「泰は、そうするのが、嬉しいのです」

光國は、熱い思いが込み上げるのを覚え、思わず明るい笑みを返していた。

「泰にはかなわぬ」

正直に言った。そして、相手にも知ってほしい気持ちで、胸に秘めておくつもりだった務めのことを、口にした。

「急ぎの務めがある。旅に出た了助の身が危ういのだ」

「まあ」

「浅草の蔵屋敷に閉じ込めた悪党の首魁と、話をせねばならん」

「はい」

「決して穢れは持ち込まぬ。必ず身を清めてからこの邸に戻る」

「はい」

泰姫が手に力を込めた。光國はその手を握り返し、ともに立ち上がった。茶室を出ると、縁側で火鉢を抱いていた左近が、さっと履物を履いてこちらへ来た。左近までもが嬉しげなのは、二人が笑顔で手を取り合っているからだろう。

「わしは出かける」

光國は左近に言い、微笑む泰姫にうなずきかけてから手を離した。

自室に戻って素早く身繕いをし、寒中ゆえ頭巾をかぶり、厩《うまや》に行って馬を用意させた。みぞれが降ったあとの泥土の道でも難なく馬を乗りこなし、浅草の蔵屋敷へ急行した。

「や……、御曹司様？」

蔵屋敷の門番たちが驚いた顔で出迎えた。光國は来ないと聞いていたのだ。彼らに馬を預けて屋敷に入り、頭巾をむしり取りながら、座敷牢を設けた蔵へ大股で向かった。

蔵の扉を開くと、中山とその家臣たち、そしてお鳩が、幔幕《まんまく》を張った牢の前で、板敷きの床に茣蓙を敷いて座っているのが見えた。

みな、光國に背を向けており、

「そんなに向崎甚内《こうさきじんない》こと甚五郎《じんごろう》一党のことを知りたいのね。御曹司様が来たら教えてあげてもいいわ」

お鳩が、そんなことを言っている。

奇妙だった。お鳩が声色を使わず喋っては、光國ではないと教えるようなものだ。しかもお鳩は尋問役であり、相手に何かを教える立場ではない。

「何をしておる？」

光國が尋ねると、中山たちが息を呑んで振り返った。

みな信じがたいというように顔を青ざめさせ、お鳩などは恐怖で涙をにじませている。

光國が予告なく到来したことへの反応ではなかった。

「今、どなたかのお声が聞こえたけど、もしかして御曹司様じゃない？」

またしてもお鳩の声がした。だがお鳩本人は、わなわなと唇を震わせるばかりで一言も発していない。

光國は履物を脱ぎ、だん、と大きな足音を立てて板敷きの床にのぼった。だん、だん、とさらに勢いよく進み、幔幕をつかんで牢の格子から引き剝がした。

牢の中であぐらをかいた極大師が、両手の指を喉に当てながら、

「これは御曹司様、ごきげんうるわしゅう。ちょうど、御曹司様の声色で話す小鳥と遊んでいたところです」

にこやかに、お鳩の声色で言った。

光國は幔幕を放り捨て、ふーっと鼻で息をついて言った。

「そうした技にも長けておるか。もとはお前が編み出した技だというのではあるまいな」

「古くは、口寄せと称する者たちが伝える技でしてな、それを、忍たちが工夫したのです」

喉から手を離した極大師が、もとの声で告げた。いや、顔かたちすら変えてしまう男なのだから、今聞いている声とて人を欺くためのものかもしれなかった。

光國は、ふん、と鼻息を返し、お鳩を振り返って言った。

「お務めご苦労であった。この先はわしの務めだ」

「はい……御曹司様」

お鳩が、申し訳なさそうに身をすくませて頭を下げた。

「いけません、子龍様」

慌てて歩み寄る中山とその家臣たちを、光國は開いた手を突き出して止めた。

「務めを果たすよう勧められたのだ」

誰に、とは言わない。悪党の前で、その名を口にするのは憚られた。害をなされるのが怖いのではなく、やはり穢れを気遣ってのことだ。京の貴人たちが、なぜことさら高貴な者の名を口にしたり記したりしないようにするのか、初めて理解させられた気がした。

中山も、それで引き下がってくれた。光國は手を下ろし極大師に顔を戻した。

「こやつらがいてもよいか？」

「恐れながら、幕府の秘事にかかわりますゆえ、御曹司様お一人の耳にお入れしたほうがよろしいかと存じます」

光國がみなに目配せした。

中山はなおも何か言いたげだったが、お鳩を使っての尋問に失敗したとあって、ぐっと口をつぐみ、家臣たちとお鳩を連れて蔵から出て行った。

光國は、どっかと座り、格子越しに極大師と向き合った。

「向崎甚五郎の一党と、八王子《はちおうじ》千人同心が、日光《にっこう》道中で殺し合おうとしておる」

「さて、またしても我が策が成就せんとしている様子。懐かしゅうございますよ。大権現様をお助けすべく、甲州の村々に一向一揆をはびこらせ、騒擾《そうじょう》でもってさんざん武田方残党を脅かしたものです。長い年月を経て、いよいよ残党根絶やしの策が用いられるときが来ましたか」

「もはや何の意味もない策だとわかっておろうが。その策を封じる別の策はあるか？」

「用意しております。御曹司様に、聞くお覚悟がおありなら、お話ししましょう」

光國は、相手の挑発めいた調子には応じず、

「聞かせよ」

とだけ言った。

三

早朝、了助は甲斐とともに家を出た。

改めて見るとずいぶん立派な家だった。金をかけた贅沢な趣というのではない。実に頑丈そうなのだ。腕の良い大工がこんな沢の奥地にいることが不思議だった。

周囲に目をやると、木々の間に似たような家がぽつぽつ建っている。どうやら普請に

必要な知識や技術を持つ者が、大勢いるらしい。

そんなことを考えながら、了助は甲斐とともに石段を下りた。義仙の影響で、常に周囲を観察し、背景にあるはずのものごとに考えを巡らせるようになっているのだ。

砂利地に下り、了助は舟を川へ押し出すのを手伝い、昨夜と同じく船首側に座った。

甲斐が船尾に立って舟漕ぎを担い、冷え冷えと靄の湧く川を進んだ。

明るい中とあってか昨夜よりもずっと進みが速く、半刻（一時間）ほどで景色が一変した。何倍も幅の広い別の川に出たのだ。

「衣川《きぬ》（鬼怒川《きぬ》）だ。徳川の川普請で、はるか下流は坂東太郎《ばんどうたろう》（利根川《とね》）に通じている。関東を巡るのに欠かせぬ水運だ」

甲斐が、大事なことだから教えてやるというように告げた。川を知悉《ちしつ》しているからこそ、誰にも捕まらずにいられるのだ、と言うようだった。

中州が現れ、川がいくつもの流れに分かれた。甲斐は慌てず、慣れた様子で左端の流れを選んだ。急流で舟が揺れ、了助は思わず木剣を腹と両腿で挟むようにしながら船底に手をついた。

平然と立ったままの甲斐が、這いつくばる了助を眺め、にやにやした。

「流れはすぐ落ち着く。そら、面白いものが見えるぞ」

その言葉通り、流れが緩やかになった。了助は身を起こし、目をみはった。

いつの間にか、左右が岩場になっていた。風雪で磨かれ、穴を穿《うが》たれ、ぐねぐねと奇妙な形をした様々な岩が、まるで意思を持って川へ群がってきたような光景だ。

片膝を立て、船縁に手をついて周囲を見回す了助へ、甲斐が自慢げに言った。

「籠岩だ。大した奇観だろう。こういうのが、あちこちの川にあって、良い目印になる。土地を知らぬ者と落ち合うのもたやすい」

悪党の知恵というわけだ。ふと、風雪に抉られた穴のいくつかに石仏が置かれていることに気づいた。信仰の地でもあるらしい。そう思ったが、

「船場に役人はいないようだ。このまま行く」

甲斐が、石仏の一つを一瞥して言った。信仰を隠れ蓑にした、つなぎだ。近隣の状況を報せるため、誰かが違う形の石仏を置くのだろう。

了助はその巧妙さに感心させられる一方で、何でもかんでも甲斐が喋ることに緊張を覚えた。甲斐は何かあったときのため、確実に落ち合えるよう、いろいろ教えてくれているのだ。しかし彼らの手の内を知れば知るほど、逃走を警戒されるだろうし、何かのきっかけで即座に殺される可能性が高まるのが道理だった。

了助は、奇妙な形の岩や、浅瀬に群れる白鳥や鴨を、無心に眺めることで、意識して心を穏やかにした。緊張を悟られれば、それこそ命が危うくなる。

やがて両岸から岩が消えた。代わりに草木が現れ、こぢんまりとした船場が見えた。

荷船や商船が停泊するような立派な船場ではない。浅瀬に杭を打って板を敷いただけの簡素なものだ。甲斐が舟をつけると、近くの小屋から男が一人、縄を手に出てきた。

男は、甲斐と了助が降りるのを待って、縄で舟を船場の杭に繫留《けいりゅう》させた。

それで男が船曳だとわかった。人力もしくは牛馬の力を借りて、縄で舟を曳いて上流に戻すのだ。川の流れの速さや、曳道が整備されているかどうかにもよるが、たいてい舟一つ戻すのに三日も四日もかかるという。

甲斐は、代金を船曳に渡すと、了助に手振りでついてくるよう指示し、左手に川を見ながら下流へ歩いた。右手は木々が生い茂る斜面だ。

ある地点に地蔵があり、それが目印らしく、甲斐が斜面をのぼり始め、了助もついていった。

木や茂みに隠れて背後の川が見えなくなり、森に迷い込んだ気分にさせられたが、甲斐の足取りに迷いはない。真っ直ぐ斜面をのぼると唐突に開けた場所に出た。昨夜泊まったような頑丈そうな家が、十軒はある。斜面には小さいながらも畑があり、俵も積まれている。のぼってきた斜面の反対側に平地があって田を作っているのだろう。

そしてそこには、髷《まげ》を結わず総髪のままの男たちが大勢いた。魚や芋を干し、薪を割る者がいるかと思うと、驚いたことに、槍や弓の稽古、あるいは組み打ちをしている者たちがいた。みな猛然と声を上げ、実際の闘争さながらに汗を飛び散らせてぶつかり合っている。決して平らとはいえない地面で、木や石でできた障害物を迅速に駆け抜ける者たちもいた。

特異なのは、女、子ども、老人の姿がまったくないことだ。きっと他に本拠地の村があるのだろう。ここはいわば彼らの出城であり修行の場なのだ。

さらに驚いたことに、大きな蔵がいくつも並んでいた。蔵そのものは何の変哲もないが、こんな場所で見ると、いかにも盗んだ金品を隠すための盗人蔵としか思えない。

江戸や近隣の村々とは別世界のそこで、了助は甲斐とともに家の一つに入った。

昨夜の家同様、式台付きの玄関が見えたが、今回は土間から入った。

竈《かまど》の火が焚かれ、若い男が一人、煤だらけになって煮炊きしている。板敷きの間で、何人かが茶碗を手に囲炉裏を囲んでおり、入ってきた二人を振り返った。

「おお、甲斐。その子か」

大柄な男が立ち上がった。日焼けした顔が、甲斐とよく似ていた。

「そうだ。了助という。了助よ、この男が、向崎甚内、またの名を甚五郎だ」

頭を下げる了助へ、甚五郎が豪快な調子で言った。

「事情あって二代目向崎を名乗っている。そこの甲斐が、おれの腹違いの弟であることは聞いているか？」

「はい。千人同心頭の石坂という方から聞きました」

甚五郎が笑い、ついで周囲の男たちも笑った。石坂という名に、闘争心を刺激されたというような笑い方だった。

「石坂から他に何を聞いたか、詳しく話してもらおう。こっちへ来い」

甲斐と了助が履物を脱ぎ、甚五郎とともに奥の部屋へ移ると、若い精悍な男たちが、火鉢や茶などを用意してくれた。

了助と甲斐が荷物を置き、互いに向かい合うのではなく、三方に分かれて座った。どうやら車座で座るのがここの習慣らしい。

甚五郎が、がぶりと茶を飲み、了助に尋ねた。

「千人同心の石坂から、長安の隠し金のことは聞いているか？　おれたちが今も隠し持つと噂されている銭のことだ」

「いいえ……。でも大権現様が、勘定をさせ直して何千貫も取り上げたって聞きました。まだ隠してたんですか？」

「相当残っていたらしいが、長安が囲っていた女たちが使い尽くした」

「じゃあ、ただの噂ってことですか？」

「ただの噂ではない」

甲斐が口を挟み、

「おれたちがわざと流した噂だ。盗んだ銭が見つかったとき、もともとあったのだと言い張れるようにな」

と告げた。窃盗で捕まるのと、没収を免れた財を隠すのとでは、罪の重さが違うのだ。

これまた悪党ならではの知恵といえた。

「石坂が、お前に話さなかったということは、石坂の背後にいるやつが、金を懐に入れる気なのかもしれんな。むろん、そうはさせぬが」

甚五郎の言葉に、了助は目を丸くした。

「お金のために、侍たちを百人も送って寄越したってことですか？」

「ことのついでに、と考えていてもおかしくはない。で、石坂は、伊豆守の命で来たことは口にしたか？」

了助は目を丸くした。

「はい。知っていたんですか？」

「かまりの技でな」

甚五郎が楽しげに言った。

かつて北条《ほうじょう》家の、すっぱやらっぱが、強盗、強姦、火付けなどをして敵国や敵陣を動揺させることを得意としたのに対し、かまりは人知れず敵中に融け込み、諜報働きをすることに技能を用いるのだという。

「向崎甚内が処刑されて逃散したかまりが再び集まり、働きをより巧みにしたのだ」

甚五郎が言った。

たとえば、多くの者が大工の腕を磨き、町々の大店や役人宅の普請に加わることで、内部構造を把握するだけでなく、ひそかに出入りするための隠し戸を勝手に作るといったことをする。

その後、頃合いを見て盗みに入るのだが、人を傷つけず、誰も盗まれたことに気づかない盗みを上首尾とするのだという。もちろん慈悲心で殺生を避けるのではなく、繰り返し同じ場所に盗みに入るためだ。とんでもなく用意周到な賊たちだった。

「石坂たちが逗留する役所を普請した棟梁は、おれたちの仲間だ。いつでも好きに出入りし、聞き耳を立てられる」

了助は感心するふりをしながら、驚愕を押し殺していた。義仙が告げた策も筒抜けなのかと思ったが、幸いそうではないらしく、甚五郎は別のことを言った。

「だが土地を荒らすような賊は、おれたちの技の妨げになる」

押し込んだ家の住人を皆殺しにしたり、口封じのために女を陵辱するような賊が彼らの縄張りに入ってきたときは、ひそかに始末する。その手の賊が現れると、役人の数が増えて厄介なことになるからだった。

「盗んだ金は平等に配られ、働き次第で昇格すれば、良い住み処《か》を与えられる」

さらには納め金という、現代でいう年金制度のような仕組みを作っているとのことだ。

体を悪くしたり、老いて働けなくなった家族を養うための工夫だった。

「心置きなく大義を果たすための大事な仕組みだ。自分がいなくなっては老いた親が飢えると思っていては、いざというとき命を捨てることを躊躇《ためら》うものだからな」

甚五郎がそう言うと、そばで聞いている甲斐が僅かに口元を歪めた。異論があるらしいと察したが、了助から尋ねることはなかった。

なんであれ、まさに盗賊の一大組合所帯である。街道の役人にはどうすることもできないだろうと思われた。むしろ彼らがよそから来る盗賊の荒事を防いでくれるのだから、本気で取り締まろうとしていないに違いない。

問題は、甚五郎のいう大義とやらであり、彼らと伊豆守のつながりだった。それらを探ることが了助の役目だが、直接尋ねては怪しまれると義仙から注意されていたので、

「大義を果たす……？」

と相手の言葉を繰り返した。それが怪しまれないためのこつなのだと教わっていた。

甚五郎は、了助の狙い通り、自分から肝心なことを喋ってくれた。

「おれたちと千人同心の因縁だ。以前は攻め込まれても迎え撃てるよう常に備えていたが、五年前、やつらが日光の火の番を任されたため、立場が逆になったのだ」

将軍の日光社参は、甚五郎たちにとって、将軍と千人同心に同時に襲いかかることができる望外の好機である。だがしかし、いつまで経っても将軍が来ない。度重なる火災

もあり、幕府の財政が逼迫したせいだった。家光は何度となく社参したが、家綱は慶安《けいあん》二年（一六四九）に最初の社参をして以来、ぱったり来なくなってしまった。

失望する彼らに、別の標的を教えたのが、極大師であるという。

「ならば輪王寺宮《りんのうじ》を我らが奉戴《ほうたい》し、日光東照宮を城として、新たな幕府を開く」

甚五郎が、熱を込めて告げ、了助を愕然とさせた。

幕府をもう一つ作る。そんな発想は、了助の理解を超えた。妄想を聞かされている気分だ。しかし甚五郎やこの地にいる男たちにとっては信じるべき目標なのだろう。石坂が言っていたように、こちらの理屈など通じそうにない。

「甲斐とお前には、江戸幕府の老中、伊豆守への、つなぎとなってもらう」

来た。急に伊豆守の名を出されて思わず食いついたりしないよう、了助はあえて怪訝《けげん》そうに眉をひそめてみせた。

「おれを老中様に引き渡すんですか？」

すると甲斐が、噛んで含めるような調子でこう言った。

「そうではない。お前という、水戸徳川世子の罪咎を知る生き証人がいれば、伊豆守も無視できんということだ」

「何を無視するんですか？」

重ねて訊いた。無視されるかもしれないというなら、彼らと伊豆守のつながりはそれだけ希薄ということになる。

「我らの天子奉戴と国造りを、江戸の幕府が認めるよう、伊豆守に働きかけるのだ」

甚五郎が、自信たっぷりに告げた。

だが了助には、伊豆守がそんなことを認めるとは思えなかった。輪王寺宮が人質になったら、話を聞くふりくらいはするだろうが、結局は近隣諸藩の兵を動員して彼らを包囲させるだろう。木剣をくれた吽慶《うんけい》も、仕えていた稲葉《いなば》家がそうして断絶となり、流浪の身となったのだ。

これではっきりした。伊豆守が動かしているのは千人同心であり、この地にいる時代錯誤の半農半士たちではない。もし伊豆守と通じていたとしても、彼らが輪王寺宮に手を出した時点で、そのつながりは消え失せ、代わりに兵が差し向けられる。

「安心しろ。千人同心からお前を守り、伊豆守に引き渡さぬようにしてやる。決起のときは、もう間もなくだ。輪王寺宮が日光を出たところを狙い、その玉体を拐《かどわ》かし奉る。千人同心どもも、お前を捜すどころではなくなるだろう」

甚五郎が勇ましく口にした。その恐ろしく無謀で愚かな企みの果てに全滅したとしても一向に構わない様子だった。父祖から受け継いだ大義のためだと信じ切っているのだ。輪王寺宮の身柄を巡り、甚五郎たちと千人同心が血みどろの戦いを繰り広げる様がまざまざと想像され、了助は全身に鳥肌を立てていた。甚五郎と石坂、両者の配下の人々が何の意味もなく死ぬ。輪王寺宮の身も危うい上に、甚五郎たちが日光東照宮に立てこもって戦ったりすれば、あの荘厳な建物に火がかけられるかもしれない。

甚五郎が膝を立て、絶句する了助の肩を、ばしんと叩いて笑った。了助が度肝を抜かれて感動しているとでも思ったらしい。

「おれたちの戦を、甲斐とともに見届けろ。由井正雪《ゆいしょうせつ》の謀叛のように、語り継ぐ者がいてこそ、偉業は正しく世に伝わるのだからな」

四

了助は、甚五郎が住まう家で甲斐とともに部屋を与えられ、自由に寛《くつろ》ぐことができた。

むろん、とても寛げるものではなく、今すぐ逃げて義仙に甚五郎の企みを報せたかったが、そうしようとしても捕まって殺されるだけだ。

彼らを止めねばならない。そうするには彼らに信じているものを捨てさせる必要があった。義仙が語った建御雷神《たけみかずち》や、両火房を改心させた泰姫のように。だが自分にできるとはとても思えなかった。

縁側で木剣を前にして座り、この地の開墾に精を出したであろう男たちが、一心不乱に槍を振るうさまを見るうち、叶慶や永山《ながやま》たちの死に際を思い出して胸が痛んだ。

因縁にがんじがらめの武士の不条理を哀れむという、芥溜《ごみた》めで暮らしていたときには想像もつかなかった心持ちが、ここまで旅をするうち、気づけば胸の奥に根づいていた。

「浮かぬ顔だな」

庭で男たちと何ごとか話していた甲斐が来て、了助の隣に座った。

「ちゃんと暮らせてるのに。なんで戦なんか」

ぽつんと了助が口にすると、甲斐が皮肉げに唇を歪めた。

「忠孝ゆえだ」

「え？」

「忠義のため孝行のためと信じ、ろくな土地も持てぬのに、親や妻子に人並み以上の暮らしをさせるため、いつお縄になるかわからぬ盗み働きを続けている」

「代官所の人たちには捕まえる気がないみたいでした。ここにいる人たちのおかげで、盗賊が出ないって言ってたし。なのに戦なんてしたら、孝行にならないんじゃ……」

「父祖への忠孝になる。武士が最も無視できんものだ。それに、一か八かの国盗りを夢見ることで、盗み暮らしから逃れられると信じている」

「負けたら家族も罰を受けるんじゃ……」

「そうさせぬよう、おれとお前で、江戸の老中に書状を届ける」

「書状？」

「甲州征伐の大義と忠孝ゆえの決起であると告げる書状と連判状だ。強訴や一揆で用意するのと同じ理屈でな。係累が連座にならぬよう、死ぬべき者を決めておく」

とことん用意周到だが、無駄死にの言い訳みたいで、かえって無惨な気分にさせられた。そんなものをわざわざ押しつけに行くのだから、伊豆守とのつながりが思った以上に希薄であることも窺える。何から何まで彼らの虚しい夢なのだ。

父祖の因縁を否定する和田右京亮のほうがずっと正しいと思えた。だがそれを言っては甲斐を憤激させてしまうかもしれないので黙ってうなずくと、

「親への忠孝は呪縛だ。馬鹿なことでも、喜んで死なねばならん。おれは親がおらぬことを幸いに思う」

驚いたことに、甲斐のほうからそんなことを口にした。こちらを探るため、かまをかけている様子もない。むしろ本音で話せる相手がいて助かるという調子なのだ。

「あなたには親がいないんですか？」

「極楽組の惣頭に親はない。幕府が最も重んじ、人々に強いる忠孝から、自由なのだ」

そこで突然、甲斐が歯を剝いて笑んだ。

それまでどちらかというと恬淡《てんたん》として話しやすい相手だと思い込んでいた。だがその仮面が外れ、鶴や錦が抱えるような常軌を逸した何かが突如として顔に現れ、了助をぞくりとさせた。

「親が……死んだんですか？」

努めて平静に問うたが、そこではたと気づいた。幕府が最も許さないことをしたと甲斐は言った。それはつまり――。

「引導を渡してやったのだ」

果たして、いっそう凄惨な目つきになって甲斐が告げた。

「錦とその父親の因縁はお前も知っていよう。鶴は、大火の真っ只中、父兄を斬り殺し、母までその手にかけた。顔の火傷は、そのときのものらしい」

了助は、戦慄を鎮める呼吸を静かに繰り返しながら尋ねた。

「鶴は、家族を憎んでたんですか？」

「家族だけではない。大目付の諜者として、親族や悪友どものあら探しをしていた」

「諜者？　鶴は、幕府のために働いていたんですか？」

「誰も彼も売ることで、憂さを晴らそうとしたのだ。詳しいことは鶴から聞け」

「甲斐さんも、親を憎んだんですか？」

「長安の妾であったことをいつまでも鼻にかける阿呆な女だった。早く産まれなかったせいで長安の銭を取りはぐれたと言って、おれを折檻し続けた。それがため、おれは五つの頃から身を鍛えたものだ。いつか母を打ち殺し、川に投げ捨てることを夢見てな」

甲斐はそう告げて、さも幸福そうに青空を見上げ、ゆっくりと息をついた。まるでたった今、母親をそういう目に遭わせてやったというようだった。

了助はただひたすらおのれを静かにさせることに集中した。泰姫のように澄明であろうとしたが無理だった。ただ無反応でいるだけで、まったく相手の地獄を払えなかった。

「このことは甚五郎と極大師、錦と鶴にしか話したことがない。お前が無邪気になんでも聞くからつい話してしまったではないか。諜者としての手ほどきも受けていると見える」

了助はひやりとなったが、これは甲斐の冗談らしかった。

甲斐はすぐに元の恬淡とした態度に戻ったが、その凶猛な悪妄駆者《あもくもの》としての顔は、了助の脳裏にまざまざと焼きついた。

「これでわかったろう。鶴はお前に詫びはせん。それでも話したいか？」

了助は迷わずうなずいた。地獄を払うことはできずとも敵の懐に入ると決めたのだ。

「くれぐれも打ちかからんことだ。お前では鶴に勝てん」

甲斐はそう言って了助の頭を軽く撫でた。やはり犬っころ扱いだ。そう思ったが表情には出さず、甲斐が立ち上がってどこかへ行くのを見送った。

そのあと了助は、棒振りをして過ごしながら、どうすべきか考えた。

今のところ身の危険はない。甚五郎たちの無益な暴発を見過ごし、甲斐とともにこの地を去ればいい。だが了助の心が、愚かな流血を止めたいと願っていた。何しろその地獄が、輪王寺宮の目の前で繰り広げられるのだ。幕府に利用され、極大師に脅され、ここにいる男たちに担ぎ上げられる。輪王寺宮こそ可哀想で仕方なかった。

木剣を鋭く振るほどに、甚五郎たちと石坂たちが斬り合う、血みどろの光景が脳裏に浮かんだ。それを消し払うすべがなかった。義仙ですら、この惨劇を止められると思えなかった。

その日の夕刻、日光から戻ったかまりの一人から、輪王寺宮の出立が五日後であることが、隠れ里に報された。それから三日のうちに、ほうぼうから続々と男たちが集まってきた。みな武具を揃えて決起の支度に余念がなく、その数はゆうに百を超えた。

襲撃の段取りが決められ、伏兵となる者たちがいち早く里を出た。

いよいよ始まるのだ。了助はただ無念の思いを押し隠しているしかなかった。

そうして、決起が目前となった、四日目の昼過ぎ。

異様な報せが、里にもたらされた。

五

それは、尋常ではない行列だった。

二百人余りもの年老いた女たちが、長々と二つの列を作り、大沢《おおさわ》の宿場町に入って来たのである。みな、手を縛《いまし》められ、首をくくる縄で前後の者とつながれた状態で歩かされながら、一心不乱に南無阿弥陀仏を唱えている。その女たちの左右では、槍を担いだ徒士《かち》たちが行列を見張り、先頭では、騎乗の武士二人が率先していた。

騎乗の一人は、江戸から馬を飛ばして来た中山勘解由《かげゆ》で、もう一人は、壮年の大柄な武士だ。

たちまち宿場町は騒然となった。代官所の役人がすっ飛んできて、

「い、いったい何をなさっておられるのですか⁉」

列を止めようとするように、両手を掲げながらわめいた。

すると、二騎の武士のうち、壮年のほうが、声高にこう告げた。

「我が名は、高坂五郎昌国《こうさかごろうまさくに》。高坂弾正こと春日虎綱《かすがとらつな》が三男・高坂昌定《まささだ》の子にして、会津《あいづ》松平《まつだいら》たる保科公に仕える者である。我があるじと水戸徳川家名代子龍様の命により、一帯に潜伏せし向崎甚五郎一党の身代わりに、その母親全員を、この地で生袈裟とする」

役人の顎が、かくんと落ちた。集まってきた野次馬たちも沈黙し、誰もが血の気の引いた顔で目を剝いている。

彼らへ、中山が続けて告げた。

「ただし、もし向崎甚五郎が降り、一党が企みをやめるのであれば、女たちは召し放つ。この一件をほうぼうに広めよ。二日のうちに降らねば、朝夕十人ずつ生袈裟をいたす」

盗賊の首魁が自首せねば、代わりに母親たちを皆殺しにするというのである。まさに地獄の沙汰だが、中山も高坂も当然という顔で下馬し、女たちを晒《さら》す場を設けることを一方的に告げた。

だが二百余名を収容できる場所がないため、街道の杉並木のそばに茣蓙を敷いて女たちを並べて座らせることとなった。大小便はそこらに掘った穴にさせ、与えるのは水と冷や飯だけという厳しい扱いである。必然、街道を行き来する者みな、この異常きわまる光景を目にし、

「我が子が悪事を働くのは、この母に糧を与えるため。どうかこの母を罰して下され」

という嘆きの声を聞かされるのだった。

中山と高坂が宿を取ると、すぐさま、石坂と義仙が連れ立って現れた。

「こ、これは、どういうことですか？」

慌てふためく石坂へ、

「村々には盗賊穿鑿《せんさく》の義務がある。その助力を命じられたまでのこと」

中山がにべもなく告げた。

「こ、向崎一党のことは、我らがお任せ頂いたものと……」

「好きにされるがよろしい」

高坂が淡々と言い放った。

「なんと仰る？」

「こたびの生袈裟の件は、郡代を統べる勘定奉行および幕閣も承知のこと。どなたに何を任されたか知らぬが、我らに構わず遂行なされよ」

石坂が絶句した。こんなことを言われて勝手に動けるわけがない。石坂と配下百人が、甚五郎一党と戦って自ら咎めを受ける代わり、残りの一族を安泰にするという伊豆守との約束が崩壊していた。勘定奉行の頭越しに甚五郎一党と合戦などしたら、千人同心全員が禄を失いかねない。

「これが、御曹司様の策であると？」

義仙が訊ねた。中山が細い目に酷薄な光をたたえ、ゆっくりとうなずいてみせた。

この事態に仰天したのは、甚五郎たちも同じである。

甚五郎が縁側に立ち、慌てて庭に集まってきた男たちを落ち着かせようとする様子を、了助と甲斐が背後から見守った。

「どうして親がいる村を、幕府が知っているんだ！」

という怒りの声が多く上がったが、後の祭りだった。母親たちを見捨てたあと、他の家族が無事とは思えない。父親が、妻子が、次々に殺される。そういう叫びが上がった。残した家族は安全と信じて参集したのだ。なのに、これでは一族が根絶やしになる。かって千人同心が担った、甲州征伐の策そのままではないか。自分たちはまんまと策にはまったのだ。

甚五郎は腕を組んで立ち、じっと彼らの声を聞いていたが、

「こうなっては仕方ない！　おれが降って、召し放ちを請う！」

大声で告げ、みなを黙らせた。

「この里は捨てろ。蔵の財を持ち出せ。先に行かせた者たちにも戻れと伝えろ」

ただちに数名がきびすを返した。

これで明日の闘争は防がれる。甚五郎の言葉に、思わず安堵の息をつく了助の隣で、甲斐が長刀を肩に担ぎ、大股で歩み寄って甚五郎の肩を背後からつかんだ。

「大義はどうする！」

甲斐の怒声に、みなが息を呑んだ。

甚五郎が、甲斐の手首を握って離させながら言った。

「いいか、甲斐。弟のお前に、みなを任せる。お前には母がいないが――」

甲斐が、甚五郎の手を振り払った。

「母親がなんだ！　大沢宿を焼き討ちにしろ！　人質など無駄だと思い知らせねば大義をまっとうできなくなるぞ！」

「大義も捨てる！　そもそもの相手は千人同心だ！　父祖が敬った高坂家と戦えという

か！　お前のような親殺しの汚名をみなに着せろというか！」

甚五郎の最後の言葉で、甲斐が豹変した。たちまち凶猛な悪妄駆者が顔を現し、ぱっと半歩引くや、目にもとまらぬ速さで担いでいた長刀を抜き打った。咄嗟《とっさ》に脇差しを抜いて防ごうとした甚五郎の右手首が斬り飛ばされ、庭に転がり落ちた。

甚五郎が呻いて膝をつき、庭にいた男たちが殺気立って抜刀し、あるいは槍の鞘《さや》を払った。彼らが甲斐を取り押さえてくれると了助は期待したが、甲斐の長刀が縦横に閃き、縁側に跳び乗った最初の三人の手足が宙を舞った。まるで木の枝でも剪《き》るようだった。三人が絶叫して転がり倒れ、血飛沫《しぶき》が幾重にも縁側に降り注いだ。

「大義を捨てる者は、この場で殺す！」

甲斐が怒号を上げ、脂汗を流す甚五郎へ刀をつきつけた。

他の者たちがたたらを踏むのを見て、了助が叫喚を上げた。

「キィィイイヤアア！」

木剣を猛然と左へと振り抜いたが、甲斐に見切られてかわされた。

はなから打ち倒せるとは思っていない。甚五郎から甲斐を遠ざけるためだ。甚五郎が死んだら、彼らの母親たちを救えなくなる。庭にいる男たちもそう思ったらしく、慌てて甚五郎の身を縁側から引きずり下ろした。

甲斐が甚五郎を追って、裸足のまま縁側から跳ぼうとするところを狙い、了助が木剣を振るった。だが甲斐も予期していたとみえ、難なくかわすのと同じ動作で、巧みに長刀を閃かせて了助の左手首を斬り落としにきた。

ここで木剣の握りを次々に変える了助の技が幸いした。手首ではなく木剣の柄《つか》の辺りに刃が切り込み、真剣を納めた木剣の重さのおかげで、容易に振り払うことができた。

了助は、手を失っていたかもしれない恐怖を、再び叫喚を上げることで吹き払った。そして、完全にこちらへ狙いを定める甲斐を正面から打ち払うとみせ、素早く構えを変えるや、渾身の力を込めて、突いた。

義仙から教えられた護身の突きである。相手を下がらせて距離を取るための技を初めて使ったのだが、そこで甲斐と了助、双方にとって予想外のことが起きた。

烈しく木剣を突き出した勢いで、鞘の部分が飛んだのである。

これは木剣を投げ放ったようなものだった。甲斐の見切りの範囲をはるかに超えて尖端が伸び、どすっ、と鈍い音を立て、甲斐の喉笛に命中した。

がむしゃらに木剣を突き出すのではなく、正確に急所を狙ったからこその一撃だ。

なぜ急に鞘が抜けたのか。先ほど切り込んだ刃が、木剣の鞘と柄を接着させていた膠《にかわ》と漆を割ったのだ。了助がそう理解したときには、甲斐のほうが片手で長刀を突き出して了助と距離を取っていた。一方の手で喉元を押さえ、げっ、げっ、と苦悶に呻いて片膝をつき、床に落ちた鞘と、了助の手から伸びる白刃を、憤怒の目で見据えている。

叶慶から授かった木剣〈不〉《うてな》が白刃を内に秘めていることを、甲斐も錦から聞いていたかもしれない。だがまさか鞘に突かれるとは思いもしなかっただろう。

了助は好機を逸さず、甲斐を打ち倒そうと決めた。だが手にしたものが変わっていた。真剣では殺してしまう。それでは鶴や錦に会えないし、そもそも甲斐を殺すことが目的で敵の懐に入り込んだのではない。ゆえに柄を握り直して峰の部分でしっかり打とうと構えたのだが、庭にいる男たちにとっても好機であることを失念していた。

数人がただちに縁側に駆け上がって甲斐へ刀槍を繰り出したのだ。

甲斐は片膝をついたまま、長刀で一つ二つと槍を弾いた。だが喉を潰された苦痛で立ち上がることもできず、男たちが罵声を浴びせながら振るう刀槍に、胸や腹を貫かれ、両腕を斬り落とされ、顔や首を撫で切りにされた。その無惨きわまる剣樹地獄の最中にあっても、甲斐は最期まで憎悪のしたたる目を、了助に向け続けた。

何もかもがあっという間で、止めることができなかった。あとには人の形もとどめぬほど、ずたずたになった骸《むくろ》と、息が詰まるような血臭が残された。

了助は泣きたい気持ちで、ぎゅっと目を閉じた。自分がここでやろうとしたことの何もかもが失敗に終わったのだと思った。だが、

「馬鹿者め、馬鹿者め……！」

甚五郎の慟哭するような声に、はっと目を開いた。

了助はのろのろと鞘を拾って刃を納め、背の裏で帯に差すと、甲斐の骸へ合掌してから、改めて甚五郎へ目を向けた。

止血を施され、おのれの血で着物を染めた甚五郎が、甲斐の骸に背を向け、縁側に座った。

「今すぐ大沢宿に行かねばならんが、このざまでは着く前に死にかねん。すまんが、誰か一緒に降ってくれ。途中でおれが死んだら屍を届けろ」

だがそうすれば、ともに死罪にされるかもしれない。男たちが目を見交わし、何人かが前へ出ようとした。

「おれが一緒に行きます」

了助が言って、甚五郎の隣に立った。自分なら死なずに済むと言外に告げていた。甚五郎がうなずき、無事な方の手を差し出した。了助は両手で握り返し、力を込めて甚五郎を立たせた。

六

大量の血を失いながらも甚五郎の命はもった。了助の肩を借りて隠れ里から四半刻(三十分)ほど歩き、甚五郎に言われて船曳小屋に寄り、助けを求めたのが功を奏した。

船曳たちが牛を使って上流へ曳く舟に、甚五郎を乗せてくれたのだ。船代はかかったが甚五郎の手持ちで十分払えた。

「これぞ冥土の渡し賃か」

甚五郎が、失血で蒼白となりながらも剛毅に笑った。そしてそっと銭を川へ落とすのを、河岸を歩く了助だけが見ていた。きっと甲斐の——弟の分の渡し賃だ。そう思って切なくなった。

一刻（二時間）ほどで今市の船場に着くと、了助が近隣の名主の家へ駆けていき、自分が大沢宿にいる柳生列堂《やぎゅうれつどう》義仙の同行者であり、甚五郎が降ったこと、仲間割れで瀕死の重傷であることを告げた。

大沢宿の騒ぎのことを彼らも知っており、代官所へ人を走らせてくれた。すぐに代官所の人々が名主の家に現れ、了助の案内で船場に行き、そこで大人しく待っていた甚五郎を捕らえた。

「礼を言う、了助。お前はもう行け。捕まるのはおれ一人でいいんだ」

甚五郎が、血の気の失せた紙みたいな顔色で微笑んで言ったが、了助はきつく眉根を寄せてかぶりを振った。

甚五郎は駕籠に乗せられて大沢宿へ運ばれた。了助も、代官所の人々と一緒に小走りについていった。

夕暮れどきの大沢宿では、かがり火が並び、二百余名の老女が街道に座らされ、竹矢来に囲まれていた。

「向崎甚五郎、謹んで降り申す！　どうか我らが母たちの命をお助け下され！　どうかこの親不孝者を罰して下され！」

甚五郎が駕籠から身を乗り出して叫ぶや、老女の一人が涕泣《ていきゅう》した。それが他の者たちに伝播《でんぱ》し、一帯に彼女らの泣き声が響き渡った。

竹矢来を見張っていた武士たちが集まり、代官所の人々から、間違いなく甚五郎が投降したと告げられると、一人が報告のため宿へ駆けた。

了助が、縄でつながれた老女たちの有様を呆然と見ていると、背後から誰かの手が肩に触れた。振り返ると、義仙が微笑んでおり、

「義仙様！」

思わず、喜びと安堵で声を上げた。

「ご苦労だった、了助。無事で何より。誰が向崎甚五郎に傷を負わせた？」

「甲斐です。甲斐は、殺されました。おれが、甲斐の喉を突いたあと……」

義仙が、ちらりと了助の木剣を見て、

「あとで詳しく聞こう」

そう言ったとき大音声が響き渡った。

「高坂昌国である！　女たちはただちに召し放ちとする！」

そう告げる立派な出で立ちをした武士の横に、中山がいることに了助は目を丸くした。

中山も了助に気づき、こちらへ歩み寄りながら言った。

「了助か。義仙殿のもとで、大働きをしているようだな。殊勝なことだ」

「ありがとうございます……、あの、なんで中山様がここに？」

「子龍様より授けられた策のためだ」

中山が、解放される老女たちへ顎をしゃくった。

了助は眉をひそめた。盗賊の頭を捕まえるため、弱者である老女を大勢捕らえるなど、まったく光國らしくない。そしてそんな風に光國のことを思う自分も、意外だった。

「お前の無事を子龍様に伝えよう。このような策を用いたのは……子龍様が、お前の身を案じたゆえでもある」

「おれの？」

驚きでまた目をみはる了助へ、中山が強くうなずいてみせたとき、

「こ、向崎の一党はどうした⁉　よ、よもや、東照宮へ向かったのか⁉」

石坂が、息せき切って駆け寄り、了助に尋ねた。

「甚五郎さんは、里も大義も捨てるって言いました。それでみんな、輪王寺宮様を攫《さら》うことを諦めたんです」

了助が答えると、石坂は頭上を仰ぎ、そうか、とその体が萎《しぼ》みそうなほど長々と安堵の息をついた。それから顔を戻すと、了助の両肩をつかんで言った。

「勇ある建御雷神に、一族を代表して礼を言う。ありがとう、ありがとう」

石坂の熱心な感謝の言葉を浴び、中山も義仙も頬を緩めるので、了助もようやく微笑むことができていた。だがそのくせ、胸の内では泣きたいような切ない思いがいっそう募っていった。

翌日、早々と評定の差図が下された。甚五郎が死にかけているためである。

甚五郎は、十両以上の盗みを白状したことで磔《はりつけ》となり、七日晒してのち遺族が骸を弔うことを許された。甚五郎は、いわば時代遅れの野武士であり、幕府からすると農民の一種である。また原則として、武家でない者が連座することはない。つまり、母親たちを斬るというのは、ほとんど脅しに過ぎなかったわけだ。

当初、隠れ里の在処について、了助は口にすることを渋った。あの地にいた男たちが皆殺しにされると思ったからだ。だがそうではなく、石坂の親族が、かまりの残党とつなぎを取り、互いに過去の因縁を捨てると約束するためだと義仙から言われたので、了助も納得した。

宿場町の漆器屋で、了助の得物である〈不〉の鞘と柄を膠《にかわ》で接着し直し、元の刃を宿す木剣に戻してもらってのち、大沢宿に逗留する高坂と中山に断り、義仙と石坂が、了助の案内で隠れ里へ向かった。

甲斐に連れて行かれた通りの道行きである。今市の船場で舟を借り、船頭に漕いでもらった。だが途中で立ち寄った家も、山林の隠れ里も、すっかりもぬけの空だった。

「どこかで我々を見張っているはず。文を残しておけばよいでしょう」

義仙の助言に従い、石坂が文をしたため、甚五郎がいた家の、おびただしい血痕が残る縁側に残した。そののち、石坂は同心たちが待つ大沢へ戻ると言った。義仙と了助のほうは、錦と鶴の行方を追って別の方角へゆくことになった。

「二人の建御雷神の御恩、忘れませぬ」

そう言って石坂が去ると、了助は義仙とともに川沿いに下流へ歩んだ。

「鶴と錦は、樽、箱、袋といったものに隠れ、川を下ったのだろう」

窮屈な旅になるという甲斐の言葉から、義仙がそう推測したのだ。

「子龍様があんなことさせたの、おれのためでもあるって、本当でしょうか？」

ぽつっと了助が訊いた。甚五郎たちの母親を人質にした策のことだ。

「江戸に戻ったら、本人に訊くといい」

「大勢人質を取るなんて、本当に、子龍様が考えたことなんでしょうか」

「さて。先ごろ降った誰かの策を、使うと決めたのかもしれんな」

極大師のことだ。それならわかる気がした。しかしそれでも、あえて悪党の企みを使うというのも光國らしくない。

「おおかた、お前が敵の懐に潜り込んだと知り、やむなく使った策であろう」

義仙が中山と同じことを言った。了助は黙っていたが、相手の言葉を否定する気もなかった。

「子龍様を打ちたいか？」

「この先、打つ理由があれば。でもその前に、鶴以外にも一人、話したい人が増えました」

「あと一人？」

「伊豆守様」

了助が告げ、義仙を見上げた。

「無理ですか？」

義仙は無言のまま歩を進め、やがてこう告げた。

「難しいが、無理ではなかろう。どうやら次にすべきことを、見つけたな」

「すべきこと？」

「この先で確かめる。今後も平静な心を保てれば見いだせるだろう。よいか？」

「はい」

了助は力を込めて返事をし、義仙とともに長くうねる川に沿って歩んでいった。

その後、甚五郎の残党は「千人同心のようなお務め」を求めて嘆願したが、幕府は黙殺した。戦のない武士余りの世で、彼らを仕官させる余裕は幕府にもない。そのため、かまりの多くが関東各地で盗みを続けたが、東照宮が狙われることはなかった。

はるかのちの幕末では、石坂の子孫である石坂義礼《いしざかよしかた》が、無血で東照宮を官軍に引き渡してのち、おのれの腹を切った。その命をもって、東照宮を戦火から守ったのである。

日光と八王子は、今も縁を保っている。

大谷のマルチル

一

どおーん！　という音が響き渡り、地面がぐらぐら揺れ出した。茅葺《かやぶ》き屋根の立派な名主宅が激しい軋み音を立て、了助《りょうすけ》は建物が崩れると思い、ぞっとなった。

食事を終えてしばらくした、六ツ半（十九時）頃のことである。場所は、衣川（鬼怒《きぬ》川）沿いの高根沢《たかねざわ》の一帯に二十あまりもある村の一つだ。義仙《ぎせん》に従って川の下流へ向かい、極楽組の鶴《つる》と錦《にしき》の足取りを追って当地まで来たのだが、まさか地震に襲われるとは思いもよらなかった。

「義仙様、家が崩れます！」

慌てて木剣と行李《こうり》をつかみ、雨戸を開いて縁側に這い出たが、そのときにはもう揺れが弱くなっていた。義仙のほうは、落ち着いた様子で片膝を立て、行灯《あんどん》が倒れて火事にならないよう、手で押さえながら言った。

「家は無事なようだ」

了助は、それでも今すぐ行李の中の草鞋《わらじ》を履きたい気持ちだった。了助が知る長屋などは、地震が来れば良くて半壊、悪ければぺしゃんこだ。当然、家具も食器もそこら中にばらまかれ、危なくて裸足では歩けなくなる。

だがそこで、かつてなく恐ろしいものを目にし、了助は凝然となった。

はるか彼方の山が、凄まじい勢いで炎を噴き、まばゆい火の玉を次々に噴出させているのだ。

「浅間山《あさまやま》が火を噴いたらしい」

義仙がそばに来て呟き、ますます了助を動揺させた。

「そんなことってあるんですか？」

「年に一度は起こると聞く」

了助は呆然となった。江戸の庶民の多くは知るすべもないが、浅間山は、毎年のように噴火を繰り返す怒れる山なのだ。そしてこの明暦《めいれき》三年の冬のまっただ中も、その災異の勢いは衰えなかった。燃える噴石が山麓を焼き、灰と砂が降り注ぎ、灼熱の噴流物が川に流れ込む。その被害は広範囲に及び、猛烈な速さで進行する。

一寸（約六分）足らずで麓の吾妻川《あづまがわ》には大量の噴流物が雪崩れて泥流と化し、巻き込まれた木々や家屋の残骸、獣や人々の死体とともに、一刻（二時間）ほどで利根川《とね》に流れ込む。

そして三刻と経たずしてこの旅の始めのほうで、了助が広大な利根川の流れに感じ入った、あの栗橋《くりはし》の関所の渡し場を大量の泥流が襲う。さらに泥流は各支流へと広がり、江戸《えど》はむろん、東は遥か銚子《ちょうし》にまで達し、湊《みなと》を泥だらけにしながら海へ流れ出す。

噴流物によって田畑や家屋が失われるだけでなく、降り注ぐ灰が作物を枯らし、人や全ての生き物の病のもととなる。関八州で、たびたび飢饉が生ずる最大の原因が浅間山の噴火であるが、それを止める手だてがあろうはずもなく、当地の人々は、ただひたすら耐えては再興するということを繰り返すばかりだった。

すぐに名主が自ら来て、義仙と了助の無事と、火事が起きていないことを確かめると、注意すべきことを早口に告げた。

「もうじき灰が降ります。しっかり戸を閉めて、明日一日、決して外に出てはいけません。山が噴く灰は猛毒ですからね。顔にかかれば目が見えなくなり、吸い込めば肺腑が腐ります。もし間違って灰に触れたら、すぐ水で浄めて下さい」

これは迷信ではなく、事実だった。火山灰は微細な鉱物やガラスをふくむため、容易に人体を傷つけるのだ。名主の深刻な顔つきに、またしても了助は恐れを抱いたが、義仙は淡々と承知したとだけ返した。

きちんと雨戸を閉めてのち、了助は傍らに行李を置き、木剣を膝において坐禅し、何とか平常心を取り戻そうとした。大地が揺れ、山が火を噴き、毒が降ってくるのである。大火に襲われた経験がある了助であっても、動悸を静めるのにずいぶんと苦労した。

義仙のほうは冷静に考えを巡らせていたようで、やがて確信のこもった調子で口にした。

「噴火は、人々には不幸だが、我々には好機だ。鶴と錦も、舟運が止まるとは思っていなかったろう。船荷に隠れて捜索をかわし、江戸へ戻るという手が、もし本当なら、ここから栗橋の関所までのどこかで立ち往生している二人を見つけることができる」

了助は目を開き、だいぶ落ち着きを取り戻した声で訊き返した。

「もし……と言うと、違うかもしれないってことですか？」

「この先、二人を見た者とてない、となればな。そもそも逃げ回っていること自体、人々を欺くためかもしれん」

「えっ……。欺くって、逃げてるふりをしてたってことですか？」

「そうだ」

「じゃあ……どこか人のいない山の中にでも隠れてるんでしょうか」

「あるいは大きな屋敷の中に」

二

「かまりの母親たちを連座させたのは、東照宮《とうしようぐう》討ち入りを諦めさせるだけでなく、向崎《こうさき》と甲斐《かい》の異母兄弟を決裂させるためであったか」

光國《みつくに》が言った。傍らの中山《なかやま》が首をすくめるほど怒気を漂わせている。

座敷牢の中で瞑して座る極大師《きわみだいし》が、莞爾《かんじ》と笑んだ。

「そう仰るのであれば、首尾は上々となられたはず。おめでとうございます」

「めでたいことなどあるか」

光國は、いよいよ怒りを滾《たぎ》らせて言い返した。

「改心はどうした。会えもせず改心させることなどできん。下手人をろくに尋問できず、むざむざ死なせる下策とは思わなんだわ」

「お言葉ですが、歴代の将軍様も御老中様も、そのような策をこそ、お求めになられたもの。改心によって死したるはよし。かまりの里でも東照宮でも死人なきは、なおよし。二人のみを死罪人とし、多くの者を救いましてございます。下策とは、これ如何に？」

「甲斐を生け捕れず、錦と鶴は野放しではないか」

「二人については、また別の策にて。ところで御老中様も、御曹司様と同じお考えを？」

「伊豆守《いずのかみ》か？　あれは貴様の生袈裟を望んでおる。話すことなどあるか」

「残念至極。きっと御老中様は、我が策と御曹司様のご英断を喜ばれたでしょうに」

「貴様は、殺されると悟って我がもとに降ったのであろうが。極楽組の次の手を教えぬなら、わしがこの手で貴様を斬ることになるぞ」

さすがに中山が口を挟み、

「子龍様《しりよう》、今そのような穢れを帯びるべきではありません。私にやれと命じるよう、御屋形様からも言われているはず。斬るならば、この私が」

細い目をさらに細め、酷薄の光をたたえて極大師を睨んだ。

「さてはて」

極大師が、二人の怒りも殺気も涼しげに受け流して言った。

「極楽組には、いろいろと策を授けましたが、東照宮討ち入りの謀叛が潰えたならば、次はどこかで崩れが起こるのを待つはず」

光國は片眉を上げた。

「日光街道で崩れだと？」

これは、切支丹《きりしたん》の集団の潜伏が発覚することをいう。

天正十五年（一五八七）の伴天連《ばてれん》追放令を発した豊臣秀吉《とよとみひでよし》に続いて、徳川幕府も切支丹の信仰を禁じてきた。切支丹であることが発覚すれば厳しく拷問され、改宗せねば老若男女の別なく死罪となる。

だが他方で、来日した異国の宣教師たちが弾圧に対抗し、神の名誉と栄光を守るために人は信仰を守って死ぬべきだという過酷な殉教の教えを広めていた。

このため切支丹の多くが死を覚悟して改宗を拒み、幕府も島原《しまばら》の乱の激震を経たことでいよいよ相手の不屈を恐れて過酷な弾圧を命じ、事態はいっそう凄惨をきわめているのだった。

ただし、崩れが起こる場所は、もっぱら平戸《ひらど》や長崎《ながさき》周辺に集中していた。ときに東北地方で見られることはあれど、日光街道沿いで、切支丹の集団が発見されたためしはない。

「それとも、大村《おおむら》藩の郡《こおり》崩れのことを言うておるのか？」

それでつい光國は、静かな笑みを返すだけの極大師に、そう尋ね直していた。

ちょうどこの明暦三年の十月、肥前国大村藩の村々で多数の切支丹の存在が発覚し、大騒動となっていたのである。なんでも、「かの天草四《あまくさし》郎《ろう》にも勝る神童が、岩窟で切支丹の聖画を祀って説教している」という風聞が起こり、長崎奉行が村々を調べたところ、短期間で九十名もの切支丹が捕り、逃げた信者は数百名に達する見込みだという。

大村藩に養子入りした藩主の大村純長《すみなが》は、この重大事件の責任を取って改易となってもおかしくない。それで父親である甲斐徳美《とくみ》藩藩主の伊《い》丹勝長《たみかつなが》が、必死に幕閣に働きかけ、大村藩の存続を嘆願している最中なのだった。

極大師は、そんなことがあったのか、と楽しむように目を大きくしてみせたが、やはり何も言わなかった。

あまりの突拍子のなさに、中山が不快そうにかぶりを振り、光國へ言った。

「将軍家のお膝元で崩れなど起こるはずがありません。妄言に耳を貸すのはおやめ下さい」

光國は、極大師をきつく見据えるのをやめてうなずいた。さすがに中山と同感だった。

かと思うと、極大師が、すっと笑みを収め、恭しげに頭を垂れた。

「ご安心下され。何が起ころうとも、この私めが先手を打って上策を献じましょう。御曹司様におかれましては、何卒、人々の改心にこそ専念なさるべきと存じます」

浅草《あさくさ》の蔵屋敷内に普請された牢を離れ、書院造りの一室に入ると、光國も中山も、疲れたような息をこぼしていた。極大師の尋問は、咎人を追及するというより、薄気味の悪い妖怪が延々と独り言を述べるのを聞いているような気分にさせられるのだ。

光國は、両手で顔を揉んでその気分を追い払って言った。

「念のため、大村藩の件が今どうなっておるか、阿部豊後守《あべぶんごのかみ》に訊かねばならんな」

「はい。つい先月のことを、なぜ極大師が知っているのかと考えると薄ら寒い思いがします。九州でも幕府動揺の策を張り巡らしていたのでは……」

「いや、勘解由《かげゆ》よ。あやつは大村藩のことは何一つ口にしておらん。こちらが勝手に喋ったただけだ。あやつの言は全て真偽定かならず、自分を大きく見せたいだけの虚言も混じっていよう。市井に繰り出せばそのようなやからはいくらでもいる」

「はあ……市井に、大権現様配下であった忍は、そうはいないかと」

「その言すら伝聞ではないか。大権現様から直接聞いたわけではないし、将軍家にも忍の働きの記録などなかろう。証拠もなく頭から信じられるものか」

中山が目を丸くした。確かにその通りなのだが、大権現様という幕府開祖の存在を、ときの老中たる松平《まつだいら》伊豆守から示唆されて、なお疑う光國の精神のほうが、とりわけ江戸では稀なのである。ただ何でも疑う懐疑主義なのではない。何ごとも証言や証拠を集めて正しく推定すべきとする、実証主義なのである。

これは、光國の父の頼房《よりふさ》も同様であることから、水戸家の気風ともなっている。特に、家中や領内で咎めを受けた者の裁きでは、推定から確証に至るまで何年もかけることもある。先代将軍の家光が、頼房を拾人衆《じゅうにんしゅう》の目付としたのも、そうした気風を顧慮してのことだろう。

「いい気になって話すうちに、あやつ、先日の浅間山の噴火も自分がやったなどと言い出すかもしれんぞ」

「そこまでの大法螺を吹くなら用無しです。さっさと生袈裟にいたしましょう」

「またそれか。容易に殺しては預かった意味がなかろう。素性も言い分も真偽定かならぬとはいえ、あやつの策が、東照宮討ち入りを防いだのは事実だ。老いた母親たちを寒風にさらし、宿場町を騒がせはしたがな」

「はい。私も、全員斬ることを覚悟しておりました」

うむ、と返しかけて、光國はまじまじと中山の顔を見つめた。目の細い、猫のような優しげな面相だが、その眼光にははっきりと冷厳酷薄の色があらわれている。

「馬鹿を言え。そのような惨いことをさせに遣わしたわけではないぞ」

「私とて望んではおりませぬ。しかし火付けの極楽組と結託し、東照宮を襲おうなどと考えるやからに対しては、それこそ禁教令に倣い、たとえ相手が女子どもであろうと、根絶の覚悟をもって鬼とならねばなりません」

「待て。お主、いつからそのような考えを持つようになった？」

「江戸が大火に襲われてのち、賊が火付けを盗みのすべとする世であると知ったときにです。御曹司様も同じお気持ちではないのですか？」

「勘解由よ……」

光國はそこで絶句し、思わず前屈みになるほど深い溜息をついた。

「なんですか、子龍様。私が間違っていると仰るのですか？」

「覚悟はよい。だが、実際にそうしてのけるとなると話は違う。大火を憎むあまり、むやみと人を憎んではならぬと言いたいだけだ」

「賊であっても？」

「そうだ。賊とて人だ」

「子龍様。お言葉ですが、少々、あの極大師に感化されてはおりませんか？　まさか、悪党の改心など、本気で考えておられるわけではないでしょう？」

「いいや、考える余地があるならば考えるべきだ」

「所詮は賊……」

中山が言いさした。光國もあえて続きを促さなかった。このままでは、互いに譲れず激論になりかねないと二人とも悟ったからだ。

「……ところで、いい気になって話す、という点ですが、一つ考えが閃きました」

中山が話題を変えると、光國もそれを歓迎してうなずいてみせた。

「うむ。聞かせてくれ」

「どうも、あやつは伊豆守様へ直接報告できなかったことを口惜しがっているように思えます。死を逃れるため、子龍様の懐に逃げ込んだものの、本心では忠義に報いてもらえるよう、伊豆守様からのお褒めの言葉を欲しているのではないでしょうか？」

「む……確かに。発想は狂人じみておるが、忠義、忠義と言い続けておるな。伊豆守が、お前を褒めていたぞとでも言ってやるか」

「いえ、お鳩《はと》を使いましょう」

「わしの声色を見破られたのにか？」

「だからこそ。二度同じ手を使うとは思わないでしょうし、伊豆守様に認められたがっているなら、多少疑わしくとも、伊豆守様ご本人だと信じてしまうかもしれません」

ふーむ、と呟いて光國は両手を握り合わせて思案し、言った。

「ものは試しだ。やってみよ。あやつの伊豆守への心情もはっきりするであろうしな」

「ただ、お鳩は、伊豆守様の声を知りません。何か良い機会を、子龍様に設けて頂かねばなりませんが……」

「問題ない。御三家に、人を招きたくて仕方のない者がおる。尾張《おわり》の権中納言《ごんちゅうなごん》がな」

尾張徳川の二代目藩主である光義《みつよし》（光友《みつとも》）のことだ。中山が意外そうな顔で言った。

「今の尾張様が、宴好きとは存じませんでした」

「酒も多少は出るが、宴ではない。高僧や学者に進講させるのだ。亡き父に負けじとしてのことであろうが、これがまた大々的で、御三家や諸大名をしきりと招く」

「なるほど。しかし尾張様の招きに、伊豆守様が応じるでしょうか？」

「阿部豊後守にも説得させよう。尾張や紀伊とて、閣老との確執を解かねば、将軍家のためにならぬとわかっておるのだ。何しろ将軍家に男子なくば、御三家から養子に出すことになるのだし、これを拒めば、むしろ伊豆守の立場が悪くなろう」

「承知しました。では、そのご進講にお鳩を」

「うむ、どうにかして潜り込ませよう。はて、ところで伊豆守だが、義仙からの報せに、了助のことが書いてあったな」

光國はさりげなく口にしたつもりだが、今度は中山が、背を丸めるほど長々と吐息した。

「了助が伊豆守様と話したがっているというあれですか？　むちゃです。子龍様の弱みを握らんとする相手に、あえてそれを与えてどうしますか」

「わしの弱み、か――」

とたんに肩を落とす光國へ、中山が背を伸ばし口調を穏やかにして言った。

「まずは極大師の本性を暴き、極楽組の残党の行方を吐かせることに専心いたしましょう。了助のことは義仙殿に任せ、子龍様は子龍様にしかできないことにお努め下さい」

「どうやら、わしは怖いらしい」

光國はそんな言葉が自分の口から転がり出てきたことに驚かされた。敬意としての畏怖ならともかく、単純に何かを怖がるなど、この自分に限ってはあるものかと思っていた。

だが目の前で泰姫《たいひめ》が微笑んでいるのを見て、いつもの通りの安心を覚えながら、おのれ自身に対しても隠された本音が、ぼろぼろとこぼれ出すに任せた。

「牢の中の男に惑わされまいとして過ちを犯すのではないか。怒りを憎悪に変えてはならぬとわかりながら、勘解由のような者が抱える憎しみを、わしが解き放ってしまうのではないか。了助の父にしたような過ちの報いが、どのように返ってくるかもわからぬことで、ますます藩主となるべき身ではないのでは、と恐れているらしい」

「では、実際に藩主となられた方に、お話を伺ってはいかがですか？」

泰姫がにっこりして言った。どの藩主か。一人しかいなかった。相変わらず、ただの一言で心を解きほぐす鍵を示す泰姫に、感謝を込めて光國はうなずいた。

「うむ。兄上なら確かに……」

光國の実兄である松平頼重《まつだいらよりしげ》は、もう十八年も前に常陸下館《ひたちしもだて》藩五万石の藩主となり、その三年後には、讃岐《さぬき》高松《たかまつ》藩十二万石の藩主となっていた。高松藩では、家老同士が政争を繰り広げた末に藩主の生駒高俊《いこまたかとし》が改易となる「生駒騒動」が起こったのだが、その騒擾を鎮定させるかたちで頼重が移封となったのである。幕府からいかに頼重が信頼されているかがわかる配置換えだった。

「お万の方から文でも？」

「はい。つい今朝、土井《どい》家の事情《こと》が落ち着いたので、義兄《あに》上様とともにこちらへ挨拶に来たい、と文が届きました」

お万の方とは、頼重の妻であり、土井利勝《としかつ》の娘である、万姫《まんひめ》のことだ。

土井家は、古河《こが》藩主を務めた利勝が亡くなってのち、長男の利隆《としたか》が家督を継いだのだが、なんでもその不行跡を巡り、家老の大野仁兵衛《おおのじんべえ》と激しく争うまでになったらしい。

利隆の不行跡というのが何なのか判然としないのだが、結果は悲惨だった。大野仁兵衛が腹を斬って諫死すると、利隆は重臣らに押し込められ、弟の利直《としなお》を名代として実権を明け渡すほかなく、復権は絶望的であるという。

土井家は、三河《みかわ》時代から徳川家に仕えた譜代大名だ。日光街道沿いの古河藩を安堵されていることからも、その重用は明らかである。

　加えて、利隆の妻は、あの伊豆守の娘である亀姫《かめひめ》だ。そんな土井家の内紛が、諸家に影響を及ぼさないはずがないが、それもどうやらすっかり落ち着いたということらしい。

　光國は、そうしたことを自分よりも先に泰姫のほうが知り得たことに感心した。

「ふーむ。近頃は、そなたとお万の方のほうが、わしと兄上より親密だな」

「そんなことはありません。歌一つ見ても、旦那様と義兄上様の絆にはかないません」

「怪我の功名かもしれんな。幼少の頃は、何でも優れた兄が憎らしくて、よく喧嘩を売った。だが、それでかえって親しみも得た」

「はい。馬を駆けながら竹刀を振るったとお聞きしました。ぜひ、わたくしも旦那様と仲良く喧嘩をいたしたいものです」

　泰姫が目をきらきらさせて言うので、光國は思わず快然と笑っていた。

「かなわぬな。喧嘩をいたしたとして、そなたに勝てる手が見つからん。願わくば、馬を駆れるほど健やかであってくれ」

「はい」

「顔色はだいぶ良くなったようだ。また伏さぬよう、たんと精をつけねばならんぞ」

　泰姫はにっこりし、約束するように光國へ言った。

「大丈夫です、旦那様。泰は、元気に、おそばにいます」

三

「やはり、足取りが絶えた」

義仙が、泊めてもらっている板戸河岸《いたどかし》の一里塚の番士宅の前に戻り、笠についた灰を落としながら言った。

一帯は、衣川の舟運および街道が交差する場所だ。奥州《おうしゅう》街道、原街道、会津街道、関《せき》街道から、材木や米や大豆など、様々な物品が運ばれてきて、板戸河岸に集積され、江戸へ送られる。

逆に、江戸からは、鍬や鎌や肥料など、田畑作りに欠かせない品が届く。

普段は人と物が集中して賑わうその河岸も、遠い浅間山の噴火の影響で、閑散としていた。

下流の利根川は泥流と化しているため舟運は止まり、街道はうっすら降り積もる山の灰を恐れて、ほとんど人がいない。多数の旅人や行商人が、宿にぎゅう詰めになって閉じ籠もり、災いが過ぎ去るのを待つほかなかった。

そんな河岸で、「火傷面の男」と「隻眼隻腕の男」はおらず、二人を目撃した者さえ、ぱったりいなくなったのである。といって土地の誰かが、二人を匿っている様子はない、と一里塚番士は言った。

「盗賊人穿鑿条々も、このような賊に気を留めよ、といったお触れも行き届いておりますので、賊が流れ着けば、すぐ役人に捕まります。きっとその賊はここには来ず、衣川を下る途中で、よそへ向かったのでしょう」

義仙はうなずき、了助と視線を交わした。よそへ向かうとなれば、あるのは宇都宮《うつのみや》藩の城と宿場町と近隣の村々だ。

「近頃、宇都宮城の近辺で、立ち入りが禁じられた場所はあるか?」

義仙が訊ねると、一里塚番士が首をひねり、ああ、と手を叩いて言った。

「大谷《おおや》の石切場の一つです。足場が崩れたとかで、石切人たちが入らぬよう命じられたと聞きましたな。それで今、別の石切場を求めて土を掘り返している最中だとか」

大谷は、宇都宮藩で産出される凝灰岩《ぎょうかいがん》の採掘場として知られている。そこで採れる石は軽くて加工がしやすく、竈や建物の材料として藩内で重宝され、江戸城にも献上されるという。

「明日、夜が明け次第、大谷へ向かう」

義仙が言った。了助が、はい、と答えると、一里塚番士が顔を曇らせた。

「山の灰が降ってるときに出歩くのは……」

「灰は弱まっている。笠と覆面と簑《みの》で防げるだろう。必要があれば傘も使う」

「それは、お足がかかりますなあ……」

灰を帯びたものは安全のため捨てる必要がある。笠や簑も銭がかかるが、傘はずっと値が張る。傘の紙を破いて、傘屋で骨を買い取ってもらえればいいが、灰がついたと言えば、断られるかもしれない。

「賊も同様にしているはずだ。傘屋で足取りが追えるなら幸いだな」

義仙が淡々と告げると、一里塚番士が感心した顔になった。

「なるほど。鋭いお人ですなあ。こりゃあ、追われる賊も逃げ道はありませんな」

だが、その追跡を、ここまで見事にかわしてきたのが鶴と錦である。二人が本当に逃げ回っているのか、それとも、最初からどこかの有力者に匿われていたのか、

「大谷ではっきりするだろう」

と義仙は、了助に告げた。

翌朝早く、了助は義仙とともに出立し、渡し舟を頼んで衣川の対岸に着くと、まずは宇都宮宿へ向かった。布で頭と鼻から下を覆い、手甲の上に手拭いを巻き、簑を着た上に笠を被って、薄灰色のぬかるむ道を進んだ。宙を舞う灰を吸わないよう、二人とも無言だ。

一刻弱で宇都宮宿の番所に着くと、さっそく役場で閉鎖された石切場について訊ねた。

「どこかの石切場が立ち入りを禁じられたと聞いていますが……場所は石切役場で聞か

ねばわかりません。わざわざ何の用です?」

「江戸で火付けを働いた賊を追っている。火傷面の男と、隻眼隻腕の男を見なかったか?」

義仙が問うと、役人が目を剝いた。

「それはもしや、間々田《ままだ》で火付けをしたという……?」

「そうだ。この辺りにいるはずだ」

「なんと……。そやつらを見た者がいれば、すぐ報せに来るはず。問屋場を焼くなんていう悪党は、宿場町じゃ目の敵にされますからね。本当にここらにいるんですか?」

「賊は三人いたが、一人は衣川の上流で死んだ。火傷面と隻眼隻腕の二人と川を下って落ち合う手はずだったようだ。二人とも、噴火で利根川を下れなくなったに違いない」

「大変だ。すぐ御城に報せねば」

「そうするといい。では、これで」

「あ……宿は取らないので?」

「うむ。もし御城の藩士に私たちはどこだと聞かれたら、石切役場へ向かったと答えてくれ」

義仙が言って、了助とともに役場をあとにした。

行く先をわざわざ義仙が告げたことで、早くも周囲を見回している。誰かが襲ってきたら、両手に巻いた布を素早く外してから、木剣を抜く必要があった。とはいえ街道はがらんとしており、ただちに危険が迫る様子はない。

　義仙は、一里塚番士に告げた通り、いくつかある傘屋でも話を聞いて回ったが、鶴と錦を見た者はおらず、その際も、敵意を持つ者が現れることはなかった。

　義仙と了助は、旅籠で弁当を買って行李にしまい、休むことなく大谷街道へ向かった。

「ここの藩士が、おれたちを追ってくると考えてるんですか？」

「さて。この近辺に極大師が隠れていた上、極楽組が、本多《ほんだ》正純《まさずみ》の孫である和田《わだ》右京亮《うきょうのすけ》と、宇都宮藩主の息子である奥平《おくだいら》昌能《まさよし》を利用し、騒動を引き起こそうとしたのは事実だ。極楽組が奥平家と通じて身を潜めていたとも考えられる。むろん奥平ほどの名家が賊を頼ったとなれば、相当の理由があることになる」

　義仙にもまだ確信はないようだった。了助は、右京亮とともに舟で逃れてのち、昌能とその手勢に遭遇したときのことを思い出そうとした。

「ここの殿様の息子は、鶴のことを、あの火傷面、と呼んでました。全然親しそうじゃなかったし、ただ右京亮さんを殺したがっていただけだと思います」

「その後、子息のほうで事情が変わったかもしれない」

「事情？」

「それを知る誰かが現れることを期待しよう」

　どう考えても昌能本人が来るとしか了助には思えなかった。昌能は自ら徒党を率いて右京亮の身柄を奪おうとしたし、それを妨げた義仙と了助に怒りを抱いているはずだ。

相手が何者か、ろくに確かめることなく刀を抜く男である。喧嘩好きの旗本奴とも違った。逆らう者は殺して当然と考えているのだ。傲慢で凶猛な性格という点で、むしろ鶴や錦と気が合ってもおかしくないのだから大いに警戒すべきだった。

だがそれから一刻ほどは脅威が迫ることもなく、村々で人に聞いて道を確認し、なだらかな坂道を登った。道の片側では、見上げるばかりの巨大な岩壁の上に木々が生い茂っており、反対側では姿川が流れている。

川と岩山に挟まれて歩くうち、茶屋を見つけた。軒先で、老女が布で顔を覆い、灰を掃いている。その老女いわく、噴火のせいで旅人も来ず、近隣の住民は建物から出てこないという。

「ここで休もう」

義仙が、両手の布を取り、笠と簑とともに茶屋の外に置いた。灰が付着したそれらを屋内に持ち込むことは避けるべきだった。茶屋に入って覆面を取り、手と顔を洗わせてもらってから茶を頂きつつ足を休めた。

あらかじめ茶屋の老女に、

「見回りの武士が来るかもしれない。来たら教えてほしい」

と義仙が言っていたのだが、しばらくすると外にいた老女が入ってきて、こう告げた。

「お武家様たちが大勢お見えです」

「ありがとう。少しの間、中にいるといい」

義仙が老女へ言って、了助にうなずきかけた。

「ようやく来たな。灰のせいで馬が使えなかったのだろう」

義仙と了助は立ち上がって茶屋から出て、覆面だけして待った。五人の武士と、同数の槍持ちが坂を登って来る。みな灰除けの覆面をしているが、灰はもう降りやんでいることから、笠も簑もない。代わりに槍持ちたちが、槍を担ぐのとは逆の肩に、分銅のついた鎖の束をかけている。槍の穂先は、いずれも美麗な、松の模様を持つ団扇が描かれた漆塗りの鞘に納められていた。

「唐団扇に松は、奥平の家紋。槍持ちが担ぐ鎖は武器だ。動きは槍に似て、打ち下ろし、突き、脚への打ち払いに用心せよ。鎖の動きに惑わされず、よく撓《しな》う棒だと思って、かわすか打ち払えばよい。鎖に絡みつかれたら、引かずに抜け。よいな」

「はい、義仙様」

「遠慮はいらんが、手に余ると思ったら茶屋の中へ退け」

そこまで義仙が言ったとき、武士たちが横並びになって足を止めた。中央の武士の一人が覆面を外し、若々しい顔をあらわにした。了助の予想に反し、昌能ではなかった。

「柳生列堂《やぎゅうれつどう》義仙と六維《むい》了助であるか？」

「いかにも。そちらは？」

義仙が問い返したが、相手は答えず、槍持ちから槍を受け取って構えた。

「貴様らは賊の一味である！　観念して降れ！」

屋内から顔を覗かせていた老女が、ひゃっ、と悲鳴を上げて引っ込んだ。

他の武士たちも一斉に槍を構えると、槍持ちたちが鎖を垂らし、頭上で振り回して、ひゅっ、ひゅっ、と威嚇するように音を立て始めた。

槍も鎖も、義仙の神業じみた武技を警戒し、距離を取って戦うためのものだと知れた。

だが槍の鞘を払わないところを見ると、ただちに殺すつもりはないらしい。

「理屈はあとで聞こう。了助、私の背後を頼む」

「はい」

了助は木剣を抜いて右脇に構え、前後左右、どこへでも瞬時に跳べるよう体勢を調えた。

義仙は無手のまま、するすると中央の武士へ近づいていった。武士たちが半円を描いて義仙を迎え撃つ態勢となり、槍持ちたちが義仙の背後に回り込もうとして、了助と対峙した。

「えいやぁーっ！」

中央の武士の掛け声とともに、五つの槍が頭上へ真っ直ぐ向けられ、かと思うと、義仙の身へ五方向から振り下ろされた。全員で義仙一人を地に叩き伏せようというのだ。

前進していた義仙が、さながら風を受けて舞う羽毛のごとく、ふわりと後方へ跳躍した。そしてその眼前で五つの槍が地面を激しく叩くのに合わせて右端の槍を踏みつけた。

さして力を込めて踏んだようには見えないのに、槍が面白いように武士の手から離れ、地面に落ちた。武士が慌てて拾おうとしたが、義仙は足の裏で槍をさっと引き寄せると、足の甲で器用に跳ね上げ、手に取って猛然と振り回し、残り四つの槍をまとめて打ち払った。

武器を使う義仙を、了助は初めて見る。その動きをぜひ見たいという思いが込み上げたが、背後を守るという務めがあるので我慢した。あとで義仙に再現してもらおうと考えながら、五方向から放たれる鎖を、左右に素早く跳んでかわした。

義仙の言うとおり、確かに動きは棒と一緒だった。激しくうねるが、ひとたび放てば手元に引き戻す必要がある。どうやら分銅《ふんどう》を直線で投げ放てる技量がある者はいないらしく、頭上から激しく振り下ろす動きばかりなのは、左右に振り回せば味方に当たるからだろう。これでは見た目が怖いだけで、払うことも突くこともできない不便な棒といったところだ。

了助は試しに、振り下ろされる鎖を、思い切り打ち払った。鎖が了助から見て左へすっ飛び、ちょうどそちらにいた男が振り下ろす鎖にぶつかり、くるくると絡まってしまった。

二人が急いで鎖をほどこうとする隙を逃さず、了助は叫声を上げて跳んだ。

「キイイイイヤアアアアア！」

鎖を打ち払われた男が、ぎくりと身をすくませた直後、その胴へ木剣が振り抜かれた。吹っ飛んで転がる男の身に、二つの鎖がぐるぐると絡みついてしまい、ほどこうとしていたもう一人が、ああっ、と絶望的な声をこぼした。了助は、武器を失ったも同然のそいつを横目に見ながら、残り三人が振るう鎖を、次々に打ち払い、互いに絡まるようにしてやった。

一度だけ木剣に鎖が絡みついたが、義仙に教えられた通り、鞘から刃を抜くように上体をひねるだけで、簡単に外すことができた。

三人とも鎖が絡んでもたつき、了助が叫声を上げて迫るや、いともたやすく棒立ちになった。無抵抗の者を叩きのめすことには慣れているが、激しく抵抗する者への反応は鈍い印象だ。

かたや了助はこの旅と鍛錬を通し、棒振りの才をかつてなく開花させている。流れるような動作で、三人のうち左端の男の胸を打って倒し、勢いを失わずに身を旋回させて中央の男の尻をしたたかに打ち、握りを変えて逆に旋回して右端の男の左腿を打って倒した。

くじり剣法という光國の命名通り、旋風のように鋭く変幻自在の剣撃を放ちながらも、了助の心にあるのは、今や、地獄を払うという澄明な思いのみだ。怒りもなければ恐れもない。がむしゃらに相手の骨を砕こうともせず、筋肉が分厚いところを狙ってしたたかに打ち、戦う力をいっとき奪うにとどめてやるほどの余裕があった。

そうして鎖を持った五人のうち四人が倒れると、先ほど了助があえて打たなかった男が、仲間の体に絡みついた鎖を捨て、慌てた様子で懐から匕首《あいくち》を抜いた。こちらは怒りと恐れに呑まれ、届くはずのない距離で了助に向かって刃を突く真似をしながら後ずさっている。腕が伸びきり、上体は前屈み、腰が引けた姿勢で足場も確かめず後ろへ下がるのだから、了助が何もしなくても転びそうだった。

了助は摺り足で滑らかにそいつに近づき、相手が突き出す刃を、木剣で打った。

ぱーん、といい音がして、刃が根元から折れた。

男は衝撃で手首を痛めたらしく、ぎゃっと悲鳴を上げて匕首の柄を落とした。ついで道の窪みに足を取られて倒れた。それで足も挫いたらしく、痛えよ痛えよ、と情けない声を上げながら、道の端まで這って逃げた。

了助はその男をそれ以上追わず、倒した者たち全員を視界に収められる位置に移動し、やっと落ち着いて義仙の動きを見ることができていた。

すでに三人が膝をついてうずくまっており、槍が三振り、穂先とは逆の石突きの部分が地面に突き立てられている。男たちから槍を奪っては、逆に打ち倒していったのだ。残った二人は、息を合わせることも忘れて遮二無二槍を振るったが、義仙にはかすりもしない。

一人が槍を突き込むのに合わせ、義仙がその懐にするりと入り込み、相手の襟《えり》をつかんで足を払い、やすやすとその背を地面に叩きつけた。衝撃で起き上がることもできないそいつの手から義仙が難なく槍を奪い、そして無造作に投げた。

放たれた槍の石突きが、最後の一人の額に吸い込まれるようにして命中した。

額を痛打された拍子に男は槍を取り落とし、ぐおっ、と呻いてひっくり返った。

義仙は、投げた方の槍を悠然と拾うと、倒れたまま痛みで動けない二人の間の地面に、石突きを勢いよく突き立てた。

それで残り二人とも戦意を失い、額を打たれた方が両手を宙に突き出し、「やめろ！降参だ、降参だ！」と怒鳴った。先ほど、義仙と了助を一方的に賊と断じた男だ。十人がかりで取り囲んだくせに、まるで理不尽な目に遭ったのは自分たちのほうだと言いたげだった。

了助は木剣を帯に差し、一つだけ転がっている槍を持ち上げ、義仙に倣って地面に刺した。

槍を持つのは初めてだったので、その重みや感触を味わってみたかったのだ。果たして棍棒や木剣とは全然違った。槍を振るのも楽しそうだと思った。

茶屋の中から一部始終を見ていた老婆が、ひやあ、と今度は感嘆の声を上げている。

「改めて名を聞く。それから、茶屋で手と顔を洗わせてもらうのはどうだ？」

降参を告げた若い侍が、額を押さえながら何とか立ち上がって義仙を睨み、憤りに満ちた息と唾を吐き散らして告げた。

「七族五老の一つ、黒屋《くろや》奥平家の隼人守雄《はやともりお》だ！　賊め！　藩内でこのような所業をして、ただで済むと思うな！」

「私たちは賊を追って旅をしている身。なぜその私たちを賊と？」

「石切場に居座る賊どもが、貴様ら二人を無事に連れてくれば、大人しく去るなどと言い出したからだ」

「おれたちを……無事に？」

了助が眉をひそめた。賊どもと言うのが誰であれ、追っ手を撃退してくれと頼むならわかるが、無事に連れてこいとはどういうことか、さっぱり理屈がわからない。

義仙も同感らしく、隼人を見つめ、言った。

「詳しく聞かせて頂こう」

四

「盛大に催して御覧に入れましょうぞ、子龍殿」

尾張光義《みつよし》（光友《みつとも》）は、「御三家と幕閣の和解につながるよう、尾張家が率先して進講を催してはどうだろうか」という光國の提案に喜んで応じた。

光國とて、そこまでとは思っていなかったほどの熱心さである。

今年三十三歳となる光義は、父の尾張徳川義直《よしなお》が七年前に亡くなって以来、とかく父に負けじとしがちだった。父に倣って柳生家から新陰流《しんかげりゅう》を熱心に学ぶだけでなく、書画、茶道、舞楽も一流となるまで究めんとしている。それだけ父の存在が大きいのだろうが、こたびの進講は過ぎるほど盛大だった。

水戸家からは藩主名代として光國が、紀伊家からは三十二歳になった光貞《みつさだ》が招かれた。御三家と閣僚の和合を目的とし、松平信綱《のぶつな》や阿部忠秋《ただあき》だけでなく、二人とともに老中首座として連署する酒井忠清《さかいただきよ》に加え、三年前に老中の松平乗寿《のりなが》が亡くなった穴埋めとして最有力の候補とされる稲葉正則《いなばまさのり》をも招いていた。

さらには保科正之の名代として十二歳となったばかりの保科大之助《だいのすけ》（正経《まさつね》）まで、大勢の家臣を連れ、尾張家の上屋敷に現れるのを見て、光國は気まずい気分にさせられた。

何しろ正経の兄の正頼《まさより》が、明暦の大火の際に肺を病んで亡くなってから一周忌も済んでいないのだ。そんなときに御城の行事でもない、進講という名目の賑やかな宴に参列しては、家中に示しがつかないだろう。それでも正之が嫡子を送り込んでくれたのは、御三家と閣僚の和合という目的を信じてのことだ。それが実は、お鳩に伊豆守の声を覚えさせるためであるとは、口が裂けても言えないことだと光國は申し訳ない思いにさせられた。

ともあれ進講は大盛況となり、光義は始終、鼻高々だった。父の義直に倣って儒者として名高い林家《はやし》を講師に招いただけでなく、自身が見込んだ学者や高僧も参集させ、みなの前で学問上の意見交換をさせたことが、とりわけ伊豆守を楽しませたらしい。

老中首座として働く松平伊豆守信綱は、光國の父の頼房が、

「酒は口にせず、煙草もやらず、舞楽茶湯の一切に興味なく、政務に尽くすほかは、政策談義がゆいいつの趣味だという。席を共にするには、この世で最もつまらん男だ」

と断ずるほど、遊びというものと無縁だった。

老中としては見上げたものだが、諸大名からすると感情のない木像と話しているような気分にさせられる人物だ。その信綱が、今の林家の論は当を得たり、とか、仏道にも儒学に似た説あり、とか、頻繁に口を開き、長年付き合いのある阿部忠秋が目を丸くするほどだった。

おかげで、膳の上げ下げをする家人として潜り込んだお鳩も、容易に信綱の声を知ることができた。そればかりか光義が舟遊びや庭巡りを催し、信綱も進んで参加したことで、光國自身が相手から話しかけられていた。

「日光の一件、御曹司様が果断な処置をなしたと聞き、正直なところ感服いたしました」

「いや、大事に至らず安堵するばかり。そもそも私の考えではなく、賊の策を使ったことはお分かりのはず」

光國は相手の意図が読めないままそう返した。皮肉を言われているのかとも思ったが、

信綱はあくまで淡々と何かを告げるような調子で言った。

「策は、用いる者によって善処ともなりますが、それゆえ蟻地獄ともなります」

「蟻地獄？」

「一つの策を用いたがため、次の策が必要となり、さらに――と、延々と続く無間《むげん》地獄に耐え、日々、策に溺れぬことを祈る。そのような因業《いんごう》、並大抵の者には耐えられません」

「お主であれば耐えられると？」

信綱は、幾多の皺が刻まれた顔を真っ直ぐ光國に向け、うなずいた。

「御曹司様であっても耐えうるでしょう。ですがそのような道があると知っただけでよしとし、蟻地獄に足を取られる前に、どうかあの者を生架裟にいたして下さい」

「口封じのため殺せと？」

「あの者には一つの目的しかありません。大猷院《たいゆういん》（家光《いえみつ》）様も私も、それを見抜くのが遅れ、あの者の跳梁を許したのです」

「目的？」

「死です。数限りない死が、あの者の目的です」

光國は眉をひそめた。これまでのことを考えれば江戸放火のことを言っているはずだった。

だが信綱の身からいつの間にか漂う、異様に張り詰めた雰囲気が、それとは違う何かを示している気がしてならなかった。

「くれぐれもご用心を」

信綱はそこで話を切り上げると、一礼して光國のそばから離れた。代わりに、様子を見ていた忠秋がそばに来て、こう口にした。

「伊豆守のあのような顔、久々に見ました」

当然、光國は忠秋ほど信綱のことを知らないので、眉を上げて、どんな顔だというのか、と無言で問うた。

「覚悟の顔です。九州での一件以来、二度と見るとは思いませんでした」

「九州？　いったい何が――」

光國は、ぞくりとなって口をつぐんだ。信綱が、縁もゆかりもない九州に派遣されるほどの事件となれば一つしかなかった。

「島原の切支丹一揆」

忠秋が、重々しく告げた。

「たかが一揆と誰もが侮る中、伊豆守は事態を危ぶんでいました。結果、総大将の板倉《いたくら》内膳正《ないぜんのかみ》（重昌《しげまさ》）は討ち死に。代わりに伊豆守が総大将とされました。出立の前、腹を斬るか戦死《いくさじ》にするか、いずれにせよ死ぬ覚悟がいる、と伊豆守本人の口から聞いたときの顔です」

五

奥平家は、七族五老という家老衆を擁しており、黒屋隼人の家は、その一老である。

また黒屋隼人は後年、家老衆同士の紛争を引き起こして追放され、かの「浄瑠璃坂の仇討ち」で討たれる側となる男だった。奥平家の世子である昌能とは兄弟同然に育ち、性格は傲岸そのもの、態度はひたすら武張っている。一族の若者や同輩と、黒屋の家名にちなんで黒鉄《くろがね》組という徒党を組み、鎖模様の印籠を仲間の印としているのだ、といったことを了助と義仙は自慢げに話された。

ちなみに、昌能は噴火の灰を恐れて外出しないので、代わりに隼人たちが来たらしい。

「いかなる事情があるか知らないが、そちらに協力できることもあるだろう。どこか他の場所で話を聞かせてほしい」

義仙は言った。茶屋の老女が巻き込まれて殺されるのを防ぐためだ。隼人たちであれば平然と殺しそうだった。

「この先の大谷寺《おおやじ》へ行く。ついて来い」

隼人が不機嫌そうに告げ、仲間とともに痛みに耐えてぎくしゃく歩いた。義仙と了助が簑と笠を背負って彼らを追うというかたちになり、茶屋の老女が、面白い見世物を観たというような楽しげな顔で見送った。

着いた先は、岩壁を掘ったあとに建てたような寺だった。奥平家に嫁いだ家康の娘である亀姫が再興させ、かの輪王寺宮の休憩所としても使われる由緒ある寺だという。なのに、隼人は「奥平だ」の一言で勝手に門をくぐり、僧たちを追い払うようにして御堂に入った。自分たち以外の何かを敬うという心などかけらも持ち合わせていないと知れる態度である。

寺は石切場に近いらしく、本尊はなんと、岩壁に直接掘られた千手観音像だった。了助はその見事さにぽかんと大口を開けて見入った。まるで岩の中から神々しい何かが浮かび上がってきたようで、歓喜院や東照宮にある木彫りの像に勝るとも劣らぬ存在感を放っている。

武士と槍持ちは見慣れているのか千手観音像には目もくれず、怪我の手当てをしにどこかへ行ってしまい、御堂にいるのは、隼人と義仙と了助だけになった。

「先ほど、賊どもと言ったが、鶴市と錦氷ノ介《ひのすけ》の二人ではないと?」

義仙がさっそく問うと、隼人が不機嫌そうにかぶりを振った。

「錦とやらは消えた。いるのは鶴市と、どこからともなく領内に入ってきた十五、六人だ。一人は老いてはいるが屈強な男で三弥《さんや》と名乗った。一人は南蛮風の妙ななりの男で、名は知らん。この二人が、連中をまとめている」

「錦はどのようにして移動を？」

「駕籠だ。病人と偽ってどこぞへ運ばれていった」

「行き先はわからないと？」

「昌能様が、鶴市に頼まれて駕籠を用意してやっただけだ。行く先など知りたくもない」

「大名家世子が弱みを握られ、駕籠を用意させられたと言うようにも聞こえるが」

「弱みというほどではない。少々、外聞が悪いだけだ」

隼人が忌々しげに言い返し、問われもせずにその内容を口にした。

ある日、昌能と隼人たちが釣りに出たが、一向に釣果がなく、なぜか川の水も濁っていた。

不審に思った昌能が、隼人たちに調べさせたところ、上流で十一人もの山伏《やまぶし》の集団が水垢離《みずごり》をしているのが見つかった。

報せを聞いた昌能は、隼人たちとともに山伏の集団を襲撃し、見せしめに二人斬り殺した。

これに憤った他の山伏九人が、事件を幕府に訴えようとしたので、全員追いかけて殺さねばならなくなった。

「勝手に領内をうろつく連中など斬った方がいい。そうではないか」

義仙は穏やかに相づちを打っているが、了助は彼らの呆れ果てた横暴さに言葉もない。

大名家や偉い家臣の血筋に生まれたというだけで人を人と思わず、信じがたい所業を平然としてのけるのだ。他方で、身分の上下なく接する光國がどれほど希有かを思い知らされ、改めて複雑な気分にさせられていた。

「鶴は、どうしてその件を知った？」

「やつが仕切る遠市《とおいち》組の一人が、黒鉄組に入り込んでおったのだ」

「はて、遠市組とは？」

「身分を偽り、鷹匠、鉄砲上手、火遁《かとん》の術の名人などと称し、大名家や旗本の家に出入りする悪党どもだ。仕えるふりをして盗みを働き、家の弱みを握っては脅し、家中の女を手籠めにする」

いずれも武家にとっては恥であるため誰も公にしようとしないが、大身旗本の間では有名な悪党の一派なのだという。火遁の術と聞き、了助は深川の芥捨《ごみす》て場で火付けをした連中を思い出したが、義仙が知らないことなので黙っていた。

「その遠市組に、山伏を斬った件で脅され、鶴の言いなりになったと？」

義仙が重ねて尋ねると、隼人が言い訳がましく答えた。

「越ヶ谷の鳥見頭が推薦する鷹匠という触れ込みだぞ。誰でも安心して家中に置いてしまうに決まっているではないか」

そこで、義仙と了助が視線を交わした。極楽組と手を組んでいた鳥見頭だと知れた。

「そやつは遠山亀右衛門《とおやまかめえもん》などと名乗っていたが、気づけば姿をくらまし、代わりに鶴市が現れた。鶴市は、自分が遠市組の頭分であると告げ、山伏のことを藩主や幕府に知られたくなければ、大勢がしばらく身を隠せる場所を与えろと言ってきたのだ」

ここで義仙が、了助を見た。

「了助。鶴は、旗本の子息の悪行を密告することを務めとしていたのだな？」

「はい。甲斐はそう言ってました」

「ならば遠市組の背後に何者かがいるか……はたまた、鶴が独自に徒党を組んだか」

義仙はそう呟いて、また隼人に目を戻した。

「その大勢とは、全員が極楽組か？」

「知るか。知りたくもない。だいたい、貴様らは本当に鶴市を追っているのか？　あやつはお前たちを生きたまま連れて来いと我らに言ったのだぞ。何が目的だ？」

義仙も了助も答えを持ち合わせておらず、それを得るには一つしかなかった。

「本人に訊ねる。どこの石切場か教えてほしい」

了助は、その光景に圧倒される思いがした。

高い岩山の一部がぽっかり消えているかと思えば、とんでもなく大きな穴があいており、その内側に洞窟の暗闇が広がっている。天然の地形ではない。石切人たちが、ツルハシ一つで石を切り出していった結果、山の形が変わったのだ。石は型通り直方体に整えられ、一本二十貫（七十五kg）をゆうに超えるそれを背負子《しょいこ》で運ぶのだという。気が遠くなると同時に、人は力を合わせ、月日をかければ、天地自然の形すら変えてしまうのだという開拓の昂揚を感じさせられる光景だった。

義仙は周囲を見回し、誰も潜んでいないことを確かめている。途中まで先導した隼人と武士数人は、洞窟が見えると足を止めて二人を見守った。いや、見張っていた。弱みを握られているとはいえ、どうかするとすぐ殺して解決しようとする連中である。頃合いを見て、岩窟にいるという人々もろとも、事情を知った義仙と了助を抹殺しようと考えているに違いなかった。

まさに前門の虎、後門の狼だが、義仙の歩みに淀みはなく、了助も迷わずその後を追った。この旅の始まりで、疑いまごつきながらそうしたときとは画然と異なり、進む先で一つ一つ何かを拾うようにすることで、やがて答えに行き着けると信じることができていた。

岩窟の前で、義仙が行李から蠟燭《ろうそく》を二つ取り出し、燧石《ひうちいし》とやすりで火をつけ、提灯に立てて一つを了助に渡した。

「片方の目を手で覆って十数え、暗闇に慣れさせておけ。中に入って目が慣れるのを待っていては身を防げない」

了助は義仙に従い、手の平で右目を覆って小声で十まで数えた。それから義仙とともにに提灯をかざして岩窟に入り、暗闇が濃くなるのに合わせて手をどかして右目を開いた。暗闇に慣らしておいたおかげで、岩窟の奥に石を切って作った階段があり、運び出されるのを待つ多数の切り出された石が並んでいることがすぐにわかった。天井は途方もなく高く、四角い横坑がいくつも並んでいる。山の岩を上と横から掘り続けたことが見て取れ、さながら広大な石の回廊のようだ。しかもその一部が、堀のように水をたたえている。石切場には雨水が溜まりやすく、ときに舟が必要になるほど水深が増すという。

空気はひどく冷たく、肺腑が冷えて呼吸が浅くならないよう、了助は首にかけていた布で口元を覆った。とても人が隠れ住むのにふさわしい場所とは思えない。だが足を滑らせないよう気をつけて階段を降りたとたん、回廊のどこからか低く唸るような声が届いてきた。

義仙が首を左右にねじるようにして耳をあちこちへ向け、声がする方へ見当をつけて進み、了助も黙って足音を立てぬよう気をつけながらついていった。

やがて声が大きく耳を打ち、回廊の横坑の一つから光がこぼれているのが見えた。

グルリヨザ　ドミノ　イキセンサ　スンデラシデラ

キテヤ　キヤンベグルリデ　ラダスデ　サアクラヲベリ

大勢で何かを唱えている。意味はわからない。誦経《ずきよう》のようでもあり歌のようでもあった。

義仙が了助を振り返り、目を片方つむって蠟灯を顔の前に近づけた。今度は暗闇ではなく光に慣らすのだ。了助が同じようにすると、義仙が閉じた目を指さした。そのままでいろというのだ。いざというとき素早く退くには、暗闇に慣れた目が必要だからだとわかった。

二人で横坑を覗き込むと、行き止まりではなく、左右に横穴のある縦長の空間で、大勢が儀式の真っ最中だった。いや、そもそも儀式なのかどうかも了助にはわからない。ただ、壁際に灯された多数の蠟燭や、そこにいる人々の厳粛な声と熱気、岩壁に掘られた不思議な像といったものから、直感的にそう思ったのだ。

岩壁の像は見たこともないしろものだった。半裸の男が十字架に磔にされ、その周囲で鳥の翼を背に生やす者が舞い、足下では人々が泣き崩れている。処刑された誰かを崇めるなど、了助の理解を超えたし、翼を生やした人間など想像したこともなかった。

その像の下では、横たえられた一本の石の上に、儀式の主催者らしき男が立っていた。妙な形の白衣を身にまとい、大きな玻璃の器を捧げ持っている。

男の足下には、了助たちに背を向けて両膝をつき、頭《こうべ》を垂れる浪人体の男がいた。刀が二つその横に並んでいる。

彼らのそばには巨軀といっていい大柄な老人が、六尺棒に十字模様の旗をくりつけたものを携えており、さらには像とその下の三人を称えるように、十数人の男女が石の床に正座し、謎の言葉を唱えていた。

了助には何一つ理解できないが、強烈に心に迫る光景だった。とりわけ白衣の男の全てが印象に残った。ずっと地下で暮らしていたというような白皙の美しい若者で、その細身から霊光でも放っているような、ただ見ているだけで気圧されてしまう何かがあった。

「この者が洗礼《バウチズモ》の奇蹟により、我らの兄弟となりしを宣する。いざ殉教者《マルチル》の列に連ならん」

白衣の男が透きとおるような声で告げると、器を傾けて、ひざまずく男の頭に水を浴びせた。老人が棒で重々しく何度も地を突き、人々が高らかに歓声を上げ、白衣の男がこう続けた。

「バウチズモによってジェイコブを名乗る人、マルチルになる人よ。告解《コンヒサン》し、全ての大罪《モルタル》を申し上げるべし。見よ。お前のために招かれた客が訪れたのを」

ひざまずいていた男が立ち上がり、背後を振り返った。まぎれもなく、火傷面の男こと極楽組の幹部である鶴がそこにいた。ただその面持ちはすっかり変わっている。荒みきった凄惨な笑みではなく、なぜか晴れやかで輝かんばかりの笑顔だった。

男女が一斉に立って回廊の角へ顔を向けた。義仙が、そして了助が、火のついた蠟灯を手に、片方の目をつむったまま、彼らの前に出た。

「よもや切支丹とは」

義仙の声に、かつてない緊迫を感じ、了助は息を呑んだ。目前にいるのは一見して無防備な人々である。なのに義仙は、槍を振るう隼人たちに対してよりもずっと警戒をにじませていた。

「なぜ我らがここに来ることを欲した？」

義仙が訊くと、鶴ではなく白衣の男が答えた。

「私がこう勧めました。私はこの祠《ほこら》の祭司にして牧羊の者、四郎時貞と申します。どうかこちらへ。コンヒサンの儀にて、このジェイコブの申すことを聞いて下さい」

了助には呪文のような言葉の羅列だが、どうやら鶴と話せるらしいということだけはなんとなくわかった。鶴は足下の刀を拾おうともしない。だが油断させて取り囲む気かもしれなかった。

「島原の乱の総大将と同じ名を名乗るか。その者が刀を持たず、こちらに来ることも出来よう」

義仙が言い返すと、白衣の男が微笑み、鶴にうなずきかけた。

驚いたことに、鶴がうなずき返し、刀を持たぬまま了助のいる方へ歩き出した。まさか相手が素直にそうするとは思わず、反射的に了助のほうが一歩下がってしまった。

そこへ、にわかに多数の激しい足音が迫った。義仙と了助が来た方からだ。提灯を持った二十人ばかりの武士の一団が殺到してくるのがわかった。

義仙が手を振って了助を下がらせ、鶴が足を止めた。

武士たちの先頭にいるのは、まなじりを決し、誰かの生首の髪をつかみ持つ、あの奥平昌能だ。傍らに隼人がおり、義仙と了助を睨みつけた。その目にまぎれもない殺気がやどっている。

「鶴市め！　見よ！」

昌能が叫んで投げた生首が、血をこぼしながら鶴の目の前に転がった。

「我が家臣が、遠山亀右衛門を見つけ出してくれたわ！　遠慮なく貴様らを――」

ふと昌能が岩壁の像に気づき、ぽかんとなった。

「なんだあれは？」

「デウスの子、ゼズス・キリシトの御姿と、天使《アンジョ》たち」

白衣の男が、石から降りて言った。昌能たちが、あんぐりと大口を開け、その身をぶるぶる震わせ始めた。

「ま、ま、まさか、貴様ら、き、切支丹だったのか？」

昌能が息を詰まらせてそう口にした。白衣の男がするすると鶴の横を通り、昌能の前に堂々と立って言った。

「はい。ここをマルチルに連なる兄弟姉妹がバウチズモする聖なる祠と定めました」

「ふざけるな！」

昌能が抜刀し、背後の武士たちへ、恐怖で甲高くなった声で叫んだ。

「皆殺しにしろ！　あの像を打ち砕け！　こんなものがあると幕府に知られたら藩が潰れる！　余が斬首になる！」

武士たちが慌てて刀を抜いた。刃を向けられたのは白衣の男とその仲間だけではない。隼人と数名が、義仙と了助を睨んでいた。義仙が片目をつむったまま蠟灯を前にかざして半身の構えを取り、了助もそうしながら一方の手で木剣を抜いていた。

一触即発となったその場に、突如として、不可思議な歌が響いた。

デウスパイテロ　ヒイリヨ　スペルトサントノ
三つのピリソウナ　一つのスススタンショウノ　御力をもって始め奉る

右手で何度も大きく十字を切る白衣の男の声だ。途中から、像の下に集う者たち全員が唱和していた。

気づけば誰もが白衣の男を見ていた。了助もそうだった。白衣の男の顔が急に眼前に迫ったようになり、そこで初めてその特徴に気づかされていた。

両方の瞳が、縦に二つに割れたように色が違う。右半分が青、左半分が茶だ。その異瞳がぐんぐんと迫って視界をすっかり塞ぐような錯覚を覚えたとき、見えない衝撃が来た。

「――エッ！」

白衣の男の気声が放たれるや、唐突に暗闇が訪れていた。了助はみぞおちに重たいものをぶつけられたような感覚に襲われた。全身が石と化したように強ばり、指一本動かせず、気を失いそうになってしまった。だがそこで、別の衝撃を食らった。

義仙が手刀で、どん、と了助の胸元を打ったのである。拍子に息がこぼれ、ついで肺が勝手に息を吸うことで、たちまち体の強ばりが取れていった。

「閉じていた目を開けろ」

義仙の声がし、了助はそうした。気づけば白衣の男や鶴たちがいた場所に暗闇が満ちていた。白衣の男の気声に合わせ、その場にいた人々が蠟燭の火を吹き消し、逃走したらしい。

昌能たちを見ると、なんと全員、刀を抜いたまま目を見開き、微動だにせず凍りついている。

「金縛りの術だ」

義仙が言って、昌能たちを無視し、鶴たちがいた方へ駆けた。了助もあとを追った。

「追って来い、小僧！　おれの前の名は松倉格之進《まつくらかくのしん》！　導師《パードレ》は松王丸遠斎《まつおうまるえんさい》！　おれのコンヒサンと殉教《マルチリオ》のために来い！」

暗闇のどこからか、鶴の歓喜に満ちた声が朗々と響いた。

義仙と了助は、鶴の笑い声を頼りに追いかけた。やがて彼方に出口の光が見え、そこからまばゆい空の下に出たが、周囲に目を向ける限り、誰もいなかった。

「逃げられた」

義仙が言って、蠟灯の火を吹き消した。

六

お鳩が、伊豆守信綱の声を覚えて即、中山は極大師にその声を聞かせたがった。

だが、光國が渋った。我ながらなぜかわからない。厭《いや》な予感がするとしか言えなかった。信綱が告げた蟻地獄というのが何なのかも気になり、せめて鶴と錦を追う義仙と了助から報せがあればと思ったが、いつ来るかわからないものを待っていても仕方がないと中山から責められた。

光國自身、何やら自分が怯えているような気がして腹立たしくなり、

「よかろう。お主の策を使え」

とうとう、そう告げた。

ただちに牢の格子の前に幔幕が張られ、

「おやおや、これはどなたか高貴な方がお見えになるのやら。それとも、どこかの小鳥

が舞い込んで来るのやら」

極大師が面白がるのをよそに、中山、お鳩、そして光國が幔幕の前に座った。

「勢多《せた》木之丞《もくのじょう》」

お鳩が、見事な声真似で、信綱の声を放った。

極大師が大きく息を吸うのを、誰もが感じ取った。中山が光國を見て、大きくうなずいた。極大師の動揺を確信したのだ。光國もここまで効果があると思わず、目をみはってうなずき返し、ついでお鳩に向かって顎をしゃくり、もっと喋るよう促した。

「御曹司様のおはからいだ。策は上々とな。我が前で詳らかに述べよ」

返ってきたのは、極大師の涕泣《ていきゅう》混じりの声だった。

「御老中様のお声をわざわざお聞かせ給うとは、御曹司様のご厚情に限りなし。今こそ我が脳裏に刻みし全国の賊、不逞浪士、狼藉者、そして何よりオラショの徒を、つぶさにしたためて御曹司様に献上致します。おお、この声を耳にしたは、御老中様が我が覚悟を知り、幕府の上策を悟られた証左に違いなく、この木之丞、御曹司様に心よりお喜び申し上げます」

光國と中山が同時に眉をひそめて視線を交わした。極大師の感激は本物だが、いちいち光國に呼びかけており、信綱がそばにいるという前提で話している感じではなかった。

かと思うと、極大師の朗々とした歌声が、牢前へ響きだした。

グルリヨザ　ドミノ　イキセンサ　スンデラシデラ
キテヤ　キヤンベグルリデ　ラダスデ、サアクラヲベリ

お鳩が、ぞっとした様子で喉から手を離した。相手が邪悪な呪文を唱え出したと思ったのだろう。中山も同様だが、光國は違った。オランダ大使が来日するときは欠かさず自ら足を運び、平戸務めをした者から異国の話や物品を求めて来たのである。今聞いているのが切支丹の祈りの歌であることはすぐにわかった。幕府にとって、最も許されざる罪を意味する歌だ。

「終わりだ！　出よ！　出よ！」

光國が怒号を放った。中山とお鳩が跳び上がって驚き、牢前から退いた。光國は幔幕をつかみ、膂力に任せて引き倒し、牢内で、はらはらと涙を落とす極大師を見下ろした。

「よもや祈禱《オラシヨ》を口にするとは……貴様、切支丹と申すか？　島原の乱を鎮定したは伊豆守であろう。貴様もそのために働いたのではないか？」

「いかにも私は原城に潜む密偵の一人でありました。そしてそこでマルチリオの儀を学んだのです。極楽組とはすなわち、天国《パライソ》を称える極楽宗のことにございます」

極大師が泣きながら言った。悲嘆ではなく歓喜の涙だった。

「マルチリオとは、神と神の子とその教えの全ての誉れのために死ぬこと。切支丹の御法は迫害を受けるときにこそ栄え、苦しめられるときにこそ広まるのです。艱難と殉教こそが国を浄め飾り立て、我が身の大切よりもデウスの子、十字架に懸けられしゼズスの御苦難《パション》の御大切に報い、最高の御奉公をもって応えることで天使《アンジョ》が舞い降り、人々の魂《アニマ》を天国《パライソ》に迎える。これと同等の試練を受けてこそ、幕府は究極の人道として世を統べることが叶うのです」

「南蛮の宣教師が、とかく教えを守って死ねと言い触らすことは知っておる。そうすることで聖人に列するなどとうそぶき、むざむざ女子どもまで死なせることはな」

「うそぶいてなどおりません。列聖の嘆願は、遠く法王《パッパ》様のもとに届いております」

「だからと言って幕府は禁教令を撤回せぬ。いたずらに死者を増やすだけの崩れが、貴様の策の根幹か」

「松倉家の子孫が、鶴の一声を上げるでしょう」

光國は、その言葉に頰を打たれたようにのけぞり、思わずよろめいて一歩下がった。

「なんだと？　よもや、島原藩の藩主であった松倉の子孫が、あの鶴市だと申すか？」

「まさに。島原の乱を引き起こしたとして、大名でゆいいつ斬首に処された松倉長門守《ながとのかみ》勝家《かついえ》には、二人の弟がおりました。長弟の重利が誹謗中傷に耐えかねて自死してのちも、その子息は小身旗本として存続を許されました。次弟は三弥と名乗って浪人し、諸国の切支丹狩りに加わるうち、デウスの導きに気づいたのです」

「待て……よもや、鶴市までもが切支丹だと言うのではあるまいな？」

「昔からではありません。伊豆守様が密偵に使った頃は、まだデウスを知りませんでした。ただ長男に生まれなかった怨みから、おのが家のことを伊豆守様に密告していたに過ぎません」

「そうか。島原の処分のあと、伊豆守はおのれに恨みを抱く松倉家を監視させていたのだな」

「いいえ、幕府と将軍様への恨みです。伊豆守様ほど自己を顧みず、奉公なされる方は他におりませぬ」

「置け、伊豆守の話はよい。鶴は、おのれの家のことを密告していたと言ったな？」

「然り。それに味をしめ、やがて旗本や大名家の子息を悪道に引き込んだ上で密告するほか、浪人に身分を偽らせて諸家へ潜り込ませて悪事をなす、遠市《とおいち》組なる徒党を作りました」

「遠市組だと……？」

「遠山市郎左衛門《とおやまいちろうさえもん》にちなんだ名です」

「何者だ……いや、遠市とはまさか、鷹匠と偽った、かの飯尾兼晴《いいおかねはる》のことか？」

「まさに。讃岐高松藩の騒動で、親族を刑死させた家老である生駒帯刀《いこまたてわき》を討つため、鷹匠の遠山市郎左衛門と偽り、生駒帯刀の預け先たる出雲松江《いずもまつえ》藩に仕官し、長い月日をかけて見事に仇を討って切腹した義憤の士、飯尾兼晴のこと」

光國は、だしぬけに、兄がいる讃岐高松藩が話題に上がったことに、言い知れぬ不安を覚えながら問いを重ねた。

「鶴市と飯尾兼晴に、何の因縁がある？」

「飯尾兼晴は、松倉家の元家臣なのです。松倉家にとって、島原の乱ののち滅多にない、胸のすく出来事でしたでしょう」

光國は唸った。今すぐ信綱が告げた通りに斬り捨てるべきだという思いがわいていた。だが極大師からは、さらに何かを開陳せんとしている気配がありありと伝わってくる。たとえ蟻地獄と薄々察してはいても、聞かずにはおれなかった。

「島原の乱を引き起こした罪で落魄した一族が、讃岐高松藩の騒動で溜飲を下げたと申すとは。貴様、我が兄が讃岐高松藩の藩主をしていること、承知しているな？」

「はい。また極楽組はかねてより関東の導師《パードレ》たる松王丸遠斎の庇護を受けて参りました」

その言葉の衝撃に光國は座り込みそうになるのを、かろうじて耐えた。

「松王丸……遠斎だと」

極大師が無言で微笑んだ。涙はとうに消えており、一見して無邪気であるにもかかわらず、この上なく邪悪とも言えるその笑みに、光國は戦慄した。

「古河《こが》藩の藩主、土井遠江守《とおとうみのかみ》利隆の表徳《ひょうとく》だと聞く。幼名は松丸であり、号はいずれ遠斎とする、と……。かの者の不行跡とは……よもや、禁教令に反し……」

「重ねて申し上げますが、真の聖賢の教えは、迫害を受けるときにこそ栄え、苦しめられるときにこそ広まるのです。艱難をお引き受けなされ。殉教によって国を浄め飾り立てなされ。土井家の崩れは、御曹司様の血族に、はたまた伊豆守様のお血筋にも波及いたしましょう。かまりの母たちを連座させたように、大名家の一族郎党を連座させ、御曹司様のその手で首を刎ねなされ。全ては偽りの泰平の世にひたる人々を改心させ、幕府を強うするためなのです」

先の一件では、母親たちは必ずしも連座する必要はなかった。かまりの里の者たちは武士ではないからだ。だが今、極大師が告げたことはそれとは次元が違った。もし仮に今この時世で、れっきとした大名家に崩れが起こったならば、その連座の範囲は桁違いになる。何しろ切支丹であるかもしれないというだけで拷問にかけられてのち、死罪に処されるには十分だからだ。切支丹の側が自ら死の教えを広めたということもあるが、幕府の方も乱を恐れるあまり、今や考えうる限り禁教令を厳罰化していた。

光國の脳裏で、賢く優しげな兄の頼重の顔がぱっと思い浮かんだ。その首が刃の下にさらされると想像しただけで、生まれて初めてといっていいほどの、激しい恐怖に襲われた。

「マルチリオとは、切支丹の死の教えだ。名誉を得るためだけでなく、死後、天国《パライソ》に……彼らにとっての浄土に招かれるための作法が、何箇条も定められている」

義仙が、了助とともに街道を歩みながら言った。その眼差しが、かつてなく遠い何かを見ていた。あるいは昔の何かを。

「マルチリオの恐ろしいところは、死罪に処されるとき、おのれを斬る者の幸福を祈ることだ。斬る側の多くは、なぜ恨まぬのかと戸惑うことで、心に苦悶を残される」

了助は、義仙の声音に潜む何かを感じ、

「義仙様もそうだったんですか？」

つい訊いていた。義仙が、珍しく自身のことを話さずにはおれない様子だからだ。

「いかなる呪詛よりもこたえた。我が心を、粉々に打ち砕かれる思いがした」

果たして義仙はそう告げた。了助はその心持ちを想像しようとした。もしかすると、そのせいで義仙は剣を捨てたのではと思いながら、街道のそばを流れる川を見た。

噴火の影響で、どろどろの黒い灰にまみれた川だった。いつか東海寺《とうかいじ》で見た地獄の絵のどれかに、これと似た光景が描かれていたのを思い出していた。

「まるで末法の世だな」

義仙が呟いた。

「はい」

了助はうなずいて、義仙とともに、火山灰に覆われた暗い街道を進んでいった。

公方館のコンヒサン

一

光國《みつくに》が、水戸《みと》藩駒込《こまごめ》邸の奥の部屋へ入ると、泰姫《たいひめ》がいるだけだった。いつものように光國が人払いを頼むまでもなく、泰姫のほうで察してくれていた。

「たびたび気遣わせてすまぬな、泰」

「いいえ。どうされましたか？」

「高松《たかまつ》藩藩邸から使いが来た。兄上は急用で江戸におらず、約束していた歌会に出られぬそうだ。何か知っておるか？」

「万姫《まんひめ》様からのお手紙では、古河《こが》藩から夫に相談があった、と書かれていました」

古河藩の家老である岡野九郎左衛門《おかのくろうざえもん》が屋敷を訪れ、夫と長々と話していたという。夫とは、光國の兄であり讃岐《さぬき》高松藩藩主たる松平頼重《まつだいらよりしげ》のことだ。

「義兄《あに》上様は、古河に向かわれたのでは？」

そう尋ねる泰姫に、光國はうなずき返した。もしそうであれば幕府へ届け出ているし、老中の阿部豊後守《あべぶんごのかみ》が確かめてくれる。問題は、兄が古河へ向かう理由だ。

「きっと、遠江守《とおとうみのかみ》様の御病気のことでしょう」

泰姫が、ずばり口にした。

遠江守、すなわち古河藩藩主の土井《どい》利隆《としたか》が、病のため弟の利直《としなお》を名代として藩政を任せて六年が経つ。実際は病気ではなく、謹慎であることは、幕閣および親戚筋の大名家にとって暗黙の事実だ。

利隆の不行跡を諫めるため、家老の大野《おおの》仁兵衛《じんべえ》が切腹し果てたことが大きかったらしい。同じ家老の岡野が、他の重臣と結託し、利隆から実権を奪ったのである。

そのまま来年まで謹慎させれば、利隆は四十歳になる。幕府が隠居を認める年齢だ。そこで改めて利隆を隠居させ、嫡子を藩主とする。それが幕閣と古河藩重臣の考えだと光國は父の頼房《よりふさ》から聞いている。

「遠江守様の御病気は、義兄上様が呼ばれるまでに深いのでしょうか？」

泰姫がぽつりと訊いた。お家騒動を防ぐために頼重が招かれたのか、というのだ。

「そうであっても不思議はない、な……」

利隆が抵抗するなら、猶予は明暦三年の内、つまりあとひと月ほどだ。利隆が焦って暴発してもおかしくなかった。

他方で、頼重は弟の光國から見ても賢明という言葉が誰よりもふさわしい男だった。

そもそもお家騒動直後の高松藩を任されるほど幕府からも信頼されている。古河藩が頼りにするのもわかるし、頼重なら上手くやるだろうと光國も思う。

だが、極楽組の関与が疑われるばかりか、極大師《きわみだいし》が告げる通り、切支丹の存在が発覚しようものなら、事態は一変する。

頼重が他藩の崩れの責任を負うなど想像もしたくない。だが利隆が一族を道連れにしてでも抵抗する覚悟なら、どんな罠を仕掛けているか予断を許さなかった。

「もう一つ、遠江守様のことで、万姫様が気になることを教えてくれました」

泰姫が珍しく気が向かない顔で告げた。

「まだ何か？　教えてくれ」

「遠江守様と亀姫《かめひめ》様が、離縁したと」

光國は瞠目《どうもく》した。利隆の正室の亀姫は、他ならぬ伊豆守信綱《いずのかみのぶつな》の娘だ。それを離縁するとは宣戦布告に等しいではないか。

「実は、ずっと前に離縁していたのを、遠江守様が妹たちに改めて報せたそうです」

光國は呻いた。利隆が何を企んでいるにせよ本気であることが窺え、つい牢の中の極大師の姿がよぎった。

武田のかまりの件のように、極大師の策を聞くべきか？　だが伊豆守は何と言った？　策を用いれば用いるほど、蟻地獄に陥る。そう言われたではないか。

いや、たとえそうでも兄を危険から遠ざけるべきではないか。土井家の事情に気を取られる隙に、極楽組が江戸に火炎地獄をもたらすのではないか。

「どうすれば地獄を払える……」

気づけば光國は、旅路にいる了助《りょうすけ》とまったく同じことを口にしていた。

二

「大猷院《たいゆういん》（家光《いえみつ》）様は、大権現《だいごんげん》（家康《いえやす》）様に倣って鎖国を命じられた、と聞く」

雨を眺めながら、義仙《ぎせん》が言った。

宇都宮藩領から古河領へ向かう間、みぞれ交じりの雨に降られ、小山宿の旅籠に入ったのだが、了助も義仙も足止めを恨む気持ちはない。雨が、火山灰を流してくれるからだ。灰色に濁った木々も見る間に洗われ、他の旅人たちの顔を明るくさせた。

新たな降灰はなく、地震は多発したが、家屋が倒れるほどではない。

奥平昌能《おくだいらまさよし》の追っ手もなかった。領内に極楽組がいた痕跡を消すことで忙しいのだろうと義仙は言い、昌能のことは忘れた様子だ。代わりに大谷《おおや》の岩窟で見たものや、過去のことについて、珍しく饒舌に話してくれた。

それは義仙が歩んだ地獄についての話で、了助は一言も口を挟まず聞き入った。

鎖国体制は、将軍家光が定めさせ、今の幕府が最重要視する政策だ。主眼は、切支丹《きりしたん》を完全排除することにある。

国内の切支丹の信徒が団結すれば、布教と縁が深いスペインやポルトガルの侵略を招く。家光と当時の幕閣はそう考え、両国との貿易を禁じ、切支丹の弾圧を命じた。中国、朝鮮、オランダとの貿易は継続する一方、切支丹の信仰・布教・文献・祭祀の道具所持を禁じ、貿易の門戸を長崎に限定する他、海外に渡って何年も経つ日本人の帰還も禁じた。

「外寇《がいこう》によって我が国の領土が掠《かす》められることあらば、日本の恥辱である」

この家光の言により、長崎奉行は、代々苛烈な弾圧を主導することになった。

密告や踏み絵などで発覚した信徒には殉教か棄教かを迫り、苛烈な拷問を施しても棄教を拒む者を惨たらしく処刑した。

さらに家光は見せしめに、江戸の品川でも五十名もの宣教師と信者を火刑に処し、これがきっかけで九州のみならず日本全土で禁教弾圧の嵐が吹き荒れた。

加えて、宣教師たちが死を恐れず信仰せよという殉教の教義を書にして広めたせいで、より凄絶な阿鼻叫喚の地獄が各地に出現した。

信徒にとってはまさに受難だが、各地の役所でも、同郷者を殺戮することに倦み果て、病と称して職を辞す者が続出した。そうして人手不足に陥った役所のため、幕府は密かに「禁教の士」を派遣することを決めた。切支丹の発見と処分を務めとする武士団である。

そのために柳生《やぎゅう》家からも人が出された。若い義仙も、兄の宗冬《むねふゆ》から命じられて柳生の庄を出た。

そして、現地の役人に請われるまま、切支丹を狩り、火刑と斬首を助けた。

「南は雲仙、大矢野島、上津浦。北は米沢、仙台、久保田。どこも地獄であった」

何十人もの老若男女が一度に焼かれ、磔《はりつけ》の列が林立し、子どもの屍が山と積まれ、血が河のごとく流れるのを義仙は見た。

そのような地獄の沙汰にあって、どの切支丹信徒も一心に祈った。恨みや怒りではなく、自分を斬る者の幸いを祈るのだと知って、義仙は戦慄した。恨みつらみを口にされる方が、よほどましだった。

やがて柳生の庄に帰ると、義仙は毎夜、無数の亡者に囲まれる夢を見るようになった。亡者が一様に自分の幸いを祈る声に恐怖した。亡者を消さねば狂う。心を地獄に落とされる。耐えられぬほどの罪悪感を植えつけることこそ切支丹の呪いだ。そう考えた義仙は、必死の修行を始めた。剣で生じた地獄を、剣で消そうとしたのだ。

僧として廻国修行に赴くと称し、道場破りに明け暮れたかと思うと、山にこもって修行に没頭した。縁もゆかりもない者たちの果たし合いに助勢し、身分を偽って盗賊の討伐に加勢した。

やがて兄の柳生宗冬に、各地で暴れ回っていることを知られた。義仙は宗冬に厳しく叱責され、謹慎を言い渡された。

「その頃の私は、兄から見れば、まさに悪鬼羅刹《あっきらさつ》の貌《かお》をしていたであろうな」

だが義仙は修行をやめなかった。念願したのは、ある技の修得である。

「活人剣。それを究めれば救われると信じた。藁にもすがる思いであった」

だがその過程で、妄念に苦しめられた。

我こそ生きて喋る刀剣である。不動明王の剣の化身であり、亡者を祓う刃である。そういう妄念である。だがそれも恐怖の裏返しに過ぎず、狂気を防ぐものではないと薄々わかっていた。

自分は何かの化身などではなく、ただ自分以外の何者でもない、と悟ったとき、義仙はふいに、ある心境に達していた。

「御役目と、数多の死者と、己自身とを、ようやく切り離すことができたとき、ただおのれがいた。見失ったものを、再び見つけた。我が内なる菩薩とともに」

御役目を命と信じていた自分が消え、一個の人間になれたとき、やっと自分の内なる菩薩の存在を感ずることができていた。その確信と同時に、義仙は自然と剣を手放していた。捨てたのではない。必要があれば手にする。そうでない限り手にしない。それだけだった。内なる菩薩を見出して以来、一度も剣を振るったことはなく、全て素手で事足りるようになった。

やっと今の義仙に話がつながり、了助はゆっくりと安堵の息をついた。亡者と妄執の話ばかり聞いていたら自分までそれらに取り憑かれるような思いがするからだ。

それとは別に、深く納得することもあった。どんな人間も、心の苦しみには耐えられないのだ。鎌田《かまだ》又八《またはち》のような剛力の持ち主も、義仙のような剣の天才も、あるいは輪王寺宮や光國のような貴人であっても、みな了助と変わらず苦しんでいた。

了助が、孤独と亡者の影に取り憑かれて悪妄駆者《あもくもの》の狂気に陥らずに済んだのは、おとうと三吉《さんきち》のおかげだった。おとうそっくりの像を彫ってくれた吽慶《うんけい》のおかげでもあるし、自分を拾ってくれた者達の加護や、義仙の導きがあったからこそだ。了助はこれまでになく、素直にそう認めることができた。

「おれも、義仙様のように地獄を払いたい」

相手が語り終えて初めて、そう口にした。

義仙は了助を見つめ、

「間もなく、そうせねばならなくなる」

覚悟をしておけ、というように言った。

雨は夜のうちにやみ、翌朝早く、義仙と了助は宿を出た。

道はぬかるんでいたが快晴で、降灰の不安もなさそうだった。それでも用心して肌をなるべく露出せず、鼻と口を布で覆って街道を進んだ。

野木に入ると一里塚番士の宅に入った。日本橋よりおよそ十七里を告げるその塚の番士から白湯を振る舞われただけでなく、預かっていたという文を渡された。

阿部豊後守からだった。『寺』の人員を使い、貴重な情報を送ってくれていた。街道へ人を遣わすには多額の費用を要し、光國や中山《なかやま》では限界があった。

義仙が、符牒だらけのそれを読み、了助にだけ中身を教えてくれた。

「松王丸遠斎《まつおうまるえんさい》は古河藩主かもしれず、当地で正体を見極めよ、とのことだ」

義仙は平然と告げたが、途方もなく困難なことは了助にもわかった。曲がりなりにも大名である。捕縛も尋問も許されない相手をどうしろというのか。

「藩主は長く病んでいると聞く」

義仙が立ち、台所に行って、飯の支度をしている一里塚番士にその点を尋ねた。

「ええ、かれこれ六年にもなりますか。御城にいるのかどうかも我々には窺い知れませんが、役人は、もうじき隠居して御子息が跡を継ぐだろうと話しておりますよ」

「江戸の老中様から、藩主への言付けを内密に預かったのだが、いかがすればよいと思う？」

正面から行く手だった。義仙の後ろで聞きながら、了助は肚を据えた。藩主に後ろめたいことがあれば向こうから手を出してくる。それを逆手に取るのだ。

「使者取次所で、お話しするしかありませんが、まず、城代家老が出てくるでしょうな」

一里塚番士が難しい顔で答えた。直接藩主に言付けるのは難しいというのだ。それでも藩主の耳に入れれば良いことだった。

その晩は番士宅で休み、翌朝ゆるゆると発った。野木から古河まで二十五町四十間（約二・八㎞）しかなく、すぐに古河城が現れた。

渡良瀬川と長大な堀に囲まれ、多数の曲輪《くるわ》と櫓を擁する巨大な水城だ。出入りする道は数えるほどしかなく、代わりに川と堀を多数の舟が行き来している。

将軍の日光社参で定宿の一つとされるその城を右手に眺めて街道を進み、使者取次所の前まで来た。諸大名の使者を応接することから「御馳走番所」などと呼ばれ、そばを通る道は城に食べ物を運ぶことから「肴町通り」というらしい。

むろん義仙も了助も歓待されるとは思っていない。それどころか、番所前で大混雑にぶつかり、立ち往生させられた。

どうやらどこかの大名の行列が訪れ、道を塞いでしまっているのだ。

役人は大慌てで、山ほど集まる見物人を躍起になって下がらせるとともに、箒で泥を掃いて少しでも道を整えようとしている。普通、大名の来訪は前もって役所や村々に通達され、総出で道を整えておくものだし、行列が通行しやすいよう主要な道は立ち入りが禁じられる。この混乱は、大名の来訪が突然である証拠だった。

「駕籠《かご》を見たい。私の帯を摑め」

義仙が言うので、了助は義仙の帯をつかんではぐれないようにし、押し合いへし合いする人の群を苦心してくぐり抜けた。

棒を握る警護の役人たちが並ぶ向こう、城の正面玄関である諏訪《すわ》曲輪へゆく御茶屋口で、大きく立派なものが居座っていた。

大名のための駕籠、すなわち乗物が、護衛の武士に囲まれているのである。

「丸に三葉葵。高松松平家。御連枝か」

槍持らの家紋を見て義仙が呟いた。将軍家血筋の大名だ。そんな大物が何をしに来たにせよ、さっさと城内に入ってくれねば、こちらは身動きの取りようがない。

そう思って了助が吐息したとき、

「了助、帯を放せ」

急に義仙が言った。

了助は、ぱっと手を放し、義仙の視線を追った。

笠と簑をつけた男が、足早に御茶屋口の向こうの堀からやって来る。そちらにある寺や武家地から来たようだが、妙だった。快晴なのに簑をつけるのは、よほど降灰が怖い

か、他に理由があるかだ。その理由が何か了助には見当がつかないまま、

「曲者!」

だしぬけに義仙が怒号を放ち、簑を着けた男を指さした。役人と行列の藩士らが反応し、義仙が指さす男を見た。

男はいったん立ち止まったが、

「アウト・ダ・フェ!」

不可解な叫びとともに猛然と乗物へ向かって駆け出した。

ただちに役人と藩士ら十数人が横に広がって壁となり、御茶屋口を塞いだ。男はたやすく取り押さえられるかに見えたが、そうはならなかった。

ぼっ、と音を立てて男の簑が激しく燃え、目も眩む馬鹿でかい火の玉と化したのだ。役人たちは驚愕して飛び退き、尻餅をついた。藩士らは果敢に踏みとどまり、徒頭《かちがしら》の掛け声に合わせて一斉に槍を掲げた。

徒頭の裂帛《れっぱく》の声とともに一斉に槍が振り下ろされ、見事に男を叩き伏せた。だが男がまとう火は消えず、かえって激しく火の粉を飛び散らせ、藩士数名の着衣に燃え移った。

藩士らが互いに着衣を叩いて火を消そうとする隙に、火だるまの男が跳ね起き、藩士の一人に抱きついた。

藩士が絶叫してもがいたが、男は放さず、そのまま乗物へ近づいていこうとした。

他の藩士らが男を殴る蹴るなどするも止まらず、見物人たちが恐怖の声を上げて番所前の道から退いた。義仙は逆に、つと前に出て、堀のほうを指さした。

「もう一人いる。止まらぬようなら、お前が打ち倒せ、了助」

その言葉通り、堀のほうから笠と簑をつけた男が、新たに現れ、

「アウト・ダ・フェ！」

やはり不思議な叫びを上げて走り出すや、簑が燃えて眩い炎の塊と化した。

藩士らは仲間が焼かれることに気を取られ、この第二の火に気づくのが遅れた。

二人目はたちまち御茶屋口に至り、はっと気づいた役人や藩士らの間を駆け抜け、僅かな護衛しかいない乗物へ迫った。

護衛の藩士が慌てて抜刀し、一人が前に出て、迫る火の玉へ袈裟斬りに刀を振るった。刀は燃える簑と肩を斬ったが、相手を止めるには至らなかった。逆に火をまとう男が藩士に抱きつき、一人目と同じく、もろともに燃えながら乗物へ迫ろうとした。

周囲の藩士らは、刀で仲間ごと男たちを貫くべきか迷っている。そこへ、了助が口元の布を下げつつ進み出て木剣を構えた。

「キィイイヤァアアア！」

了助の叫喚に、藩士らのみならず火をまとう男たちも振り返った。了助は、簑の下にある男の胴の位置をしっかり見定め、猛然と木剣を振り抜いた。男が吹っ飛び、しがみ

ついていた藩士から一発で引き剝がされ、道に転がり倒れて動かなくなった。

義仙の方は、尻餅をついたままの役人の手から棒をひょいと取ると、最初に藩士に抱きついた男の頭へ、槍のように突き込んだ。棒は、燃える笠を貫き、正確に頭部へ打ち込まれ、一瞬で男の意識を奪った。

燃える男が膝からくずおれるや、義仙は続けて、火を移された藩士の足を棒で払って倒した。

「転がって火を消せ！　立てば燃える！」

義仙が叫び、着衣に火がついた藩士らの足を次々に払った。二人目の男から火を移された藩士も同様にして泥濘に転がしてから、恐懼のあまり身動きもできない役人の手に、棒を返した。

その背後では、火を免れた藩士らが、倒れたまま燃え続ける二人の男に、刀や槍でとどめを刺している。辺りは人の毛髪や肌が焼ける悪臭が漂い、目が痛いほどだ。

了助は目をしばたたかせ、改めて鼻と口を布で覆った。火で死ぬ人間は嫌というほど見たが、自ら薪となる者は初めてだ。動かなくなって煙を上げる男たちを見て、遅れて戦慄していた。

「尋常の火ではない。簑を油に漬けたか」

義仙が、了助のそばに来て言った。

「貴様！　何をするか！」

転がされた藩士が、火の消えた着衣から煙を立ちのぼらせながら立ち上がった。

その肩を、徒頭がつかんで止め、

「よせ、助勢してくれたのだぞ」

火傷で顔が腫れた藩士を下がらせるのをよそに、義仙が声を大にしてこう告げた。

「我らは、御老中の阿部豊後守および水戸徳川家より、賊の追捕を命じられた者」

徒頭ではなく、乗物の中にいる大名に聞かせるためだ。

「水戸徳川家だと？」

果たして、義仙と了助にも聞こえる声が、駕籠の中から返ってきた。

「その者たちに、共に城へ来るよう告げよ。私から聞きたいことがある」

三

光國が、武士たちがたむろする一角に馬をつないで東海寺《とうかいじ》の敷地を進むと、お鳩《はと》と若い娘が何か話をしていた。

「小町《こまち》、あんた本当に日本橋まで行く気？」

「大丈夫です、お鳩姐さん。巳助《みすけ》さんの人相書きを鷹《たか》さんに渡せばいいんですね？」

「鳶一《とびいち》がいる芝町まででもいいんだよ？」

「心配いりません。前にも届けましたし」

お鳩は、心配するというより呆れ顔だ。

「どんな脚してんの。じゃ、行きな。あ、途中の『寺』で新しい下駄もらいなよ」

「はい、姐さん。行って来ます」

娘がきびすを返し、光國に気づいてお鳩とともに頭を下げると、ぱっと駆け出した。

男に比べて小股だが、早足というより明らかに駆ける動作に、光國は感心した。走りは泳ぎと同じく、技であり才能だ。誰にでも出来ることではない。

「女韋駄天か。初めて見るな」

「了助が拾った子です」

お鳩が、むすっと言った。光國は予期せず了助の名が出て胸を衝かれる思いだが、

「隠形《おんぎょう》と声真似を教えてやってるのに、走ってばかりなんですよ」

お鳩は、気にせず喋っている。

「そなたは面倒見がよいな」

光國はそれだけ言って、お鳩とともにお堂に入った。阿部と中山がすでに来ていることは、敷地に武士がいることから明らかだったので、わざわざ訊かなかった。

部屋では、阿部、中山、罔両子《もうりようし》、巳助、亀一《かめいち》が、多数の人相書きを囲んでおり、光國

とお鳩も、その車座に加わった。

「これほどの数か」

唸る光國へ、中山がうなずいて言った。

「遠市《とおいち》組など、これまで噂にものぼりませんでしたが、拾人衆《じゅうにんしゅう》の調べで芋づる式に顔と名を得ました。主に雇い中間《ちゅうげん》の口利きを通し、諸藩の屋敷に潜り込んでいる様子」

「我らの屋敷にいてもおかしくはないな」

「早急に調べますが、今のところ悪事としては盗みやその手引きがせいぜいかと」

「江戸を焼くなどと大それた企みができる連中ではない、か」

「はい。ただ、そうした企みをする者を金目当てに助けるという点で、厄介です」

阿部が、人相書きの一つを差し出した。

「大した手掛かりはなかろうと思うておりましたが、不意を突かれました」

光國はそれを受け取り、読んだ。雇われ中間の人相書きに、亀一が聞き取った会話が添えられている。

『ニシキ殿が言うには、極大師がおらねば正しい正雪絵図は作れんそうだ。極大師を探すのは自分がやるので、インヘルノのことを頼むと言われたわ』

光國は、ぎょっとなって阿部を見た。

「よもや、すでに錦氷ノ介《にしきひのすけ》は江戸に？」

「そのようです」

阿部の口調には確信がこもっている。中山と罔両子も反論しない。

「連絡を担う者を、慎重に泳がせています。いずれ錦の居場所がわかるでしょう」

中山が言うのへ、

「どうして江戸に戻れたかも、わかるといいのですがねえ」

罔両子が言い添えた。なぜ関所を通過できたかというのだ。

「松王丸遠斎の庇護ゆえ、でしょうかな」

阿部が重々しく口にした。もはや古河藩藩主たる土井利隆の加担を疑わぬ調子だ。

阿部が御城で届出を確認したところ、古河藩に頼重が向かったことは確実だった。

義仙と了助が追う極楽組の面々が、宇都宮から逃げる先も、古河藩しかない。

光國は人相書きを置き、推測が外れることを期待していた自分に気づかされた。今や了助のみならず兄まで事件に巻き込まれて日光街道にいるとは、目に見えぬ因業に何もかも搦め捕られるようで実に嫌な気分だった。

「インヘルノ、か」

光國がこぼした呟きに、中山が応じた。

「何を意味するかは不明です。南蛮風の響きゆえ、切支丹の名かもしれません」

「名であれば、よほど思い切っておるな」

中山と阿部が眉をひそめ、罔両子が興味津々の顔で訊いた。

「インヘルノが何か、ご存じと？」

光國はうなずいた。オランダ商館に自ら出向いて得た知識だった。

「切支丹にとっての、地獄のことだと聞く」

光國が告げると、沈黙が下りた。もとから黙って聞いていた三ざるも顔を強ばらせている。賊が何の符牒として用いているにせよ、厭な予感しかしない言葉だ。

「この江戸に住まう人々を、地獄への道連れにせんとする覚悟かもしれんな」

光國はそう言いつつ、ふと違和感を抱いた。その理由がわからぬまま、錦氷ノ介の捜索、遠市組の調査、古河藩と極楽組をつなぐ証拠探しについて話し合った。

東海寺を出て、中山と馬を並べて屋敷に戻る間も、違和感は残り続けた。中山と別れて駒込邸へ向かおうとしたところで、

「切支丹は地獄を求めぬ」

はたとそのことに思い至った。

拷問され、身を焼かれ、家族を目の前で磔にされても棄教しないのは、そうすれば地獄に落ちると教えられているからだ。逆に苦難の末に殉教すれば天国《パライソ》へ招かれる。それが全ての切支丹《コンヒサン》の目的と言っていい。そしてそのためには必要な儀式を済ませねばならない。鶴市《つるいち》が告解の儀とやらで了助にこだわっていたと義仙から報告があったが、それ

も同じ理由だろう。

光國は駒込邸へ向かうのをやめ、浅草の蔵屋敷へ馬を駆けさせると、着衣も変えず、番士が守る牢へ渡った。

牢の中では極大師が、与えられた文机を用いて、巻物に筆でさらさらと何かを書いている。全国の悪党や反徳川の者の他、大名や子息の不行跡を列挙しているのだ。灯りは牢の外側にしかなく薄暗いが、不便とも思っていない様子だった。

光國が牢の前に立つと、極大師は手を止め、文机から離れて行儀よく頭を下げた。

「伊豆守では、貴様のコンヒサンの儀を拒まれると考え、わしに降ったな」

極大師が顔を上げた。その両目が喜びで見開かれ、爛々と輝いている。

光國は言った。

「わしにコンヒサンせよ。貴様の企みを全て吐け。さすればわしが、貴様を天国《パライゾ》へ送ってやる」

四

御茶屋口には、将軍を迎えるため初代藩主の土井利勝が設けた茶屋がある。将軍入城の道であり、まさか了助は自分が同じ経路で城に入ろうとは思ってもいなかった。

堀に囲まれた諏訪曲輪に入り、そこから広大な堀である百間堀を渡るための、植樹された土堤の道、すなわち御成道を進む。

御成門をくぐれば桜町曲輪で、右に観音寺曲輪、左に本丸と、それを囲む二ノ丸、三ノ丸、頼政曲輪、立崎曲輪がある。

了助は、城に入ること自体が初めてで、何もかもが広くて大きいことに驚かされたが、すぐに深刻な問題に気づいた。

出られない。通ってきた一本道を戻るにしても見張りだらけだ。堀に跳び込んでも城から丸見えだ。都合が悪くなったら逃げる、ということはできそうにない。

義仙も当然わかっているだろうが、顔色一つ変えず行列についていっている。

桜町曲輪に入ると、乗物の中の大名の指示で、城内の古河藩士が、義仙と了助を建物の一室に案内した。そこで身繕《みづくろ》いして待っていると、同じ藩士が来て、大広間に二人を連れて行った。

さらにその大広間でしばらく待つうち、大名の小姓と知れる若い侍が現れ、長々と詠唱でもするように告げた。

「頭を低う。讃岐高松藩藩主、左近衛権少将《さこんえごんのしょうしょう》、松平右京太夫（頼重）様のおなり」

義仙が、額を畳につけるほど深々と頭を下げたので、了助も同じようにした。

どすどすと足音を立てて誰かが入室し、高座に腰を下ろす音が聞こえた。

「面を上げよ」

穏やかな声がかけられたが、義仙は動かず、了助も同様に頭を下げ続けた。

「よい。礼儀は十分。顔を見て話したい」

義仙と、ついで了助が顔を上げた。高座に大名がいた。肌の白い美男だった。装いは質素で、坐相は穏やかだが、芯がしっかりした、若いが立派な松や杉を思わせた。

了助は、相手の目元や口元に妙な既視感を覚えた。誰かにひどく似ていた。すぐに誰かわかり、目をみはった。

大名が、その了助に微笑みかけた。

「余《よ》は、水戸徳川子龍《しりよう》の兄だ」

「御曹司様の、兄弟――」

了助が思わず呟くと、小姓が眉を逆立てて片膝を立てた。大名に平民が口を利いていいはずがないからだ。しかし頼重は手を振って小姓を座らせ、了助に、気にせず話せというように、うなずき返した。顔もそうだが分け隔てのなさも光國にそっくりだった。

「余は土井家から姫を迎えたゆえ、古河藩主たる遠江守の義弟でもある。長く病に伏せる義兄を見舞いに来たわけだが、その方らは、水戸家とどのような関係が？」

「この了助は拾人衆です、右京太夫様」

義仙が答えたが、頼重が首を傾げるので、重ねて説明した。

「大猷院《たいゆういん》（家光《いえみつ》）様の命で、捨て子を隠密諜者として育てた者たちです。昔、お父上の頼房公がお目付とされ、今は子龍殿と阿部豊後守が、その役を担っておられます」

「ふむ、父はさておき、子龍が私に黙っているとは、よほどの大儀らしい。そなたは？」

「柳生列堂《れつどう》義仙。拾人衆に技を教える御師を務めた縁で、共に旅をしております」

「賊を追って、とな？」

「はい。江戸で火付けを働いた極楽組を。首魁は降って江戸に送られましたが、配下の者たちが当地に逃げ込みました。御乗物を襲った二人は、その一味の切支丹かと」

切支丹という言葉で俄然、頼重と小姓の顔が引き締まり、異様な緊張感が漂った。

「極楽組とは、切支丹か？」

頼重が鋭く問うた。

「少なくとも首魁と配下はそうです」

「先ほど余を襲った者どももそうだと？」

義仙は確信を込めて首肯した。

「二人が口にしたアウト・ダ・フェは、炎死殉教を意味する切支丹の言葉。自ら火刑に赴く際に唱えるのです」

頼重が表情を変えず、長々と息をつくのを了助は見て取った。身の内の緊張を解くための呼吸だ。切支丹と聞いて戦慄したのだろう。奥平昌能のように動顛した様子はなく、むしろ何かを覚悟する感じがした。

「切支丹にずいぶん詳しいな」

「かつて禁教の士として働いた経験ゆえ」

「大村藩で大崩れが起こったと聞く。九州の切支丹が関東に逃げるなどあるか？」

「過去、しばしばあることです。特に、お立場のある方の助勢があれば容易かと」

「ほう。それは誰のことだ？」

頼重の声が峻烈さを帯びた。決して穏やかなだけでなく、必要ならば鬼にもなれる胆力の持ち主だとわかった。そういう点も光國に似ていると了助は思わされた。

「松王丸遠斎と名乗る者が、極楽組を匿い、その企みを助けているようです」

「企みとは？」

「江戸を焼却し、幕府の威信に挑むこと」

頼重は、無言のまま気迫みなぎる顔つきになると、ぐっと顎を引き、手を叩いた。

さっと襖が開き、険しい顔の老武士と藩士数名が姿を現した。頼重の護衛として隣室に控えていたのだろうが、義仙はもとより、了助もいちいち驚きはしなかった。

「岡野殿。心当たりは？」

頼重が厳しい声音のまま尋ねると、老武士が怒りを滾らせるような様子で応じた。

「松王丸なにがしなど存じませぬが、賊が逃げ込んだとあれば、ただちに領内を隅々まで探り、引っ捕らえましょう」

頼重がうなずき、義仙と了助に言った。

「子龍には私から伝える。そなたらは城内で一泊し、明日にも江戸に帰るがいい」

反論は許さぬ、というように頼重は即座に席を立ち、小姓とともに退室した。

代わって岡野と藩士たちが、義仙と了助を取り囲むようにして退室を促し、元いた部屋へ戻らせた。岡野は去ったが、藩士たちはそのまま廊下に居続けている。

「おれたちを閉じ込める気ですね」

了助が小声で言った。

「何もさせず江戸に送り返すためか、あるいは極楽組をおびき出すためか。どちらにせよ内々に片付けたくて必死らしい」

それではかえって、領内に松王丸なにがしがいると言っているようなものだった。

「もし本当に藩主が極楽組を手助けしていたら、どうなるんでしょう?」

「ご乱心、ということにし、無理やり腹を切らせるか、右京太夫様が自ら斬る気であろう。その後、幕府には病死と届け出る」

確かに、頼重の気迫からして、そうする気かもしれないと了助は思った。だが藩主の方は大人しく観念するだろうか。

「でも岡野って人は片付けるんじゃなく、探すと言ってました。もしかして藩主も極楽組と一緒に隠れてるんでしょうか？」

了助が推測を口にすると、義仙が、その通りだと誉めるように微笑んだ。

「藩主が雲隠れしたか、どこかに逃げ込んだゆえ、右京太夫に助けを求めたのだ。となれば、お前が頼りだな、了助」

「はい。鶴のことですね」

「そうだ。藩主がまこと、松王丸遠斎であり、鶴の導師《パードレ》であるなら、殉教《マルチリオ》に必要な、コンヒサンという儀式を司るはず。そのために、お前を攫《さら》うか招くかする」

義仙と了助が城内にいることは、極楽組に伝わっているはずだ。何しろ番所前にいた者みな、義仙と了助が行列に従って入城するのを見ていたのだから。

となれば、待ちの一手だった。

義仙と了助は、壁際で坐禅を組んでじっとし続けた。ときおり藩士が襖を開き、

「何かお困りのことはござらぬか」

などと様子見に声をかけてきたが、黙然とする二人に、肩をすくめて引っ込む、ということが何度か繰り返された。

やがて廊下から聞こえる複数の足音で、見張りの藩士が交代したことがわかった。

襖がそっと開き、ささやき声がした。

「それがしは鮭延衆《さけのぶ》、森川弥五兵衛《もりかわやごへえ》。お二人を松王丸遠斎様のもとへお連れ致す」

義仙と了助が目を開いて振り返ると、日に焼けた精悍《せいかん》な武士がいた。

二人が無言のままうなずき返すと、森川は刀を鞘ごと抜き、それを持ち上げて天井板を軽く突いて、横へずらした。そこから逃げろと言うのではなく、逃げたように見せかける気らしい。

森川の手招きに従い、義仙と了助は荷と笠を抱えて部屋を出た。

廊下では他に二人の武士が壁際に座っていたが、引き止める様子はない。鮭延衆がどんな集団か不明だが、二人とも森川の仲間のようだ。

義仙と了助は、森川に従い、土間に出ると行李から草鞋を出して履き、笠をかぶった。さらに、置いてあった魚籠を持つよう言われ、そうした。魚を運ぶ者のふりをしろ、ということらしい。

三人とも落ち着いた足取りで堀沿いに進み、北の門から別の曲輪に出た。森川の先導で、誰からも咎められないまま西の門を通過し、渡良瀬川の船着場に出た。

用意されていた舟に乗り、森川が棹を取った。追っ手は来なかった。そのまま城を左手に眺め、悠々と逃げ出していた。

五

まったく理屈がひん曲がっていた。賊を追って来たら、光國と藩主の両方の兄弟である大名に閉じ込められ、賊の庇護者らしい松王丸の助けで脱出したのだ。

だが義仙は平然とし、了助もいちいち疑問に思わなかった。甲斐《かい》のときだって義仙の策で自ら賊の懐に跳び込んだのだ。それに、いつしか鶴たちを捕らえるだけでなく、彼らが悪事を働く理由を知るべきだと理屈抜きで思うようになっていた。

渡良瀬川をしばらく南へ下ったところで森川が舟を河岸につけた。舟を下り、東にある街道へ向かう途中、これまた三方を広大な湖沼に囲まれた、城館が現れた。

「古河御所です。松王丸様は、あちらに」

その昔、古河公方たる足利成氏《あしかがしげうじ》が築いた城であったが、時を経て主が不在となり、時宗十念寺の寺域とされたという。

やはり出入り口が限られたその城館に、森川を先頭に堂々と入った。寺域とあって侍は少なく、僧があちこちで働いている。

外曲輪から二ノ曲輪、そして壁で囲われた一ノ曲輪まで進み、ひときわ大きな瓦屋根の建物に入り、一室に案内された。

そこで白湯を与えられ、ひと息つくと、

「六維《むい》了助のみ、お連れせよとのこと」

森川に言われ、了助は義仙を見た。

義仙がうなずき、木剣に目を向けるので、了助はそれを握って立った。咎められるかと思ったが、木剣程度ならと高を括っているのか、森川は何も言わなかった。

了助は義仙と離れ、森川に従って冷え冷えとした縁側を進んだ。障子が開け放たれた部屋の前に来ると、森川が膝をつき頭を垂れた。了助も木剣を置いて倣った。

「連れて参りました、松王丸遠斎様」

森川が告げると、野太い声が返ってきた。

「ご苦労であった。下がってよい」

森川が、きびきびと部屋の前から下がり、縁側を戻っていく一方、

「了助とやら。顔を見せよ」

部屋から了助に声がかけられた。面を上げよ、と身分が上の相手から言われた場合、容易にそうしては失礼になる。だが顔を見せろと言われたら、すぐ従うべきだと義仙から学んでいたので、了助はそうした。

高座に、寒そうに肩を丸めて火鉢を抱く、大兵《だいひょう》の男がいた。武張った顔つきではあるものの、ずんぐりとし、頼重に感じたような気迫は微塵も感じられない。図体はでかい

が性格は大人しい牛のような印象だ。

土井遠江守利隆、三十九歳。れっきとした古河藩藩主のはずだが、

「我こそは土井遠江守こと、松王丸遠斎ジェロニモ、極楽宗の導師《パードレ》である」

頼重や岡野が聞いたら憤激しそうなことを、何とも誇らしげに告げていた。

返す言葉もなく黙っている了助に、

「信徒は上手く右京太夫を脅したか？」

楽しそうに利隆が尋ねた。

「はい。たぶん」

二人の男が火だるまになって駕籠に突っ込もうとしたのだから脅したのは確かだ。ただし頼重が恐怖したとは思えないが。

「そうか、そうか。右京太夫が恐れおののいて江戸に帰ってくれればよいが。たまさか儀式を担うそなたがあやつと鉢合わせ、城に連れて行かれたと聞いてな。鮭延衆を迎えにやったのだ」

それがどんな集団か、了助が問いもせぬうちに、利隆がこう説明してくれた。

「土井家預かりとなった亡き鮭延秀綱《ひでつな》の子息と家臣でな。今は土井家に仕えておる。余のために働く唯一無二の忠臣たちだぞ」

了助には無縁のことだが、かつて出羽山形に封じられた最上家のお家騒動で、蟄居《ちっきょ》さ

せられた武将が鮭延秀綱である。没後、子と家臣の鮭延衆は土井家臣となり、利隆は彼らのため鮭延寺を建立している。

それはさておき、忠臣だとわざわざ強調するせいで、かえって利隆には他に味方がいないと如実にわかる言い方だった。

「余がここにいるのも、鮭延衆の縁者と偽ってのこと。僧どもは誰も余の顔を知らぬゆえ、まんまと隠れ潜んでやれたのだ」

また自慢げに言った。要は逃げたわけだ。

「ここの藩主様は、病だと聞いていました」

「家老の大野と岡野に仕組まれたのだ。大野めが、腹など切りおって。おかげで全て余が悪いことにされた。しかも隠居の歳まで閉じ込める気とは思わなんだわ」

「どうして閉じ込めるんですか？」

切支丹だからだと言うかと思ったが、

「余が、伊豆守を殺そうとしたからだ」

この返答に、了助は目をまん丸にした。

「あやつが余に何をしたか知らぬか？　ああ、余の苦渋を知る者はおらぬのか？」

利隆はそう嘆き、了助が尋ねるまでもなく、積年の恨みを話し始めた。

父の土井利勝は偉大な武将であり政治家だった。長男の利隆は跡を継ぐことの誇りを教えられ、父の威光のもと、小姓組番頭に任じられ、合わせて若年寄に列せられた。

その後の昇進も既定路線であるかに思われたが、突然、利隆は若年寄を罷免された。理由は、もし利隆に落ち度があれば、今後も大老として奉公する利勝の立場が悪くなるだろうから、というものであった。

何もしていないのに、御役目を取り上げられたのである。同輩の酒井《さかい》忠朝《ただとも》も同じ理由で若年寄を罷免されたことから、利隆は辛うじて、この苦辱を受け入れた。

その後も、御役目を得る機会があるたび、父の立場のために反故《ほご》にされ、無役に等しい立場を強いられた。島原の乱が起こったときなど、利隆は討伐に加わるべく家臣を総動員して四百騎を揃えた。だが父が出馬しないことから参加は認められなかった。

さらに父は、そうした利隆外しに関わってきた幕閣の一人、すなわち松平伊豆守信綱の家と、一方的に縁談を進めた。

利隆はただ我慢した。迎えた亀姫が、平穏無事に過ごせるよう尽くした。男子にも女子にも恵まれた。こんなに安泰だぞ。何の文句がある。そう叫びたい気持ちをずっと押し殺してきた。

だがあるとき、亀姫が産んだ女子が、お七夜も終わらぬうちに夭逝してしまった。

そして見舞いに来た伊豆守が、利隆に、こう言ったのだ。

「まずは母親が無事で何より。子は、これからもまた生まれるでしょう」

子は死んだが「親が無事でよかった」という。これが、利隆を爆発させた。

「私の血筋などお構いなく、おのれの娘さえ無事であればよいとは、不埒《ふらち》の至り！」

もう我慢できなかった。亀姫には何の恨みもないが、ただちに離縁を告げて遠ざけた。

自分から御役目を奪い続けた伊豆守との血縁などもう耐えがたかった。相手が生きていることすら許せなかった。

利隆は、鉄砲と玉薬と火縄を揃え、自ら伊豆守を狙撃せんとした。もともと狩猟好きで、銃の腕には自信があった。だが家臣たちが利隆から鉄砲を奪い、屋敷に押し込め、伊豆守への仕返しを封じてしまった。

父の利勝が逝き、晴れて藩主となっても同じだった。とりわけ家老の大野と岡野が、利隆がやることなすことに文句をつけ、幕閣と一緒になって御役目を奪い続けた。

そうしてついには大野が腹を切り、利隆は藩主という立場すら奪われることとなった。

「武士に御役目なくば面目はない。面目なくば生きる値打ちとてない。これほど惨いことがあるか？　嫡子の立場をないも同然にされ、恥辱にまみれて生きるのだぞ」

この激しい吐露を浴びせられた了助は、何とも言えず空虚な思いに襲われていた。

義仙は御役目のせいで地獄に囲まれた。利隆は御役目を求めて地獄に跳び込んだ。

立場を重んじ、面目を命とする。影も形もないものを人命より重んじる。

それが、武士の地獄だ。

武士以外の人々の命が蹂躙《じゅうりん》される理由だ。

光國が、おとうを斬った理由だ。

そうしたことごとを、かつてなく容易に理解できた。何もかもが、哀れで腹立たしかった。

「これでは死んだ者勝ちだ。そう思い、いっそ余も死んでやろうと決めたとき、ふいに現れたのが、極大師であった」

極大師は、利隆の苦渋を理解し、切支丹の教えを示してくれた。神《デウス》は万人を愛し、万人は神《デウス》を愛することを御役目とする。

加えて利隆は導師《パードレ》という立場を得た。あらゆる儀式を司る立場であり、信徒であれば無条件に利隆を信じ、敬愛してくれる。

「義弟の右京太夫ならわかると思うたのに。知っておるか？　右京太夫は長男なのに、若い頃に疱瘡（天然痘）を患ったというだけで、次男に嫡子の座を奪われたのだぞ。内心では弟を恨んでいるに違いない」

了助は眉をひそめた。頼重が恨みを溜めた男とは思えなかった。もしそうなら利隆の言う通り極楽組に協力しそうだ。どうであれ了助の知ったことではなかった。

「切支丹になって、どうするんですか？」

了助は、泣きたいと同時に、今すぐこの男を木剣でぶっ叩きたい思いで訊いた。

「うむ。まずはそなたと鶴市ジェイコブのコンヒサンを済ませねばな。そのあと信徒と一緒に江戸へ行く。その頃には氷ノ介ミカエルが極大師を解放しているだろう」

予期せぬ答えに、了助はぞっとした。

「錦氷ノ介のことですか?」

「そうだ。知っておるのか」

「極大師を解放って、どうやって?」

「小鳥を使うと言うていたが、詳しいことは知らん。ともあれ、江戸を焼き払う」

「江戸全部をですか? 無茶です」

「いや、伊豆守は御城を守るため、どこに火をつければ江戸が燃えるか仔細に調べさせていたそうだ。極大師はその多くを知っておる。その知見に従い、アウト・ダ・フェの儀にて我が身と幕府を焼くのだ」

「焼け死ぬんですか? 苦しいのに」

「神《デウス》の愛が苦しみを消してくれる。殉教者《マルチル》は天国《パライゾ》へ招かれ、霊魂《アニマ》の助かりを得る。無駄に腹を切るより、ずっと賢い行いなのだ」

了助には意味不明の呪文だが、相手の無知のほどはよくわかった。

「江戸を焼いたら大勢死ぬんですよ」

だがなんと、利隆は笑い声を上げた。

「馬鹿を言え。火事ごときで人は死なんと聞いている。ただ家と城が焼けるだけだ」

了助はあまりのことに呆然となった。

ここまで暗愚だと、それ自体が罪悪だった。この男に御役目が与えられない理由がよくわかった。無知蒙昧を自覚せず駄々をこねる、図体だけでかい餓鬼だからだ。しかもそのことを本人がわかっていない。きっとこの男の父親のほうこそ無念だっただろう。

「死にます！」

了助は、腹の底から声を放ち、利隆をぎょっとさせてやった。

「な、なんだ、急に……」

「大勢が惨い目に遭って死にます！」

了助は、自分が語れる限り、大火の凄まじさを語ってやった。

運び出そうとした荷ごと火だるまになる人々のことを。抱いた子もろとも焼け死ぬ親たちがどんな絶叫を上げるか。吹き荒れる火の粉がどれほど大勢の人間を一瞬で呑み込むか。閉ざされた御門の前で起こった混乱で、逃げ惑う人々に踏み潰される弱者たちがどんな悲鳴を上げたかを。

凍てつく堀に跳び込んだ人々や、自分を助けた養い親の三吉《さんきち》が、どのように死んだかを。

了助は、気づけば涙を流しながら、おのれが巻き込まれた大火の様子を語っていた。

「おれは江戸が焼けた後、芥拾《ごみ》いとして生きました。一番多かった芥は、焼けた骨が混じった土でした。人の脂が溶けた土でした。江戸中が人の屍骸だらけでした」

利隆はすっかり青ざめ、がくがく身を震わせている。

「そ、そ、そのようなこと聞いておらぬ。将軍家が逃げ惑うさまを楽しめばよく、そもそも火で死ぬことほど楽なことはないと、と」

「試しに腕一本、焼いてみたらどうですか？　おれが火をつけてあげます」

了助は相手が大名であることなどすっかり忘れ、部屋に踏み込んで高価そうな台付きの蠟燭を取った。面食らう利隆をよそに、ずかずか歩み寄り、火鉢の火を蠟燭に移した。

「袖をまくって下さい」

「ま、待て。何もそのような……」

「火で死ぬなど楽なものなのでしょう？」

利隆は目をしばたたかせ、突き出された蠟燭の火に、怖々と手の平を近づけたが、

「熱っ！」

と喚き、慌てて引っ込めてしまった。

「手を炙《あぶ》っただけでしょう。体に火をつけるんですよ。どこが楽なんですか」

「ぎ、儀式をしておらんからだ。神《デウス》が苦しみを消してくれるよう祈れば……」

「では儀式をして下さい。終わったら、そのお召し物に火をつけて差し上げます」

「小僧と何の遊びですか、導師《パードレ》」

ふいに庭から声が飛んだ。了助が振り返ると、いつの間にか覆面の男が庭にいた。

「おお、鶴市ジェイコブよ。よく来た」

利隆が、助かったというように呼んだ。

鶴市は縁側に片膝を乗せて座り、そこにある木剣を、ぽんぽんと叩いてみせた。

了助は木剣を置いたままにしたことを悔やんだが、顔には出さずにいた。

「さっそくコンヒサンの儀を、導師《パードレ》。家老と高松藩主が来る前にここを出ます」

鶴市が言って覆面を取り、火傷面を晒した。

「うむうむ、そう致そう。小僧、そこに座れ。これ、さっさと火を消さぬか」

了助は一瞬、蠟燭を鶴市に投げつけ、素早く木剣を取り戻すことを考えたが、上手くいきそうにないとみてやめた。代わりに火を吹き消し、蠟燭を置いて座った。

「敬虔なる鶴市ジェイコブ、マルチルよ。神《デウス》の御前にて大罪《モルタル》をコンヒサンすべし。その儀叶わずば天国《パライソ》へ招かれぬと心得よ」

利隆が芝居がかって唱えた。鶴市が草鞋を脱いで縁側に正座し、了助を見つめた。

「おれの名は松倉格之進《まつくらかくのしん》。島原藩藩主だった松倉勝家の長弟、重利の孫だ」

鶴市は意外なほど穏やかな顔つきでいるが、話し始めたとたん、目の奥から憤怒と憎悪がにじみ出すのを了助は見て取った。

鶴市は松倉家の次男坊として生まれた。れっきとした大名家の血筋だが、勝家が島原の乱の責任を問われて斬首にされてのちは落魄の一途を辿った。

父兄は僅か三百俵の旗本の立場に必死にしがみついたが、祖父は明暦元年に自殺。他方、格之進こと鶴市は、父兄の鬱憤をぶつけられて育った。

「父や兄の気晴らしに折檻されることが、おれの御役目のようなものだった」

そんなあるとき極大師が現れ、鶴市に伊豆守の諜者として父兄の行いを密告することを頼んだ。鶴市は喜んでそうした。極大師の言では、父兄は勘定方の着服を手伝うことで、はした金を得ていた。鶴市は、証拠となる帳簿を持ち出して極大師に渡した。

表沙汰になれば死罪。父兄は伊豆守に命を握られた。とはいえ、将軍家に敵意を抱きかねない家の弱みを握ることが伊豆守の目的である。極大師が、家の秘密を握っているぞと父兄を脅したが、現実に二人が咎めを受けることはなかった。もしそうなれば鶴市も連座させられるが、どうでもよかった。悪事がばれたと知った父兄が恐怖で震え上がるさまが愉快でたまらなかった。

極大師から褒美ももらえた。以来、鶴市は望んで極大師配下の密偵となった。旗本や大名の子息と遊び歩き、家の事情を聞き出す。あるいは子息たちにわざと悪事を働かせて親の弱みとする。それが自分の大事な御役目だと信じてもいた。

「お前の父も、立派に御役目を果たしたようなものだ。水戸家の御曹司に罪咎を負わせたのだからな。今も覚えているが、死に際の口上も大したものだった」

感情を逆撫でされるような鶴市の言葉を、了助は無心に聞き流している。

やがて鶴市は、極大師の知恵を借りて、自前の密偵組織を作るまでに至った。雇い中間の口利きと通じて、大名や旗本の屋敷に人を送り込む。これを遠市組と称し、お家の事情を探る他、盗み、女犯、恐喝を働いた。大きな家ほど被害を恥と思って届け出ないため罪を犯し放題だった。

だが結局、この組織作りで鶴市はしくじった。

なんと知らぬうちに兄が、遊びの金ほしさに加わっていたのだ。そしてこの兄は、鶴市こそが遠市組の親玉で、かつどこぞの大名の密偵であると知り、父とはかって鶴市を監禁した。

腐っても旗本である。旗本が多く住む、のちの小川町こと元鷹匠町に、松倉家も屋敷を拝領し、分不相応な蔵まであった。その蔵に鶴市は閉じ込められ、厳しく折檻された。

鶴市は死を覚悟し、父兄の悪事の証拠を売ったことを白状した。

自分が死ねば、父兄も道連れになると信じた。だが父兄には別の考えがあった。鶴市になり替わり、遠市組を動かし、金を得る。何なら自分たちが密偵となる。父兄は鶴市を殺さず痛めつけ、遠市組のことや極大師との連絡のつけ方を吐かせようとした。

鶴市は耐え、ただ死ぬときを待ち侘びた。そしてある夜、傷だらけで蔵の冷たい土間に横たわっていると、ふいに蔵の扉が開かれ、極大師が入ってきた。

「よう生きた。新たな御役目を頂戴したくば、火に乗じて逃げ、極楽寺に参じよ」

と告げ、両刀を鶴市に与え、去った。

連れ出すのでも、殺してくれるのでもない。自力で生き延びろという極大師のお試しだった。鶴市は刀を隠し、そのときを待った。二日後、それが来た。明暦の大火である。まず正月十八日の火で、早くも元鷹匠町をふくむ神田一帯が焼けた。

蔵の扉を開いてくれたのは母だった。鶴市はその母を、ものも言わず斬り殺した。さんざん痛めつけられたのが嘘のように力が漲っていた。鶴市は歓喜を爆発させ、炎が押し寄せるのも気にせず、屋敷に入って奉公人たちを刺し殺して回った。鶴市にとって、自分への折檻を見て見ぬ振りをし続けた連中だ。

それから、慌ただしく家財道具を集める兄を、背後から襲って喉を掻き切った。兄が血をまき散らし、きりきり舞いをして倒れたところへ、父が現れた。鶴市は、驚愕して逃げる父を追いかけ回した末に、滅多斬りにした。

その時点で周囲はとっくに火炎地獄と化している。鶴市は顔や体を焼かれながら屋敷を出た。恐怖も苦痛も感じなかった。あるのは解放の喜びだった。

「我が身は火によって浄められた。この火傷が証しだ。これがおれのコンヒサンだ」

鶴市が、静かに聞く了助から、利隆に視線を移した。利隆は、壮絶な鶴市の告白に目を白黒させている。導師《パードレ》、と鶴市が呼ぶと、我に返って慌てて言った。

「う、うむ。神《デウス》の御名において罪は赦されよう。完全な痛悔《コンチリサン》をもってマルチルとなれ」

鶴市がありがたそうに頭を垂れ、そして鋭い目を了助に向けた。

「老いた伊豆守に極楽組は止められん。お前もおれたちと来い。父の仇が討てるぞ」

鶴市の気配が一変するのを了助は感じ取った。断れば斬る気だ。了助は、鶴市のそばにある木剣のことを頭から放り出した。

木剣を奪われたらどうするか。答えはずっと前に教えてもらっていた。

(無手でも強くなりゃええ。そうじゃろ)

相撲取りの明石志賀之助《あかししがのすけ》が浮かべる、屈託のない笑顔がよみがえった。

了助は静かに告げた。

「おとうに御役目なんかない。お前たちの地獄に引きずり込まれただけだ。おれは、お前たちの地獄になんか付き合わない」

鶴市が刀に手をかけた。

刹那、了助は火鉢の中の炭火をつかみ、鶴市の顔へ投げ放った。

鶴市が瞠目し、両腕でおのれの顔を庇《かば》って裸足のまま庭へ退いた。炭が袖に当たって火の粉と灰が舞い、鶴市のくぐもった声が聞こえた。恐怖の悲鳴を抑え込んでいるのだ。

焼かれようと恐怖も苦痛もなかったと鶴市は言ったが、体が両方とも覚えているのは明らかだった。

その鶴市の様を見た利隆が、如実に失望の色を浮かべるのをよそに、了助は座った状態から一瞬で立ち、するすると滑るように鶴市へ迫っている。

その見事な足運びに、利隆が口をあんぐりさせた。

鶴市が改めて刀を抜き、了助が木剣を拾うところを斬る構えを取った。だが了助に木剣を拾う気はなく、鶴市が刃を閃かせるのに合わせて縁側から跳躍していた。

了助の足の下で刃が空を切った。了助は素早く宙で身をひねり、勢いをつけて鶴市の胸に右の踵を打ち込んだ。

げっ、と鶴市が呻いて転がり倒れた。

了助は反動で縁側に舞い降りるようにして着地すると、改めて木剣を取り、裸足で庭に下りた。そして、鶴市が怒りの形相で起き上がり、間合いを取るため刀を突き出すのに合わせて、右から左へ木剣を振り抜いた。

凄まじい音とともに、鶴市の刀が半ばから折れ飛んだ。了助は木剣の握りを変え、逆向きに相手の胴へ打ちかかろうとした。

だが鶴市は折れた刀を投げつけ、了助がそれを木剣で打ち払う隙に、さらに跳び退いて間合いを取り、脇差しに手をかけた。

「愚かな小僧だ。末路が知れるな」

鶴市の嘲りにも動じず、了助は言った。

「御役目がもらえないから江戸を焼くなんて言い出す、お前たちの方が哀れだ」

「ぬかせ、平民が。行きましょう、導師《パードレ》」

利隆が、きょとんとした。

「ま、待て。今すぐと申すか？」

「時至りて迷うは異端。ここにいてどうなります。一生閉じ込められたいのですか」

利隆がのろのろと立ち上がった。

そこへ、いきなり襖ごと誰かが倒れ込んできた。森川だった。続いて、刀を持った義仙が現れ、倒れた森川の腰の鞘に、こともなげに刀を差し込んで戻した。

「どうかお命を大事にし、御観念を」

義仙が、唖然となる利隆に言った。

とたん、どっと侍が入ってきた。

利隆の味方であるという鮭延衆ではない。高松藩の藩士たちだ。彼らの後方から、冷厳たる面持ちの頼重が現れるや、利隆が悲鳴をこぼし、へたへたと座り込んだ。

鶴市が無言できびすを返して走り、了助が追った。後から義仙と藩士数名も来た。

鶴市は、塀にかけられた縄梯子に取りつくと、素早くそれを使って塀の上に乗り、縄梯子を引き上げて笑った。

「おれはマルチリオを叶える！　命が惜しければ江戸には戻らんことだ！」

そう叫び、塀の向こうへ消えた。

遅れて、藩士の一人が仲間の肩に乗り、塀の上端に手をかけて外を見た。

「舟で逃げていきます！」

藩士たちは、すぐさま一ノ曲輪の外にある船着口へ走って行ったが、

「履物なしでは無理だ。戻るぞ」

義仙に言われ、了助はともに建物へ戻って草鞋を取り戻した。そこでは利隆が這いつくばり、抜き身の刀を握る頼重に、必死に詫びていた。

「赦《ゆる》せ！　頼む！　極楽宗もマルチリオもやめだ！　だから殺さんでくれ！」

頼重は気迫を漂わせ、じっと利隆を見下ろしている。だが、おもむろに刀を納めると、利隆の前で片膝をつき、優しげでいてこの上なく峻厳な調子で言った。

「約束ですよ」

利隆が、こくこくうなずいた。

頼重は、利隆のことを後から来た古河藩の藩士に任せて縁側に出た。そして了助と義仙が手拭いで足を拭っているところへ来て言った。

「義兄の居所を知るため、そなたらを使った。すまぬが、ここでのことは口外無用にせよ。子龍と豊後守にも、私から一切を伝えたい」

だが義仙は、容易に首を縦に振らなかった。

「ことは急を要します。遠江守は、極楽組に関所を通るすべを授けたはず。了助が遠江守から聞き知ったことを急報すべきかと」

「一件を不問に付してもらうよう、幕閣に働きかけるのが余の務め。ただちに江戸に戻り、急使も出すゆえ、同行してくれぬか。礼はする。余に叶えられることなら何でもしよう」

「では了助の願いを叶えて頂きたい」

義仙が言った。了助は目を丸くしたが、

「さる大名に、お目通りを」

それで、何のことかわかった。

「叶えると約束しよう」

義仙がうなずき、了助に言った。

「御曹司様に会うことになる。よいか」

了助は、うなずいて木剣を帯に差し、

「はい。これで打つより、ずっとあの人を懲らしめられるって、義仙様が言ってたことが、やっとわかりました」

とたんに、頼重が興味を惹かれたように、了助をまじまじと見つめた。

六

明暦三年の暮れが近づき、風はいっそう冷たく乾いている。光國は、馬で神田川沿いに進みながら、なんとも暗然とした気分でいた。

極大師のコンヒサンに付き合ったせいだ。稀代の諜者の真偽定かならぬ謀略の数々を何日もかけて聞いたことで、たっぷり穢れを帯びた気分だった。泰姫や家族に障りがあったらと思うと不安になるが、企みを防ぐには他にないと確信してもいた。

錦氷ノ介の居所は、いまだつかめずにいるが、その件は中山と拾人衆に任せていた。

兄の頼重から、江戸に戻り次第、会って話したいとの手紙が来たためだ。

土井家の方は表立った騒ぎもなく、事なきを得たと思いたいが、兄が直接話したいと言うからには何かあるはずだった。それでますます胸をざわめかせて高松藩上屋敷に赴いたのだが、そこで意外な光景に出くわした。

大勢の武士が、乗物のそばで待機している。大名が来ているのだ。その三本扇の家紋に、光國は瞠目した。

松平伊豆守信綱の家紋だった。

非常の事態と見た光國は、大きく息をついて肚に力を込め、来訪を告げた。

刀を預け、一室に案内されたところ、果たして頼重と伊豆守が、光國を待っていた。

光國は堂々と入室し、二人へ挨拶した。

「伊豆守が同席とは、いかなる事態で？」

「さて。私も、しかとは存じ上げず」

伊豆守が淡々と返し、頼重を見た。

「とはいえ、薄々察するところもあります。御曹司様もいらしたゆえ本題を伺いたい」

頼重はうなずき、無言で手を叩いた。隣室の襖が開かれ、そこに座る二人が現れた。

義仙と了助である。

光國は驚愕して思わず浮かした腰を慌てて戻した。

その光國に、了助は真っ直ぐな視線を向けている。大名の前で這いつくばって当然の子どもが、そのような態度でいることを、誰も咎めなかった。

「鶴から聞きました。鶴は極大師と伊豆守様から褒美をもらうため、偉い方々の子息に悪さをさせたり、お家の事情を探ったりしたそうです。御曹司様に悪事を働かせ、おとうを斬らせたのも、そのためでした」

ぐう、と光國は恥辱の唸りを抑えられなかった。了助と義仙に加え、兄と伊豆守の前で恥を晒され、罪咎をあらわにされたのである。寒さにもかかわらず額に玉の汗が浮かぶほどの羞恥に襲われ、木剣で叩きのめされるよりもはるかに応えた。

「おとうの仇は何人もいます。斬った御曹司様。そそのかした鶴たち。そして鶴にそうするよう仕向けた極大師と伊豆守様」

了助が静かに語ることを、光國はうつむいて歯を食いしばりながら、伊豆守は淡々とした顔を崩さぬまま、聞いている。

「おれはもう、報いがほしいとは思ってません。ただ、武士は命よりも御役目を惜しく思うのだと知りました。それで伊豆守様に、おれからお願いがあります」

急に話題が伊豆守に転じたことで、光國は意表を衝かれ、思わず顔を上げた。

伊豆守は、なんだ、というように了助を見ただけで、一言も発しない。

「極楽組についての御役目を、御曹司様に譲って下さい」

伊豆守は何も言わない。だが目は了助を見ており、黙殺する気ではない様子だ。

「伊豆守様が調べた江戸の弱みを教えて下さい。極楽組はその通りに火付けをする気です」

「さもなくば？」

そこでだしぬけに伊豆守が問うた。

「御役目が死にます」

きっぱりと了助は言った。

「鶴は、伊豆守様には止められないと言っていました。極大師を恐れる限りそうだろうと義仙様も仰っています。おれも、そう思ってます」

「そのような無礼を咎められてここで死ぬとは考えなかったか？」

伊豆守がいささかも口調を変えずに訊いた。了助はかぶりを振って答えた。

「いいえ。御曹司様も伊豆守様も武士です。おれのことなんかより、御役目を果たせない方が恥でしょう」

これに、なんと伊豆守が笑み返した。

「将来は、傑僧か、剣聖か、無礼討ちか。命を惜しんで精進せねばな。大名にそんな口を利けば死ぬ。かの沢庵宗彭《たくあんそうほう》も、将軍様に逆らい流罪に遭った。のち赦免されたとはいえ、な」

「はい」

「父親のこと、惜しく思う。すまなんだ」

伊豆守がそこまで言うとは誰も予期せず、了助も光國もみなが目をみはった。かと思うと、伊豆守は光國と向き合い、畳に手をついて礼を示し、言った。

「御曹司様に、お頼み申し上げます。江戸市井と幕府をお守り下され」

「謹んで承る」

光國も礼を示し、それから改めて、了助に対してもそうしてみせた。

「我が心胆を打ち懲らしめてくれたことに感謝する。わしは、お前からおとうを奪った。

面目のために命を軽んじた。二度とそうせぬと誓う。命を惜しく思うという、お前のおとうの教えを肝に銘じる」

光國が誠心誠意詫びる姿に、了助が感じたのは深い安堵の念だった。相手に報いを与えたことへの満足ではなかった。自分にできる限りのことをして、悪しき何かの連鎖を防ぐことができたという思いが胸に広がり、ひどくほっとしていた。

――やっと、おれの地獄を払えたよ。

了助は心の中で、おとうと三吉に、そっと告げた。二人が極楽浄土へ渡ったことを信じ、後に続けることを祈った。

ふいにそこへ頼重の家来が現れ、

「お話し中、失礼致します。使いの者より、水戸の御曹司様に急報ありとの由」

と告げた。

「その者を、ただちに、ここに通せ」

頼重が言った。家来が引っ込み、すぐに庭から駆けるような足音が聞こえた。

了助は、そこに現れた者に驚いた。

小町だった。悪路を駆けてきたと見え、着物の膝から下が泥だらけだ。

小町のほうは、部屋に貴人ばかりいるとあって、ろくに顔も上げず、庭に膝をつき、息を切らせながら早口に告げた。

「お、お鳩姐《ねえ》さんが、極楽組の、に、錦氷ノ介《にしきひのすけ》に、攫われました！」

七

そのとき、お鳩は、東海寺の蔵にいて、吽慶《うんけい》が彫った、らかんさんにはたきをかけてやっていた。了助が日課としていたことだ。そうしながら、

「早く帰っといでって、了助に伝えて下さいな。もう年が暮れちゃうわよって」

了助がしていたように話しかけていると、突然、背後で恐るべき声が起こった。

「父上ではないですか」

知った声に、お鳩はぞっとなって振り返った。果たして、頰被りをし、みすぼらしい無宿人に扮した錦氷ノ介がいた。

「こんな所にいたとは。私も、ここの軒下に潜って機会を窺っていたんですよ」

らかんさんへ隻眼で微笑みかける氷ノ介に、お鳩が果敢に言った。

「あ……、あんた、極楽組の錦だろ。何の用さ。自分から捕まりに来たのかい」

氷ノ介の右手が、蛇のように素早く動き、ぼろぼろの羽織りで隠した腰の脇差しを抜いて、切っ先をお鳩に突きつけた。

「静かに。大人しくついて来て下さい」

やなこった、とお鳩が返す前に、氷ノ介が脇差しを振るった。幸い峰打ちだったが、首を打たれたお鳩は一発で意識を失い、くずおれた。

氷ノ介は脇差しを納めると、お鳩の身を羽織でくるむようにし、片手で易々と抱え、蔵から運び出して雑木林に入った。

そこに、どこから手に入れたか、大名がお忍びで用いる乗物と、それを担ぐ男が四人いた。娘を抱えた氷ノ介が乗り込むと、四人が当然のように乗物を担いだ。

その様子を聞き取っていた亀一が、ただちに韋駄天たちに伝えた。

鳶一が乗物を追い、燕《つばめ》が日本橋まで走って鷹に伝え、鷹が中山の屋敷まで走って伝えた。中山がその他の韋駄天および小町も動員し、阿部豊後守と光國のもとへ走らせた。

乗物の向かう先は、浅草の水戸藩蔵屋敷だ。お鳩は途中で目覚めたものの、氷ノ介に抱えられ、その左手の鎌が、ぴたりと喉に当てられているとあって、じっと恐怖に耐える他なかった。

「水戸の御曹司の声真似をして下さい。言うことを聞けば生かしてあげます」

氷ノ介に言われ、蔵屋敷に着くと、お鳩はやむなく、命じられた通りに光國の声を放った。

「子龍である。ただちに人払いをせよ。わしが去るまで、みな長屋におれ」

氷ノ介はお鳩を抱えたまま動かず、しばらくして誰かが乗物に入ってきた。

極大師が、不敵な笑みを浮かべ、屹然となるお鳩に、牢の鍵を振ってみせた。

「遠市組はよい仕事をする」

乗物が担がれ、蔵屋敷から出て行った。

「ご壮健で何よりです、極大師様」

「うむ。そなたも傷が癒えたようだな。インヘルノは手に入れたな？」

「ええ。平戸から無事に届きました。残念ながら古河藩主は臆したそうです」

「所詮は小物よな。隠れ蓑の役に立てばよい。マルチルの誉れは我らのものだ」

「正雪絵図も準備万端にて」

笑みを交わす賊二人に挟まれ、お鳩はいつ喉を掻き切られるかわからぬ恐怖に最後まで耐えた。乗物はそのまま上野の破れ寺に運び込まれ、極大師が降り、ついでお鳩を鎌でとらえた氷ノ介が降りた。

「旗本屋敷の長屋に入り込んだ信徒につなぎを取り、正雪絵図を配れ」

極大師が、乗物を担いでいた者たちへ告げたところへ、

「久方ぶりですな、極大師」

破れ寺の中から、傷痕だらけの顔をした男が、歩み出て言った。

両火房《りょうかぼう》だった。

破れ寺の荒れ果てた境内に、時が止まったかのような沈黙が降りた。

「はかられたわ！　散れ！」

極大師がすぐさま命じるや、

「キイイヤアア！」

了助が、両火房のすぐ背後から跳び出し、お鳩の喉元にあった氷ノ介の鎌を、狙い過たず打ち弾いた。

氷ノ介が、ぼろをはためかせて跳び退き、代わりに了助が、お鳩を抱き寄せた。

さらに義仙が破れ寺から現れ、氷ノ介の前に立ちはだかって言った。

「間々田《ままだ》の火付け以来だな」

「はて。どなたでしたか」

氷ノ介が脇差しを抜いたときには、中山とその配下、および奉行所の加勢が破れ寺を取り囲んでおり、馬に乗った光國が悠然と前に出て言った。

「小鳥を使う、と遠江守が喋った通りか。遠市組を泳がせ、貴様のコンヒサンに付き合ってやった甲斐があったわ」

極大師が、諸手を開いて笑顔を浮かべた。

「お見事。我らを改心させなさるか」

「ぬかせ。棄教を迫られてなお殉ずるがマルチルであろうが。降ったとみせて策を弄する不埒者は、地獄へ落ちよ」

「ではともにインヘルノの業火を浴びましょうぞ」

極大師が言うや、氷ノ介が刀の柄をくわえ、懐から丸い陶器を取り出した。陶器には導火線がついており、氷ノ介はそれを左腕で抱え直すと、握り直した刀を、義手の鎌に打ちつけ、火花を発して導火線に火をつけた。

多くの者は氷ノ介が何をしているかわからず、その丸い陶器が何であるか悟った光國と中山が、慌てて叫んだ。

「焙烙玉《ほうろくだま》だ！」

「散れ、散れ！　爆発するぞ！」

氷ノ介が、さっと手にしたものを転がした。人々がわっと声を上げて退き、了助がお鳩を抱え、両火房とともに、破れ寺の中へ飛び込んだ。

しゅるしゅると導火線の火が陶器の内部へと消えた次の瞬間、ものすごい炸裂が起こった。

耳を聾する轟音とともに、砕け散った陶器の破片と、灼熱の火炎、眩い火の粉が飛散したのである。破片を浴びた者、髪や着衣に火がついた者たちが悲鳴を上げ、一瞬で人々が混乱に陥る中、極大師と氷ノ介、四人の男達が、ばらばらに逃げ去った。

極大師は、牢暮らしをしていた者とも思えぬ脚力で、壊れた塀の隙間から林へ駆け込み、みるみる破れ寺から離れて行った。

そのまま息も切らせず走り続けたが、寛永寺《かんえいじ》の方へ続く道に出たとたん、背後から馬蹄の音が迫った。極大師が振り返るや、馬から跳び降りた光國が、覆いかぶさるようにして押し倒し、膝で相手の喉元を押さえつけた。

「伊豆守が、江戸焼却の急所をわしに教えた。貴様は無用だ。戦国の世の亡霊め。天国《パライゾ》なり地獄《インヘルノ》なり好きなところへ去れ」

極大師が口を開いて何か言おうとするのをよそに、光國は脇差しを抜き、相手の左鎖骨の間、缺盆《けつぼん》に刺し込んだ。肺、心臓、胃の腑を縦に貫く急所である。

脇差しを抜くと、すぐさま逆の缺盆を刺した。極大師はかっと目を開き、わなわなと震える手で光國の袖をつかんだが、すぐにその手が、ぱたりと倒れた。


「義仙様の言うことちゃんと聞いてた？　病気とか怪我とかしなかった？」

破れ寺の中で座り込んだまま、お鳩が、了助の胸にかじりつくように喚いた。

「うん。お鳩こそ、怖かったろ」

了助が宥《なだ》めたが、お鳩は喚き続けた。

「ずっと心配してたんだよっ。あんたがちゃんと働いて、無事に戻ってくるよう、らかんさんにお願いしてたんだよっ」

「うん。ありがとうな、お鳩」

了助が言って、お鳩の涙を拭ってやった。お鳩はその手を取って自分の頬に押しつけ、堰《せき》を切ったように泣いた。

その様子を両火房と義仙が微笑ましげに眺めるうち、賊を追っていた者たちが戻ってきた。

中山が報告を受け、二人捕らえたが、残り二人と氷ノ介には逃げられたとのことであった。

極大師も逃げたかに思われたが、やがて光國が死者を乗せた馬を引いて戻ったことで、歓声がわいた。

「極楽組の狙いは、正月の強き寒風に乗せ、江戸に火を放つことだ！」

光國が大声で告げ、みなの顔を引き締めさせた。

了助、お鳩、両火房、義仙も、破れ寺から出て、光國を見つめた。

「こたびこそ火から江戸を守り、極楽組を一網打尽とする！　よいな！」

光國の言下、中山たちが一斉に刀を掲げ、応！　と勇ましく叫び返した。

インヘルノ

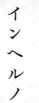

一

何もかもが色濃い影に沈む、黎明の冷たい空気の中、了助《りょうすけ》は庭石の上で座禅を組んでいた。そうしているとまだ旅をしている気分になるが、今いるのは東海寺《とうかいじ》だ。

江戸に戻ってのち、了助は再び拾人衆《じゅうにんしゅう》として寺住まいを許された。

平民が、衆目の中で光國《みつくに》のような大名家の世子に打ちかかり、お咎めなしというのは、貴賤の念を秩序とみなす幕政では異例のことだ。

だが何より光國の意向で了助の行いは不問に付された。阿部《あべ》、中山《なかやま》、罔両子《もうりょうし》も異論はなかった。阿部などは、むしろ義仙《ぎせん》とともに極楽組を追ったことを慰労し、褒賞として結構な額の銭を了助に与えた。

ずっしりと重い袋を渡された了助は、つい反射的に、これで旅賃が賄《まかな》える、と考えた。そしてそこで初めて、自分はもう旅路には立っていないことを悟ったものだ。

僧房では銭を置いておく場所がないため、寺住まいの拾人衆がそうするように、罔両子と寺の勘定係に管理してもらった。義仙から与えられた旅装束も、旅で使った行李に入れて同様に預けた。衣は財産であり、旅装束とて銭に等しいのだ。寺の者が盗みを働くことは滅多にないが、外から盗人が入ってくることはしばしばあった。

了助は、いつか町奴《まちやっこ》から奪った黒い羽織を肩にかけていたが、これについてもお咎めはないままだった。衣の強奪は本来であれば重罪なのだが、町奴が奉行所に届け出ず、のちにその町奴に義仙が銀を払っているのだから、今では完全に了助のものと言ってよかった。

思えば了助にとっては、それが義仙との出会いだった。あのとき義仙が素手で町奴を退けたときの感動が、今の自分の原点だと断言できた。

ちょっと前まで、おとうや三吉《さんきち》の死をどう受け入れればいいかわからず、野犬払いの棒振りで、腹の中の怒りを紛らわしていた。おのれが怒りに満ちているとわからず、ただ闇雲に矛先を求めていたのだから、旗本奴や町奴と同じだ。

過去の激しい怒りは消え、過去のどの時点のことも穏やかに思い返すことができた。おとうの叫び声も。三吉の死に顔も。錦氷《にしきひ》ノ介《すけ》に次々に斬られる永山《ながやま》たちのことも。どんなに当時の感情がよみがえり、つむじ風のように荒れ狂っても、とらわれずにいる自信があった。

これほど自分が変われるとは了助自身にとっても驚きで、お鳩《はと》、巳《み》助《すけ》、亀一《かめいち》が、義仙に助けを請うてくれたことには、ただ感謝しかない。

残念なのは、旅を続けられないことと、やがて義仙は去るということだ。義仙は今も「鶴《つる》と錦を追う」ため、寺で寝起きしている。だが決着がつけば、「多少、兄に叱られてやってからだが」と義仙は付け加えつつ、すぐに柳生《やぎゅう》の郷に帰ると告げた。

了助が思わず、「おれも柳生の郷で修行してみたいです」と口にすると、義仙が微笑んだ。

「よほど旅を続けたいようだな」

「はい。無理でしょうか？」

うつむく了助に、義仙はこう言った。

「新たな旅路につきたくば、まずは今の旅を終わらせることだ」

迷わず目前の務めに専念することでしか、将来何が無理で何が無理でないか、といった問いへの答えは得られない。そう諭された。

了助は座禅を組んだまま、庭石に立てかけた木剣を右手だけで軽く握り、肩に担いだ。目を閉じて木剣の重みを感じるうち、おのずと鶴や錦の顔が浮かんだ。

彼らを捕らえて火付けを防ぐ、という務めに意識を向けるうち、がたがた音がして雨戸が開き、うおっ、わっ、へっ、と声が三つわいた。誰かが何かに驚いたらしい。

了助が木剣を下げて房舎を見ると、薄暗い中、鷹《たか》と仁太郎《にたろう》と辰吉《たつきち》が、縁側からこちらへ目を凝らしているのがわかった。

「お不動様でも現れたんかと思ったぜ」

仁太郎が言って、右手で剣を持ち、左手で印を結ぶ真似をしてみせた。確かに、了助の今の姿勢はそれと似ていなくもなかった。

「大げさだな」

了助は、驚かれたのが自分だとわかって呆れた。

「そんなとこ座って、よく凍っちまわないよな」

鷹が、不思議そうに呟いた。

「冷えないように息してるから」

了助は石から降り、木剣を両手で握って体を左右にひねった。体のどこも強ばっておらず、柔らかに動くことに満足した。

「おれだって息くらいすらあ。また、わけわかんねえこと言いやがってよう」

辰吉がわめいたが、馬鹿にする調子はなく、むしろ感嘆の念がにじんでいる。

辰吉だけでなく、今では拾人衆の誰もが、了助に一目置いていた。ちょっとした姿勢や動作から、了助の総身が鍛えられ、かつ洗練されたことが見て取れるのだ。

了助が寺に戻った翌日、さっそく仁太郎と辰吉が「相撲しようぜ」と言って、挑んできた。

了助は快く応じ、はるかに体格で勝る二人を、ばたばたと地面に倒してのけた。

年少の春竹《はるたけ》、笹十郎《ささじゅうろう》、幸松《ゆきまつ》が、驚きのあまり、ぽかんと大口を開けてそれを見ていた。韋駄天《いだてん》の燕《つばめ》、鳶一《とびいち》、鷹も、了助に挑んだが、みな何をされたかわからないまま倒された。

了助の腕っ節も足腰も、異様に強い、と彼らは口を揃えて言った。仁太郎が「腕を折られるかと思ったぜ。了助とは二度と相撲しねえ」と口にしたほどだ。

だが了助は、決して力尽くで彼らを倒したのではなかった。仁太郎や辰吉に腕力でかなうわけがないとも思っていた。ただ、適切な姿勢を保つことで地面に支えられ、相手の力を利用するよう努めたまでだ。

そう了助が説明しても、みなきょとんとするだけだ。それが、体術を会得した者とそうでない者の差だ、と義仙は言った。

その了助の身のこなしは至る所で発揮された。元拾人衆の僧である慧雪《けいせつ》に言われ、みなで庫裏《くり》への水汲みをしたが、誰も了助が桶を運ぶ速さに敵わなかった。了助の方は、別に急いでやっているつもりもない。所作にとことん無駄がないのだ。腰に差した木剣を、壁や人にぶつけることもなかった。木剣を食堂に持ち込み、壁際に置いても咎める者はいない。木剣を常にそばに置くことを罔両子から許されているからだし、了助の振る舞いがきわめて自然なため、誰の気にも障らないのだ。

食事の際も、了助は大箸を苦もなく使いこなした。音一つ立てず食いながら、両隣の伏丸《ふしまる》と燕の小鉢から、ひょいひょいと漬物と梅干しを取り、交換してやった。

伏丸は、苦手な漬物がいつの間にか小鉢から消えて梅干しが増えたことに、目をぱちくりさせた。燕などは梅干しが消えて漬物が増えたことに気づきもしない。

罔両子と義仙だけは、この了助の行為を見て取った。義仙がちらりと罔両子に視線を送ると、罔両子が口元に笑みを浮かべて小さくうなずいた。罔両子の目から見ても、了助の洗練が、ただ格好を付けたのではなく、確かなものであると認められたのだ。

了助は、そんな風に御師たちが自分を認めてくれているとは知らぬまま、粥をたっぷり腹に入れ、満ち足りた気分で明け六つの鐘が鳴るのを聞いた。

食事が終わると、了助は僧から箒を渡され、割り当てられた場所で掃除をした。

昼には、水戸徳川光國、中山勘解由《かげゆ》、阿部忠秋《ただあき》が来るため、寺の敷地内をすっかり掃き清めねばならないのだ。

徳川家一門の世子と旗本と老中が来る。それがどれほど大ごとか、了助はようやく理解していた。彼らが動けば、配下の数百名が一斉に動く。とりわけ老中の阿部が品川へ向かうとなれば、駕籠脇など家臣たちが前夜から用意を調えることになる。

出発する側も、迎える側も、大勢が働く。偉い武士を中心に、それ以外の武士や平民が動くのがこの世なのだ。そのことを了助はこれまでになく虚心に受け止めていた。

髪が伸びただけで、自分はどこにいて何者であればいいのか、と迷うことも、もうない。

だいぶ伸びた髪を切らずに頭の後ろで引っくくり、ただ今いる場所にいる、という気分だった。もし将来を選ばねばならないときが来たら、最も自然と感じる何かを選べばいい。

旅が了助から取り除いたのは、無駄な動作だけではなかった。不安や堂々巡りの思案といったものが、ごっそり消えていた。余計な考えはわかず、わいたとしても気に留めず、ただ虚心であるよう努める。それだけで身も心も軽々としていられた。もし真剣に考えねばならないときがあれば、無駄な思案を持たない分、全身全霊で考え抜けるという漠然とした自信もある。

了助は掃除も速やかに終わらせると、蔵の一つに入り、らかん様の像を、はたきで丁寧に払い清めた。

「旅に出てる間、仲間が埃を払ってくれてたって聞いたよ。お鳩も、五日にいっぺんは来て、埃を払ってたって」

変わらず、らかん様をおとうと思って話しかけた。寺に戻って了助が最初にしたことは、おとうと三吉の供養だった。

おとうの亡骸はすでに埋め戻されていた。その墓に、形見の石と懐刀を埋めた。『与《よ》惣次郎《そじろう》』と彫られた石もそのままにした。

さらにおとうの墓の隣に、了助は『三吉』と記した札を埋め、罔両子から石を一つもらい、墓石とした。三吉の亡骸も形見もないことは悲しかったが、やっと供養できたと思った。死者を供養できる穏やかな心を、生者としてようやく手に入れたのだ。

了助は、もう一つ石をもらうと、それを担いで、かつて暮らしていた深川の芥溜《ごみため》に行った。

火付けのせいで死んだ隣人の源左《げんざ》が眠っているはずの場所にも、名を記した札を埋め、墓石を置いた。

そうして供養してやることで、了助はむしろ生者の自分が救われるのだと悟った。

「将軍様も、火で死んだ人たちのために、大きな寺を建てさせてるんだって」

了助は、らかん様に向かって言った。本所の回向院《えこういん》のことだ。何万という焼死体を運ぶ仕事に、了助も加わった。そのときは心が麻痺し、いくつ骸を運んだらいくらもらえる、ということしか考えていなかった。今は、供養のための場所ができると知り、素直に嬉しかった。死者も生者も大勢が救われるからだ。

「いつもありがとうな、了助」

唐突に、おとうの声がした。いつもながら、らかん様が喋ったとしか思えない、見事な声真似の術だった。

「おれこそ、ありがとうな、お鳩」

了助は、蔵の出入り口に立つお鳩を振り返り、目を丸くした。お鳩の顔色が悪く、げっそりした様子だったからだ。

「どうした？　腹でも痛いのか？」

了助が、はたきを手に近寄ると、お鳩が深い溜息をついてこう告げた。

「中山様の尋問が、ものすごいの」

近頃の中山は、配下の武士たち、三ざるなど拾人衆を使うだけでなく、奉行所とも連携し、極楽組に糾合された賊たちの追捕と尋問に明け暮れていた。

切支丹《きりしたん》の疑いがある者には、中山自ら苛烈きわまる拷問を施すのだ。あまりの凄まじさに、下手人を声色で揺さぶるお鳩ばかりか、中山配下の男たちまでもが、気力を削がれる思いを味わっているという。

「中山様ね、家の神棚に覆いをかけたなんて言うの。自分がやることで神様を嫌な気分にさせないようにって」

信じられない、という調子でお鳩が告げると、了助はあっさりうなずいた。

「あの人は、地獄を抱えてる。そうすることを選ぶ人もいるんだ」

お鳩は真顔になり、了助を見つめた。

「あんたはどうなの？」

「地獄を払ってるよ」

了助は、はたきを左右に振ってみせた。

「地獄は、放っとくと、塵みたいに積もるんだ。お前の地獄も払ってやるよ」

了助がはたきを近づけると、お鳩がやっと声を上げて笑った。

「そんな簡単にいかないでしょ」

「簡単なんだ、本当は。何だって、わかれば簡単だろ。地獄だってそうだよ」

「わけわかんない。あんた、義仙様と一緒にいて、すっかり禅が好きになったのね」

了助は肩をすくめた。そこへ、たったったっと軽快な足音とともに小町《こまち》が現れた。

「お鳩姐《ねえ》さん、了助さん、御師様たちがいらっしゃいますよ。巳助さんと亀一さんは、もうお堂に入りました」

「はいよ。あんた本当に走ってばかりね」

「お務めですから」

小町が、嬉しそうに了助へ微笑みかけた。了助のおかげで今の務めと暮らしを得られたと無言で感謝しているのだ。

「偉いな、小町」

了助は言った。経験上、世話になればなるほど不安に駆られて逃げ出したくなるものなのだ。小町が逃げずにしっかり今の境遇を受け入れたことを誉めてやっていた。

微笑み合う二人に、お鳩がむっとなり、

「他のお務めだってあるでしょ。ほら、行くよ、了助」

と言って、了助の手を引っ張った。

「これ持って行けないだろ」

了助が、他方の手ではたきを掲げた。

「いいじゃない、地獄を払うんでしょ」

「何言ってんだよ」

「了助さん、私が片付けておきます」

「ああ、悪い」

小町が、了助からはたきを受け取り、「行ってらっしゃい、お鳩姐さん、了助さん」

と、にっこりして二人を見送った。


「本当にお前の妹みたいだな、小町」

了助が暢気に言うと、お鳩がますます強くその手を引っ張った。

「何言ってんの。あんたが拾ったのに」

そのままお堂の大部屋に入ったとたん、隅に座る巳助が笑い声を上げ、

「了助のやつ、お鳩に手を引かれてら」

隣の亀一にそんな説明をした。

「久々にこの寺に帰ったばかりですから、迷子になったんでしょう」

亀一が、面白そうに言った。その利き耳で、了助たちの会話を聞き取っていたことが窺えた。

「了助が、ぐずぐずするからよ」

お鳩が、やっと了助の手を離した。

「してないだろ」

了助が言ったが、お鳩は、つんとして何も言い返さず、巳助と亀一の横に座った。

了助は、お鳩の隣に座りながら、腰の木剣を抜いて背後に置いた。そうする間にも、馬のいななきとともに、光國、中山、阿部の到着を告げる僧の声が聞こえていた。

「罔両子様と義仙様が来ます」

亀一が告げた。足音で悟ったのだ。その言葉通り、まず罔両子と義仙が部屋に現れ、拾人衆の四人へうなずきかけた。

「ご機嫌ようございます、罔両子様、義仙様」

巳助が代表して挨拶した。亀一に正解だと教えてやるためでもある。

そこへまた複数の足音が近づいてきた。了助は、亀一ほどではないが、床の踏み方で誰がどの順番で現れるかわかる気がした。阿部、光國、中山の順だろう。立場が高い者ほど前に出るわけだ。そして了助が予期した通りに、三人が入って来た。

了助たちが頭を下げていると、

「みな顔を上げなさい」

阿部が言って、上座についた。阿部の位置に合わせて、罔両子、光國、中山、義仙が、談議のため車座に近い形で座した。

ここでも了助は序列を見て取った。住職である罔両子の立場が意外に高く、大名からも敬われていることがよくわかった。

寺の僧たちが茶湯を運ぶ間、阿部は全員を視界におさめ、了助、義仙、そして光國の間に、緊迫の事態が生じるか入念に推し量っているようだった。

光國の兄・頼重《よりしげ》が仲裁する形で、光國、伊豆守信綱《いずのかみのぶつな》、了助の三者を会わせたことは阿部にも伝わっている。

やがて、問題なし、と阿部が改めて判断を下した証拠に、了助へ笑みを向けた。拾人衆として働くことを認めるだけでなく、自らの怨恨を払拭した了助を称えていた。

了助が阿部の笑みに気づき、小さく頭を下げた。

お鳩と巳助も二人の様子を察して微笑んだ。その様子を罔両子と義仙が穏やかに眺める一方、光國は一人、平静を装いながらも苦渋を呑んで耐えている。

中山は、了助への懸念など忘れた顔で、むしろ茶湯を振る舞う僧たちを忙しない目で見ている。早く引っ込んで談議を始めさせてくれ、と思っているのだ。

了助は、中山のそんな落ち着きのなさに少々驚いた。いつもは柔和な猫みたいな目が、うっすらと殺気を帯びている。お鳩が言っていた通り、尋常でなく厳格な取り締まりに心血を注ぐ余り、中山が地獄のまっただ中にいるのを了助は察した。

本来であれば、中山のような血の穢れを負う者が、貴種の大名や徳川家血筋の人物と同席することはない。同じ理由で、中山が御城にのぼることもないのだ。にもかかわらず阿部も光國も、当然のように中山と接し、務めにおいては同列の士であるかのように協調する。

彼らの働きが、いかに異例ずくめであるか、了助は今になってやっと理解した。

僧たちがゆるゆると茶を置いて引っ込むと、中山が焦れきった目を阿部に向けた。

「ではそろそろ、始めましょう」

阿部が告げ、はい、と中山がうなずいた。

「極楽組について新たに判明したことをお話し申し上げます。また、本日の談議が終わり次第、江戸各所へ韋駄天を放ち、指示を伝えさせます。インヘルノ、極楽組に助力する賊や関東の切支丹《きりしたん》、禁制の車長持と正雪絵図《しょうせつえず》、長崎《ながさき》奉行の件と、話すべきことが多くあり――」

せかせかと言葉を並べる中山を、

「インヘルノの話から聞こう」

光國が遮り、落ち着け、というように眉をひそめた。中山が目を閉じ、すーっとひと呼吸置いた。目を開けて続けたときには、いくぶんか口調が落ち着いたものになっている。

「長崎代官が保管していた、オランダの火薬が、荷抜けにて江戸へ運ばれ、十二個の焙烙玉《インヘルノ》が作られたとわかりました」

阿部が目を剝き、罔両子と義仙でさえ眉間に皺を寄せた。

火薬は、日本での生産が難しい品の一つだ。原料の一つである硝石が採取されないからである。加賀《かが》などごく一部の地域で、人畜の排泄物や麻などを用い、人工的に硝石を作り出す技術が確立されているが、江戸をふくめ多くの地域では、火薬は作るものではなく買うものだった。

中でも長崎代官が保管していた火薬は、寛永《かんえい》十四年（一六三七）に起こった島原《しまばら》の乱を理由に、オランダから供与されたものだ。当時の城攻めに使われたのではなく、同様の乱が勃発したときの備えとしてである。その一部が極楽組の手に渡ったのだから、皮肉もいいところだった。

「十二個分もの火薬が運ばれるとは……。だが、そうした品を何に用いる？」

厳しい顔で尋ねる阿部へ、中山がかぶりを振ってみせた。

「一つは、錦氷ノ介が逃走のために使いました。やむを得ずそうしたか、我らを退けるための武器とする気かはわかりません。引き続き賊を捕らえて尋問致します」

「賊の中に切支丹は？」

「滅多におりませぬ。極楽組が切支丹であるとも知らず、火付けと盗みに加わりたがる者たちが多数おります」

中山は冷酷な怒りをにじませてそう告げ、

「そうした烏合の賊に、極楽組は、正雪絵図と車長持を与えているのです」

と別の点を口にした。

車長持は、荷箱に車をつけて引く道具だ。明暦三年正月の大火では、大勢がこの車長持にありったけの家財を載せて逃げようとしたため、大渋滞が起こった。加えて車長持とそれに載せた家財が薪と化し、大規模な延焼を招いたことが、幕府の調査でわかっている。そのため幕府は、限られた職人などを除いて、江戸の人々が車長持を所有することを禁じていた。

「賊にとっては火に乗じて金品を盗み出すための道具。だが極楽組は火を運ぶ道具と見ているに違いない」

光國の言葉に、阿部が険しい顔でこう呟いた。

「肝心の極楽組はいずこに。我らや奉行所のみならず、御曹司様昵懇《じっこん》の旗本奴ら、伊豆守配下の者たち、御城の百人組までもが、市中を隈無く探し、近郊の村々を巡り歩き、なお見つけられぬとは……」

これに、中山が問われもせず、率先して意見をした。

「江戸から逃げたのではないかと私は考えております。長崎奉行の配下の者も、そのように言っておりました。おそらく関東に散らばる切支丹が、極楽組の新たな首魁たちを匿い、かつ火付けのときを待っているのだろうと」

「関東の切支丹ですか。札の辻で何十何百と磔にされ火刑に処されましたね。それでもなお信徒は消えてなくなってはいないと？」

罔両子が尋ねると、中山が懐から巾着を出し、

「切支丹であることを隠して暮らす者たちが、今もかなりいるとか」

そう言って、根付けをつまんで、みなに見せた。

「この、ちりばめられた十字模様が、隠れ切支丹の信仰の印だとか。村によっては地蔵の背に十字架を彫ったりするそうです。長崎奉行では、こうした切支丹の印を見抜く切支丹目明かしを多数抱えております」

「目明かし。棄教した元切支丹ですか」

罔両子が呟くと、中山が巾着を畳に置いて首肯した。

「はい。最も優れた目明かしが、長崎奉行の甲斐庄喜右衛門《かいのしょうきえもん》のもとにおり、伊豆守の指示で、我らに協力しております。ついては――」

そこで、中山に目配せされた光國が、口元を引き締め、義仙へ、ついで了助へ、真っ

直ぐ視線を向けて言った。

「その目明かしが、古河での切支丹の儀式や、炎死殉教のさまを目撃した列堂殿と了助と、会って話したいと言うておるのだ」

義仙が了助と顔を見合わせた。了助がうなずくと、義仙が質問した。

「長崎奉行の目明かしなら、大村藩の郡《こおり》崩れの処置に駆り出されているのでは？」

「当人は九州の郷に戻りたがっているが、幕閣の意向で、島原の一件以来、江戸にとどめ置かれておるそうだ」

光國の言葉に、義仙と罔両子が瞠目し、阿部が、はっとなった。了助たち拾人衆は、なぜ彼らが驚くのかわからずにいる。

「もしや、その人物とは、島原の……」

阿部が神妙な顔で言いさし、

「山田《やまだ》右衛門《えもん》作《さく》。島原の乱にて城に立て籠もった一揆勢、ただ一人の生き残りです」

と、光國が告げた。

二

長崎奉行である甲斐庄正述《まさのぶ》こと喜右衛門の屋敷の一角で、その男はもうずいぶん長く暮らしているという。

相当な高齢と聞いてはいたが、光國、中山、義仙とともに、男を訪れた了助は、百歳だと言われても信じるだろうと思った。

髪は残らず抜け落ち、肌は枯れきって青黒く、痩せこけているせいで黒目がちの瞳がやけに大きく見えた。その総身から漂い出すのは、いわば濃密な死臭だった。老いて身を病んだ者に特有の体臭であり、伏丸なら悲鳴を上げているところだ。

「もとは南蛮絵師として有馬家や松倉家に仕え、名主でもあった男だ。島原で一揆勢の総大将に次ぐ副将を務め、陣中旗を描いたともいう。だが幕府軍と内通したことで一揆勢に牢に入れられ、城が落ちてのち、ただ一人、助命を許された」

道すがら、光國はそう説明した。

右衛門作が一揆勢に加わらざるを得なかったのは、妻子を人質にされたからだという。だがその妻子も、右衛門作と幕府軍の内通が露見したことで一揆勢に斬殺された。

乱後、右衛門作はただちに江戸に移送され、原城内の様子や、切支丹独自の風習や組織作りなど、幕府に教える役を担った。

また、絵師としての目が、隠れ切支丹の品を見抜くことに優れていたことから、長崎奉行預かりの目明かしとされたらしい。以後、二十年もの間、帰郷を願いながらも江戸にとどめられ、幕府の切支丹狩りに協力し続けているのだった。

「切支丹ばかりか領民を等しく虐げ、自ら乱を招いた松倉家の血筋の者が、切支丹となる日が来るとは……勢多木之丞《せたもくのじょう》の面目躍如ですな」

右衛門作が言った。低く嗄れているが、いやに耳に響く声だ。木の洞に風が吹きこんで立つ音みたいだと了助は思った。

「勢多木之丞こと極大師《きわみだいし》と面識が？」

義仙が訊ねると、右衛門作が微笑んだ。

「原城で、私を幕府軍へ内通させた忍です。江戸に来てからもたびたび切支丹のことで会いましたが、あるときからぱったり顔を見せなくなりました」

「あるとき？」

義仙が重ねて訊いた。

「将軍様の代替わりの頃でしょうか。現れなくなった代わりに、手紙で切支丹について尋ねて来ることが多くなったのです。きっと、私に会えば、切支丹としての信仰の芽生えを悟られると思ったのでしょう」

極大師ですら恐れる目明かしというわけだ。さらに右衛門作は、こう言い加えた。

「結果的に、私が勢多の導師《パードレ》となり、切支丹の教えを伝授したようなものです」

了助は、その自信に満ちた物言いに驚いた。まるで、極大師を切支丹にしてやったと言わんばかりだからだ。

「我らから聞きたいこととは？」

義仙も尋ねながら、しげしげと右衛門作を見つめている。

「お二人が目にし、耳にした、全てを」

義仙と了助は、相手の望む通り、旅で見聞したことを語った。極大師が医師に変装して街道を行き来していたことや、幕府に反抗する浪人をその手で一網打尽にして降ったこと、極楽組が岩窟で切支丹の儀式を行っていたことなどを、右衛門作はじっと黙り、興味深げに耳を傾けた。

「四郎時貞《しろうときさだ》」の名を義仙が口にすると、右衛門作は眩しげに目を細めた。「鳥の羽が生えた人間の像」について了助が話したときなどは、妙に嬉しげに「デウスの御使い、アンジョ」と呟いたが、それが何を意味するかは口にしなかった。

自ら火だるまになって炎死殉教を行った二人についてのくだりで、右衛門作は初めて眉間に皺を寄せ、難しい顔になったが、黙ったままだった。

「話せることは以上だ」

義仙が言うと、中山がじりじりした様子で、

「我らが留意すべき点はあるか？」

と右衛門作をせっついた。

「極楽組とやらは、切支丹の教えに従順であろうとし、どうにか逸脱せぬ道筋をつけよ

うとしておるのでしょう」

右衛門作が、思案げに言った。

「ふむ。どうすれば逸脱する？」

義仙が訊いた。

「自死と殺傷」

右衛門作が即答した。

「切支丹の人生は二つあります。地上での生と、天国に召されてのちの生です。地上での生は全てデウスのお試しであり、それを拒めば天国に行けず地獄に落ちます」

神の子ジェズスが、鞭打たれ、十字架に磔にされた苦難を思い、自死をせぬのが切支丹であるという。死んで楽になろうとすれば、神によるお試しを拒むことになる。また、誰かを殺せば、その人がお試しを受ける機会を奪う。いずれも教えに逆らうことになってしまう。

だから抵抗せず、虐待されて死ねと言うのである。地上の地獄が、死後の天国へ通ずる道とは、なんて凄まじい教えだろう。了助はそう思い、胃の底がひやりとなった。そんな信心の持ち主を棄教させることなど到底不可能ではないかと思った。

「炎死殉教は、まさに自死ではないか？」

光國が指摘すると、

「火で死ぬ気はないのです。火をデウスのお試し、即ち、栄光として身にまとい、処刑を待つ。それが自ら火刑に赴く、アウト・ダ・フェの教義です」

そう右衛門作は説明した。

中山が眉間に深い皺を刻んだ。まさに自死ではないかと言いたいのだ。だが切支丹からすれば自死とは異なるらしい。

「町に火を付ければ殺傷になろう」

光國は、別の点を質した。

「二つ、教えを逸脱せずに済むすべがあります。一つは、サタンに取り憑かれた者、あるいは誘惑された者であれば殺してよいのです。サタンとは、信徒をそそのかし、デウスから遠ざける存在のことです」

「棄教を強いる者のことか？」

中山が、自分がそうだが、というように尋ねた。

「いいえ。サタンが、切支丹の教えを知らぬ者を利用しているに過ぎません。切支丹は、デウスの恩寵を知らずに棄教を迫る者を、むしろ憐れみます」

そうされた経験を持つ義仙がうなずき、

「そうではなく、棄教し、裏切りを誘う者か。まさにお主のように」

右衛門作は淡々と、はい、と返した。

「私のようなサタンを焼くことは教義にかなうでしょう。もう一つは、火がデウスの徴《しるし》であるかどうかです。最初の火を人の手でつければ教えに逆らうことになるでしょうが、自然に起こる火をデウスの思し召しとし、広げる分には罪にはなりません」

「火事を待っているのか」

光國が目をみはった。江戸から火事そのものをなくすことは、今のありようでは不可能だった。せいぜい大火にならないよう火除地など延焼対策を施すばかりである。

「そうです。デウスの思し召したる火が起こり、我が身に火を付けてでもそれを広めるならば、お試しにかないます」

すらすらと右衛門作は述べ、その場にいる面々に等しく薄ら寒い思いを味わわせた。

了助は、この人は地獄の底へ自分から入り込み、出るすべを捨てた人なんだ、と直感した。だからこそ地獄の沙汰の有り様に、誰よりも通じることができるのだと。

「島原の乱の総大将と同じ名を持つ、四郎時貞という人物に心当たりは？」

光國が、話題を変えた。

「存じませぬが、おおかた勢多が育て、神童と崇められるよう取り繕った、牧羊の者でしょう。切支丹はしばしば信徒を羊に喩えます。きっと勢多は、自ら牧羊の者になろうとしたがかなわず、代わりに人々を陶酔させる演者を育てたに違いありません」

声だけで人を金縛りにする術は、「心の一方」などと呼ばれ、九州の一部の武芸者が使うという。それを極大師が四郎時貞を名乗る青年に教え、デウスの奇蹟と称して信徒の尊敬を集めるすべとしたのだろう。そう右衛門作は言った。

「何かの化身ではなく、あくまで人か」

念を押す光國に、

「天草《あまくさ》四郎時貞の名を借りた偽物です」

右衛門作が笑みを返した。

では過去の天草四郎時貞は「本物」だと思っているのか。了助はそんな疑問を覚えたが、口にはしなかった。他の三人も、過去の乱の総大将に興味を示さず、それよりも右衛門作の別の意見に注意を引かれていた。

「気になるのは、彼らがインヘルノと呼ぶ焙烙玉《ほうろくだま》のこと。その威力は、いやというほど原城で経験しましたが、あれは爆発の勢いで、かえって火を消しかねないのです」

「では、火付けのために使うものではないと？」

中山が苛立ちを顔に出した。賊が尋常でない武器を持ち、使用目的すらわからないことで、焦慮に駆られているのだ。

「火を起こすのではなく、火を運ぶ通り道を作るためと思われます」

右衛門作はそう告げたが、具体的に何に対して使うのかは、わからないと言った。

「いずれにせよ、極楽組の信徒たちは、飢えと寒さに耐えて、天国に召されるための最後の試練を待っているはず。江戸に起こる火が、デウスの徴として彼らを導くことでしょう」

了助は、そう告げる右衛門作の身から漂う死臭が、いっそう濃くなった気がした。むしろ彼自身が近いうちに死ぬと言っているようでもある。実際にそこまで深く病んでいるかどうか外見からはわからないが、本人が死を近いと感じていることは確かな気がした。

「原城という御城にいた人たちは、みな天国に行ったんですか？」

了助は、ついそう尋ねていた。光國も中山も義仙も、口を挟まず、右衛門作がどう答えるか興味深そうに見つめた。

だが右衛門作は、了助に向かって、ただ首を傾げてみせただけだった。罔両子の眼差しと似ていた。お前はどう思う、と無言で問い返しているのだ。

「天国は、本当にあるんですか？」

了助は、まるで罔両子相手にそうしているようだと思いながら、問いを重ねた。

右衛門作の顔に、とても優しげな微笑みが浮かんだ。了助にはその表情の意味がわからなかった。だが右衛門作の微笑みに、紛れもない幸福の念を感じ、彼の中に天国と呼ばれる何かがあるのだと察した。

身の外に地獄を、内に天国を抱くのが切支丹なのだ。きっとこの人は、天国に招かれると確信して死を迎えるのではないか。了助はそう思った。他の信徒に殺されるべき者として切支丹狩りに加担し続けても、彼はその地獄を経て、天国に行くのだ。むしろ切支丹狩りは、彼にとってひどくねじ曲がった布教や説教なのかもしれない。

右衛門作は、了助の問いには一言も答えなかった。棄教を疑われるようなことを口にするわけにはいかないからだと知れた。

こうして話を終え、光國、義仙、中山とともに屋敷を出てのち、了助は、右衛門作の微笑みがいかに雄弁であるかを実感していた。地獄が本当にあるのかと問うならば、浄土や天国についても同様に問うべきなのだ。

切支丹の人生は二つあります、という右衛門作の言葉に、了助はひどく惹かれていた。切支丹の教えに共感するというのではない。ただその言葉には、何か、真実の響きがあるような気にさせられるのだった。

三

光國たちはみな、右衛門作の死臭をまとわされた気分で水戸藩の駒込屋敷へ向かった。

中山だけでなく、了助と義仙がついていったのも、これまた呼ばれたからだった。

「泰《たい》が、二人に会いたいと言うのだ」

光國が遠慮がちにそう口にし、了助も義仙も異存はなかった。ただ、「色々と呼ばれる日だ」という義仙の呟きには、了助と一緒にいることで、という響きがあった。屋敷に上がってすぐ、中山が、廊下で待つことを強く願い出た。おのれが帯びる血の穢れが、貴種たる皇家の血を引く泰姫に障ることを心から恐れているのだ。

「では、すまぬが書楼で待っていてくれ」

光國は、家臣のように廊下に座らせておくわけにもいかないとして中山にそう指示し、了助と義仙を奥の一室に案内した。

光國、了助、義仙が、華やかな布や調度品で飾られたその部屋に入ると、泰姫と侍女の左近《さこん》が、茶道具の他、いくつかの包みを傍らに置いて待っていた。

「旦那様の務めのため、長旅をされていたとのこと、ありがとうございます。さぞ苦労されたことでしょう。当地を動けぬ夫に代わり御礼とお詫びの品をお渡ししたく思い、重ねてご足労を頂いてしまいました」

泰姫は何とも丁重に、了助と義仙を労い、素朴に感謝を口にしていた。

だが武家において、夫の務めに関わる者を、妻がわざわざ慰労し褒賞を与えるなど、親戚縁者であっても滅多にあることではない。

そもそも光國が二人に日光行きを命じた事実などなく、完全に逆だった。義仙は光國の意に反して了助を連れ去り、了助は父の仇を見定めるため義仙に従ったのである。

泰姫は明らかに、慰労と異なる意図を伝えようとしていた。阿部同様、了助が怨恨を捨ててくれたことを称え、また夫に代わり詫びているのだ。

悲惨なのは光國だった。ふつふつと額に汗の粒を浮かべながら微動だにしない。恥の念が光國を打ちのめし、その心胆を切り刻んでいることも、泰姫が、あえて夫をそのような目に遭わせていることも、明らかである。なぜそこまでするのか。泰姫の性格を考えれば、ひとえに夫のためと察せられるが、それにしても容赦がなさすぎた。

了助は、泰姫の天姿婉順《てんしえんじゆん》と称される柔和さが、怖いほど嘘偽りのない直截さを兼ね備えていることを思い知らされた。お不動様の剣より怖いものがあるとしたら泰姫のこの真摯さだと断言できた。

泰姫はあくまで務めを労うというていで、包みを解いて褒賞の品を差し出した。

了助には立派な硯と筆、そして『六維《むい》与惣次郎』と姓名を記した短冊だった。

「姫様の手蹟です。どうぞ手習いに」

左近が微笑んで告げた。泰姫と一緒になって光國を叩きのめすようだ。了助は正直、ここまでやるか、とむしろ光國が暴発するのではと心配になるほどだったが、

「ありがとうございます。字が上手になって、おとうに誉められるよう頑張ります」

つい泰姫と左近に合わせて、父のことを光國の目の前で口にしていた。

光國は暴発することなく、満面に汗を浮かべながらも小さくうなずいている。

義仙は、泰姫が手ずから帯を贈られ、

「かたじけなく思います。御曹司から頂戴したお務めを果たせて幸いでした」

と慇懃に礼を述べつつ、話を合わせた。

「夫はずいぶんと恥をかいたそうですね」

泰姫が、今まさに地獄のような恥の苦しみに陥る光國をよそに、さらりと言った。

「さて。そうやもしれません」

「それは、妻の恥でもあります」

泰姫は、まるで夫たる光國を断罪するように口にし、了助を見つめた。

「あの……おれは、御曹司様が同じ恥をかくことは、もうないと信じています」

了助は、滑稽を通り越して残酷なものを見せられている気になって言った。

これでは光國を、おとう同様、滅多斬りの目に遭わせているに等しかった。いや、まさに目に見えない刃でそうしているのだと言えた。

了助の気分を察したか、泰姫は、光國の襟に広がる汗の染みを見て、満足げに言った。

「皆様、今後のお務めがおありでしょう。できればゆっくりと茶など振る舞い、歌など詠みたかったのですが、今日のところは遠慮申し上げますね、旦那様」

今の光國が、茶に歌など耐えられるわけがない。柔和《やわ》らかでありながら、鉄の棒を振るうような剛《つよ》毅さを大いに見せつけ、

「どうぞ旦那様のことを宜しくお願い申し上げます」

泰姫が、さらりととどめを食わせ、

「了助さんのお父様の魂魄が安らかにおそばにおられますよう」

左近が、完全にあるじに同調して言った。

これでやっと、場がお開きになった。了助は深々と頭を下げて頂戴した品を包み直し、胸に抱えると、帯を手にする義仙と、疲労困憊の光國とともに退室した。

「二人とも、手間を取らせて、すまぬな」

書楼へ向かいながら、光國はしきりに咳払いし、肋《あばら》が砕けたとでもいうような、苦しげな声をこぼしたものだった。

了助は、なぜ自分が恨んでいないか改めて口にすべきか迷った。

鶴に会い、光國は利用されただけと知った。鶴にとって当時の光國はただの道具だった。それは、まさに旅に出る前、義仙が示唆したことでもある。

だがそれを言っては、光國の恥の上塗りになるし、光國とて、すでに思い知っていることだろうから、結局黙ったままでいた。

書楼に入ると、普段は学者たちが使う長机に、何枚もの正雪絵図が置かれ、それらを中山が腕組みして鋭く見据えていた。

待っている間、賊の狙いを見抜こうと必死に思案していたのだ。

「待たせたな。何かわかったか？」

光國が汗で冷えた襟を寛げながら、適当に座った。書楼のため座順はなく、了助も義仙も、ただ車座に腰を下ろし、木剣や頂戴した品々を傍らに置いた。

「どの絵図にも、先の大火の火元と思しき場所の他、いくつも印がありますが、何のためかわからなくなりました」

中山が呻くように言った。右衛門作から、極楽組が切支丹の教えに従う限り自ら火を付けることはないと言われたからだ。こうなると極楽組がどこで何をする気かも不明だった。

「確かに、これらの場所の全てで火を起こす気に違いないと思うていたが……。点から点へ火を広める気か？」

光國が言いつつ、絵図に記された赤い点から点へ指を滑らせた。新鷹匠《しんたかじょう》町、本妙寺《ほんみょうじ》付近、麴《こうじ》町といった先の大火の火元の他、本郷《ほんごう》各所、飯田《いいだ》町、神田《かんだ》駿河台《するがだい》、さらには小石《こいし》川門《かわもん》、元吉祥寺橋《もときちじょうじばし》（水道橋《すいどうばし》）、相生橋《あいおいばし》、清《し》水門《みずもん》といった御門や橋にも、外堀や内堀を問わず印があり、どこへ向かうべきかわからなくなり、手を引っ込めた。

了助は、義仙と一緒に絵図を眺めるうち、なぜか錦氷ノ介の顔がよぎった。あの男は、火を付ける理由を何と述べたか。確か、吽慶《うんけい》の前では、殿様達が逃げ惑うさまを見たい、と口にしていた。永山達を斬って江戸から逃げる際には、自分の主君を陥れた徳川に一矢報いる、とも言っていた。それが、まことの錦になるのだと。

「徳川の殿様達が、逃げ惑う」

ぽつんと了助が言った。三人が振り返り、

「殿様達？　何のことだ？」

光國が尋ねた。

「錦が言ってました。徳川の殿様達が逃げ惑うさまが見たいって」

「徳川……」

みな、徳川家に連なる家々の屋敷に目を向けてゆき、やがて、その中心に巨大なものがあることに気づいた。一人また一人とそれへ視線を置き、他を見なくなった。

「御城か――！」

光國がにわかに確信を込めてわめいた。

「極大師は、火は幕府へのお試しと言うていた。先の大火で焼けたのは市中だけではない。御城もだ」

中山が、とん、と勢いよく絵図の印の一つ、本郷の辺りに指を置いた。そこから西南へ、御城に向かって斜めに滑らせた。それだけで全ての印の意味が明白になった。

「市中の火を、御城へ導く。それが極楽組の狙いとみて間違いないでしょう」

中山も、ようやく謎が解けた安堵をあらわにして言った。

光國が、中山の指の動きに交差するよう、北西から南東へと指を滑らせて言った。

「伊豆守の調べでは、江戸の急所は、正月に乾《いぬい》（北西）から吹く強き風だ。それが火を途方もなく広げるという。過去の大火の多くが正月に生じた理由が、それだ」

義仙が、光國の指の動きを目でなぞり、大きくうなずいて言った。

「なるほど。その風に逆らうよう、東から西へと火をつなげば、あとは風がおのずと南東一帯へ火を広げると」

「車長持を用意したのも、そのためでしょう。そしてインヘルノは門番を退け、火を城内に入れるために使うと見ます」

中山が、印がある門を、牛込、小石川、清水、雉子橋、一ツ橋と、順に指し示した。その読みを疑う者はいなかった。最初の火がどこで起こるかわからないことが極楽組の狙いを曖昧にしていたが、これも御城を起点にして逆算できた。

伊豆守の調べでは、先の大火のうち、十八日の本郷田町・本妙寺近辺の出火では、江戸の東半分が焼けたが、御城は無事だった。

十九日の新鷹匠町の出火で、南にある水戸藩上屋敷がいともたやすく焼け、火は神田川を越えた。雨のような火の粉が、橋がないお茶の水谷すら越えて真っ直ぐ御城へ向かい、江戸の中心部を焼き払ったのだ。

ただ同日、飛び火によるものとみられる麴町の出火では、東の半蔵門は焼けず、火は南へ向かった。風は真東には吹かないため、火を御城に運ぶことはなかった。おかげで、西の丸、外桜田門、日比谷門は無事だった。

火が東へ向かうのは、浅草から日本橋、即ち海と浅草川が近いときだけなのだ。

「神田川の北、小石川の東西いずれかで火が起きた場合にのみ、極楽組は動く。出火が東側であれば本郷から西へ火をつなぐ。西側であれば飯田町、牛込門へと火が至るようつなぐであろう」

光國が断じ、これに異を唱える者もいなかった。

東側の火より、西側の火の方が圧倒的に危険だった。だが幕府も伊豆守の調べに基づき、小石川西側の出火に備え、寺社の移転による火除地の設置など、特に延焼対策に力を入れている。火を御城に運ぶ上でどちらが難しくたやすいかということでは、小石川の東西とも五分五分だ。

「問題は、もし小石川の西で火が起きれば、我らの多くが動けぬかもしれんことだ」

光國が言った。阿部も光國も中山も、自分たちの屋敷が焼けるかもしれないときに賊を追うわけにはいかない。とりわけ水戸藩上屋敷の北で火が起これば、光國も藩士も家人の待避に尽力し、父の頼房《よりふさ》は御城へのぼり将軍様のそばにいることになる。

「私は、必ずや極楽組を追います。あらかじめ屋敷を空にしてでも」

中山の言に、光國もうなずいて同意を示した。

だが中山に比べ、光國のほうはたやすく動けず、阿部などは家臣全員とも微動だにできない可能性が高い。そうしたことも極楽組は企みに入れているに違いなかった。

「火に応じて動ける手勢を今から定めておかねばならんな」

光國の言に、義仙がこう呟き返した。

「御城を守るため、町々が焼けるさなか、火の粉をかぶりつつ賊を追う……。賊は火だるまになる覚悟でしょうが、我らも同じ覚悟を持つべきですかな？」

これに、光國も中山も、すぐには応じられなかった。それでは自分たちが町を焼く火種となるために駆け回ることになる。

やがて光國が重々しく告げた。

「火を防ぐために働くのだ。賊が起こす火に呑まれることなど決してなきよう、あらゆる手だてを尽くす。町々をつぶさに調べ直し、火の動きを予期した上で、入念に配置を定める。正月までの間が勝負だ」

四

「火事の最中に賊を追っかけるなんて、そんな無茶、あんたがすることないよっ！」

お鳩が、顔を青ざめさせてわめいた。

「やらないといけないんだ」

東海寺の蔵の中で、らかん様を見上げ、腰の木剣の重みを感じながら、了助は穏やかに言い返した。

「御師様たちは、あたしたちに無理させないって言ってるでしょっ。中山様も、火の中を駆けさせたりしないって」

了助はうなずいた。先の大火で、三吉と一緒に火炎の嵐の中を走ったときのことを思い出すと、さすがに戦慄を覚えた。

「でも、火は仇なんだ。おれを育ててくれた人が、死んだ」

きっぱりとした了助の態度に、お鳩がきつく眉をひそめて下を向いた。

「そんな人、大勢いるじゃない。江戸に住んでる人みんなの仇みたいなもんよ」

了助はそんなお鳩を振り返り、微笑んだ。

「大丈夫だよ。ちょっと地獄を払ってくるだけだから。おれだって命は惜しいよ」

お鳩が顔を上げ、きょとんとなった。

「なんで笑ってるのよ」

「いつも心配してくれてありがとうな」

「いつも心配させるからでしょっ」

お鳩がわめいたが、すぐに勢いを失い、はあーっ、と諦めの息をついた。

「義仙様も一緒だから、大丈夫だよ」

了助が重ねて言うと、お鳩が近づいてその両手を取り、ぎゅっと握った。

「ちゃんと御師様たちの言うこと聞かなきゃ駄目よ。勝手なことしたら駄目」

「うん」

「無茶なことしないって約束して」

了助はお鳩のすべすべして綺麗な手をそっと握り返して言った。

「おとうと、らかん様に誓うよ」

「火元が小石川の東、本妙寺より南ならば、小石川上屋敷、本郷中屋敷、駒込屋敷は無事です。ただ浅草の蔵屋敷は、風向きによっては焼けると覚悟せねばなりません」

光國は、父の頼房へ言った。相変わらず、上屋敷の茶室が、父子の相談の場だった。

「火元が北西寄りならば、上中蔵屋敷から、駒込屋敷へ人を避難させ、私は藩士十六人を率い、上屋敷の北で、賊を迎え撃ちます」

「伊豆守のおかげで火に詳しくなったか」

頼房が、むしろ光國の言を信じるべきか思案するように囲炉裏の火を見つめた。

「御城を守るためとはいえ、屋敷と家人を捨て置いた挙げ句、火で全てを失うなどということがあれば、大過とみなされような」

「捨て置きはしませぬ。むしろ上屋敷の東から小石川橋の御門にかけて人を並べ、逃げゆく者たちに安全な場所を示し、賊が火を運ぶことを防ぎます」

「貴様の妻がいる駒込の屋敷はどうする。もしここの屋敷の者たちが逃げ込む場合、誰が受け入れ、指示を出すのだ」

「まさに、泰がおります」

「姫に、差配を任せるのか？」

頼房が、呆気にとられたように目を上げ、光國の顔を凝視した。

「家人への指示は、家老たちに任せ、泰には、屋敷を去るか否かの判断を委ねます。駒込屋敷は、滅多なことでは火の通り道とはなりませんが、万一のときは寛永寺へ逃げる許しを得たいと思います」

「うむ。わしから上様にお頼みしておこう。そうか。本気で姫に任せる気か」

「はい。泰ならば動顚することなく、判断を下せると信じています」

頼房は、宙を見つめ、またしばし思案し、やがて「よかろう」と結論した。

「大火あらば、わしは御城にのぼらねばならぬゆえ、貴様と姫に屋敷を任す」

「ありがとうございます」

「姫と言えば、客を招いたそうだな」

光國は口をつぐみ、面を伏せた。父からも打ちのめされることを覚悟したのだ。

だが頼房は、光國を咎めるのではなく、別のことを言った。

「東海寺の拾い子だが、手元に置き、貴様が藩主となるときは藩士とせよ」

光國は、この予想外の指示に驚いた。

「野放しにしてまた憂いとなるより、懐に入れて鞘走らぬようにしておけ。もし行状悪し、とならば、家中で処断せよ」

というのが頼房の意図だった。伊豆守のように、光國の過去を知る了助を利用しようとする者が再び現れないとも限らない。そのため手元に置き、いざとなれば手討ちにしろと言っていた。

「了助が従うとも思えませぬ」

「従わせろ。おのれが播いた種だ。拾い子をよからぬ者から守るためでもある」

光國はろくに反論できぬまま退出した。真っ直ぐ駒込屋敷に戻ると、泰姫に、まず了助のことを相談した。

「良いことだと思います。旦那様を叩いてくれる人をそばに置くのですから」

あっさり言う泰姫に、光國は鼻白んだ。

「わしも以前はそう思っていたが……了助は武士を嫌っておる。従うと思うか？」

「嫌い方にもいろいろとあります」

泰姫は謎かけめいたことを口にし、

「あの子に尋ねてみたらいかがですか？」

至極もっともな提案に、光國はやはり反論できなかった。

「うむ……極楽組に片がつけば、そうしよう。この邸を、そなたに任せることを父が了承した。よいか？」

「はい、旦那様」

泰姫は、当然のように即答した。

「心細かろうが、耐えてくれ。火が近づいても取り乱してはならん。万一のときは、必ず、わしの言う通りに逃げるのだぞ」

「ご安心を。火事は嫌いですが、恐れていては江戸で暮らせないと知りました。決して狼狽えず家人を守ると約束します」

光國は深い感謝を込めてうなずいた。

「頼む、泰」

江戸で火事そのものを完全に防ぐことはできず、誰もが後手に回らざるを得ない。出火を待つというのは、実際、極楽組にとってこの上なく便利な手だった。

とはいえ、光國も中山も阿部も、極楽組が現れるときを手をこまねいて待つ気はなく、連日連夜、極楽組が糾合する賊を追い続けた。人間を一瞬で吹き飛ばす爆薬を隠し持つ相手であるゆえ、慎重を期しつつも、怯んで務めを拒む者はなかった。

だが懸命の捜索にもかかわらず、鶴、錦、三弥《さんや》、四郎時貞という首謀者たちの行方は不明のまま年は暮れてゆき、やがてある人物の容態が重篤となった。

山田右衛門作である。その数奇なる人生を彼自身がどう思っていたか、周囲に一言も漏らさぬまま、長崎奉行の屋敷で息を引き取った。

地上の生の果てに、彼の言う第二の生を迎える期待に胸を膨らませながら死んだのだろうか。それとも捨てた教えにすがることなく死を迎えたのだろうか。

右衛門作の死去を知らされた了助は、病み衰えながらも驚くほど穏やかな彼の様子を思い出し、考えさせられたものだった。

気づけば晦日が過ぎ、江戸は一見して平穏のうちに新たな年を迎えた。

そして明暦四年、のち万治《まんじ》元年となる、正月十日、午《うま》の刻（午前十二時頃）において、本郷の吉祥寺から出火あり、との報せが、いくつも江戸を駆け巡った。

伝達は、火を待ち望んだ者たちのもとにももたらされた。

濛々たる煙の柱が本郷一帯でいくつも上がり、北西からの乾燥しきった強風に乗って、とてつもない速度で火の粉の雨が広がる中、三艘の舟が藍染川を下り、上野に到着していた。

「ついに、デウスの御徴《みしるし》が顕《あらわ》れました」

舟を降りながら、四郎時貞が陶然とした様子で告げた。三弥、錦氷ノ介、鶴市、十八名もの簑笠をつけた男女が後に続いた。

北関東の貧村に潜伏し、正月に入って徐々に江戸に近づいていた彼らは、一様に痩せこけているものの、顔は明るく、期待と喜びに満ちている。そして、火を警戒して屋根にのぼり、あるいは早くもなけなしの家財を担いで火元から遠ざかろうとする人々とは逆に、広がりゆく火へ向かって意気揚々と歩んでいった。

五

光國は、駒込屋敷の書楼にのぼり、刮目して火の行方を読み取ろうとしていた。

日中の火は陽光にかき消されて見えにくいが、煙が風に流れるさまから、どこからどこへ火が向かうか、はっきりわかった。

火元は、本郷六丁目にある吉祥寺とのことだ。小石川の東寄りであり、駒込屋敷の南に位置することから、今いる屋敷に火は来ないと断言できた。小石川橋前の上屋敷も、通常であれば火難は降りかからない。ただ本郷の中屋敷は、危うい。

光國はそう見て、午の刻からおよそ四半刻（三十分）後には、中屋敷へ伝令を放ち、駒込屋敷に避難するよう指示した。

吉祥寺の周辺では、町家を引き倒して延焼を防ぐ懸命の努力が行われているにもかかわらず、火はいよいよ勢いを盛んにして南東へ進んでいる。

次の一刻内に、火は本郷一丁目に達して神田川にぶつかる。光國はそう見た。

そこで火の粉は強烈な風に乗り、怒濤となって川を越えるだろう。神田川の南岸、さいかち坂から神田駿河台が火事になる。

そこから御城との間には、飯田川と御堀があり、風向きからして火がそれらを越えることはない。御城から遠ざかり、東の鎌倉河岸や日本橋方面へ流れる。

極楽組が、その火をどこで西に運ぼうとするか、光國は確信を得ると、背後に控える水戸藩士たち、韋駄天の鷹、燕、鳶一、小町、他数名へ、こう命じた。

「守るべきは以下の通り。外堀は小石川門、元吉祥寺橋。内堀は清水門、雉子橋門、一ツ橋門。賊の行き来を警戒すべきは相生橋、筋違橋門。水戸藩士と百人組は屋敷の東面に並び、我が指示に従え。中山と旗本奴どもへは、賊は本郷、神田駿河台で、火を西へ運ばんとすると伝えよ」

命じられた者たちが一斉に書楼を降りて外へ駆けて行った。中山や奉行所だけでなく、光國が口にした御門の門番へも伝えるためだ。

光國も降りて屋敷の奥へ入ると、泰姫と侍女たちが、火難除けの札を握りしめて座していた。庭には万一に備え、姫を脱出させる駕籠が置かれている。

「上屋敷と、ここ駒込屋敷においては、避難の必要はないと見る。だが油断せず、いつでも出られるよう支度をしておいてくれ」

「はい、旦那様」

泰姫が言って、札を差し出した。光國は普段、そうした品の御利益など一切信じないのだが、このときばかりはありがたく受け取り、懐に入れた。

「では行ってくる」

「お気を付けて行ってらっしゃいませ」

泰姫と侍女たちが口々に言って光國を見送った。光國は駆けるように玄関へ向かい、用意させておいた馬に乗ると、藩士を引き連れて水戸藩上屋敷へ向かった。

伝令が首尾良く光國の指示を伝えたとみえ、甲賀百人組が集結し、屋敷の塀の前にずらりと並んでいた。丹前風呂の一件以来、何かと縁がある垣根《かきね》兵衛《ひょうえ》こと鹿賀《かが》兵蔵《ひょうぞう》も、たすき掛けをし、槍を立て、鉄砲を担いでいる。

光國は馬の鞍から塀の上へのぼり、藩士に命じて馬を屋敷内へ連れて行かせ、仁王立ちになって真東を向いた。

武家屋敷、寺社地、町人地が入り乱れる本郷の一帯では、火が燃え広がるとともに、貴賤を問わず人々が逃げ出し、道々を混雑させている。いずれ群衆は、光國たちがいる方へと押し寄せてくるはずだった。人々を誘導し、安全地帯へ逃がして密集を避け、かつ紛れ込んだ賊を見つけ出すという、困難きわまる務めが、いよいよ始まるのだ。

正月に入ってからずっと、了助と義仙は、極楽組の到来に備え、浅草の水戸藩蔵屋敷で寝起きしていた。力自慢の拾人衆である仁太郎や辰吉に加え、目明かしとして働く鎌《かま》田《だ》又八《またはち》と両火房《りょうかぼう》も一緒だった。

そこへ韋駄天《いだてん》の鷹が、火と混雑の中を駆け抜けて伝令をもたらすと、すぐさま水戸藩士十名とともに、了助たちは神田川の南にある、一ツ橋門と雉子橋門へ向かった。

からっからに乾いた風が、びゅうびゅう音を立てて吹き荒《すさ》んでいる。その風が、今まさに火の海を運んでいるのだ。

了助は、藩士の後を追って駆けながら、ふーっと息をついて恐怖を追い払った。たすき掛けにした黒い羽織の懐には、お鳩から渡された火難除けの御札を縫いつけてある。その御札がある辺りに手を当て、大丈夫、必ず無事に戻る、とお鳩への約束を心の中で繰り返した。

出火から一刻余が経ち、復興から一年経ったばかりの町々が焼ける中、本郷の住人が一斉に北以外の方角へ逃げ始めていた。

大名は行列を作り、南の御城、または東の寛永寺へ向かった。先の大火では、行列に阻まれた町人や寺社の者たちが右往左往して生ける薪と化した。幕府はその教訓を活かし、人々が待避できる火除地を各所に設けており、おかげで大いに人死にが避けられそうだった。

しかしそれでも混乱を完全には防げず、とりわけ禁制とされたはずの車長持に、荷物をどっさり積んで運ぼうとする者たちが現れ、各所で渋滞をもたらした。

中山とその配下、また南北の町奉行所の人々が駆け回り、車長持を賊の目印として、見つけ次第に、「極楽組か！」と断じ、運び手をしょっ引いた。車長持を放置しては延焼の原因となるため、荷ごと川や堀に放り込んで沈めるしかなかった。

光國や中山が予期したよりもはるかに多くの賊が、火事場から盗んだ品を車長持に積んで逃げようとし、追っ手が迫ると大半が刀を抜いて抵抗した。

中山の配下には、阿部が応援に寄越した藩士がかなりおり、奉行所も総動員だったが、それでも彼らだけではとても手が足らなかった。彼らを扶《たす》けたのは、水野《みずの》成之《なりゆき》ら多数の旗本奴たちであり、

「火事場の泥棒どもめ、お上に代わって懲らしめてやるぜ！」

こちらは捕縛などせず、問答無用で刀槍で襲いかかり、弓鉄砲まで平然と用いて賊を殺して回り、荷と車長持と死体をまとめて水路に投げ込んだ。あまりの暴れぶりに、むしろ水野たちが狼藉者とみなされ、待避中の大名駕籠を守る藩士たちに刀を抜かれるといった混乱も起こった。

だが、そうしたことを想定し、光國が中山に、配下の者を必ず一人、旗本奴たちにつけるよう言っておいたため、

「狼藉にあらず、奉行所の助勢である！」

とその者が告げることで、無用の揉めごとが起こることを防いだ。

こうして、賊に車長持を使わせて渋滞を生むという極楽組の策を、かなりの程度潰すことに成功したが、それはいわば前哨戦に過ぎなかった。まことに恐るべき者たちは、後から到来した。

油に漬けた簑笠をまとう男女である。十八名もの炎死殉教者たちのうち、半数が北の本郷六丁目から南の一丁目にかけて散り、「アウト・ダ・フェ！」という祈りの声を上げて駆けた。

ゆっくり歩くだけであれば簑笠もただちには燃えない。走ることで風と降り注ぐ火の粉を強く浴び、全身に着火するのだ。

そうして火だるまになって走る者たちに出くわした避難者たちが、驚愕して逃げ回ったことで、押し合いへし合いの騒ぎがあちこちで起こった。

恍惚として身を焼かれる者たちの一人が、ちょうど賊を斬り殺したばかりの水野たちへ駆け寄せた。豪胆な旗本奴たちとあって、火をまとう者が走り迫っても、驚いて逃げることはなかったが、あまりのことに呆気にとられ、棒立ちになってしまった。

炎をまとう者は、その隙に旗本奴たちの間を走り抜け、川に沈める前の車長持の荷の上へ身を投げた。水野たちが慌てて、その者を槍でさんざん貫いて殺したが、焼けゆく身の下で、荷と車長持はすぐに馬鹿でかい焚き火と化した。その炎熱に水野が呻いて退き、額の汗を拭った。

「生きた火種たあ、御曹司から聞いちゃあいたが、まったく恐れ入るぜ」

同じとき、中山とその配下も、別の炎死殉教者を矢と槍で仕留めたが、その骸から長屋の壁へと火が移り、これまた退く他なかった。

「極楽組が来る！」

塀に立つ光國は、火と煙が、風に逆らって西にいる自分の方へ近づいて来るさまを見て取り、居並ぶ武士たちへ告げた。

「燃える簑笠を着る者がいたら、ただちに仕留めて川に投げ込め！　捕らえんとすれば、その身に火を移されるぞ！　よいな！」

辺りには、すでに続々と避難者がやって来ている。光國は、密集を防ぐため、あらかじめ藩士たちに命じ、避難者の半分を、屋敷の敷地に入れさせていた。盗品らしきものや火付けの道具を持っていないことを確認した上で、敷地の中を通過させ、小石川の北西、あるいは西の牛込や南の飯田町の方へ、分散させて逃すのである。

敷地に入れなかったもう半分の避難者たちは、さらに屋敷の南にある小石川橋を渡る者と、渡らない者とに分け、神田川の南北の岸沿いに西へ進ませた。この分散待避の指示は、小石川門の門番が担った。この門に務めるのは万石以下の旗本のうち寄合の家から二十数名が出されていることから、人手は十分だった。

また光國は、火から逃げようとして川や堀に跳び込んだり落ちたりする者たちが凍死せぬよう、各所で舟を出して救助することも命じていた。冷たい水から引っ張り上げられた人々は、速やかに船着場に運ばれ、西へ逃げるよう指示された。

こうして、小石川橋から元吉祥寺橋、相生橋、筋違橋門に至るまで、神田川の北岸一帯では、見事に避難者の密集が防がれることとなった。

異変が起こったのは、外記坂から元吉祥寺橋へ、山ほど荷を背負った僧の一団が移動しようとしたときだった。仏像や経典の焼失を免れようとしたのだろう。彼らが群衆とともに橋の前まで来たとき、にわかに馬を駆る者が本郷の町から飛び出した。

覆面をせず、火傷面をさらす鶴市だ。左手で手綱を握り、口に火のついた火縄をくわえている。そして右手にインヘルノを握り、導火線に口の火縄で点火すると、僧の一団が橋に乗る直前、馬上から投擲《とうてき》した。

途方もない爆音が轟き、ついで多数の悲鳴が起こった。光國や配下の武士が、息を吞んでそちらへ目を向けた。橋のたもとで、僧、町人、光國の指示で配置された武士が、まとめて倒れて動かず、あるいはのたうち回る光景の向こうに、馬上の鶴市がいた。

「極楽組だ！　撃て！」

光國が叫び、塀の南端の辺りに並んでいた甲賀組十名が、一斉に鉄砲を構えた。

だがその銃口と鶴市の間へ、燃える簑笠をまとう者が駆け込み、十名の注意を奪った。

十挺が一斉に銃を撃ち、数発が火を運ぶ者に命中したが、鶴市には当たらなかった。

運ばれた火は、撃たれて倒れた者の身から、インヘルノの炸裂で死傷した人々の衣服や散乱した荷へ、たちまち燃え広がった。

あっという間に橋のたもとに火の渦が起こる中、鶴市は懐から新たなインヘルノを出して火縄で点火し、甲賀組の方へ投げ放った。

撃ち終えた十名は弾込めのため退き、別の十名が前へ出て鉄砲を構えた。

その目の前でインヘルノが炸裂し、飛び散る破片と爆風が、十名をいっぺんになぎ倒した。幸い、隊列のど真ん中で炸裂しなかったことから即死した者はないが、十名のうち半数余が負傷で行動不能となった。

「怯むな！　やつを撃て！」

光國が叫び、また別の十名が鉄砲を抱えて倒れた仲間たちの前へ出たが、

「アウト・ダ・フェ！」

と叫ぶ者がさらに二人、本郷の町から上屋敷へ、全身に火をまとって駆けてきた。甲

賀組が二人へ銃撃を浴びせて倒す間に、

「さすがだぜ、谷公《たにこう》！　水戸のお屋敷を焼くのは、後の楽しみにしてやる！」

鶴市が、馬を進ませて元吉祥寺橋を渡り、その後を一団が現れて追った。錦氷ノ介、三弥、四郎時貞、残る九人の簑笠を着る者たちだ。

うち簑笠を着る男が一人、橋のたもとで足を止めて光國たちがいる方を振り返った。両手を開いて橋を塞ぐその男へ、火の粉と甲賀組の銃撃が浴びせられた。

男の簑笠は、火の粉だけでなく銃弾の熱で一瞬にして燃え上がり、馬鹿でかい火の玉と化して背から橋の上に倒れた。

このため、最初の炸裂で倒れた人々の着衣や荷が燃えるばかりか、橋まで焼け始めて火と煙の壁を作り、橋を渡った極楽組の面々の姿をすっかり隠してしまった。

「百人組はここを守り、手負いの者は屋敷で治療せよ！　藩士はわしと来い！」

光國が塀から跳び降り、走った。鶴市たちが渡った元吉祥寺橋は、とっくに火に覆われて渡れなくなっていたが、はなからそちらへ向かう気はなかった。

見た限り、鶴市や極楽組は、本郷一帯を火の海にすることには成功していた。

だが、中山たちに阻まれ、そこから北西に火を移すことができなかったのだ。藩士と甲賀組が守る水戸藩上屋敷も、焼くことができずに退散せざるを得なかった。

極楽組の狙いは、火の波とともに小石川橋を渡ることだったはずである。それを首尾良く阻止できたのは確かだった。

あとは極楽組が、神田駿河台から西へ火を運ぶことを防ぎ、御城の北にある、内堀の清水門、雉子橋門、一ツ橋門を突破させねばいい。それで、風がむしろ御城から火を遠ざけてくれる。

江戸の被害は甚大なものとなるが、先の大火の経験と知識から、多くの者が火難を免れると信じる他なかった。

光國は藩士を連れて雉子橋へ向かいながら、神田川方面から通りへ出てくる者を警戒するよう、藩士たちに命じた。極楽組が、逃げたと見せかけ、上屋敷を焼きに戻って来るかもしれなかった。

六

東を見ると、立ちこめる煙が陽光を遮っている。相生橋や筋違橋門が焼けたか、いずれ焼けるかだ。神田川の東南と南岸を火から防ぐ手だてはもうなく、一帯に多く住まう武士たちが続々と待避を始めていた。

光國は、避難する集団に巻き込まれぬよう、藩士たちとともに空っぽになった旗本の家の屋根にのぼって移動するなどし、迫り来る火と賊を先回りして待ち構えた。

了助は、義仙たちとともに見張る相生橋へ、ざあっ、ざあっ、と雨のように音を立てて火の粉が降りかかるのを見た。先の大火で見たのとそっくり同じ光景だ。

すぐ東の筋違橋門も同様であり、いずれも火に呑まれるのは時間の問題だった。

「ここを離れ、内堀へ移った方がいい」

義仙の提案に、水戸藩士たちや両火房も同意した。仁太郎、辰吉、鎌田又八は、舟に乗って神田川に落ちた者たちを引っ張り上げる役目を担っていたが、

「ここはもういい、内堀の御門を守るぞ」

両火房に声をかけられ、舟を降りて了助たちと合流した。みな水戸藩士たちの先導で、避難する群衆とともに、神田橋門へ向かった。その門をくぐり、お堀に沿って西へ行き、一ツ橋門へ来たとたん、ものすごい爆発音が鳴り響き、武家地の一角から白煙が立ちのぼるのが見えた。

「インヘルノか。小川町の方だな」

義仙が言った。賊が焙烙玉を使ったときは、決して近づかず、近くの門へ報せるよう光國からは言われていた。

どーん！　と、また激しい音がした。先ほどよりも近くから聞こえ、避難する武士たちが驚きの声を上げ、一ツ橋を渡って逃げていった。

どーん！　どーん！　と立て続けに爆発音が届いてくる。焼けゆく小川町に立ちのぼ

る、明らかに火事によるものとは異なる白煙を、水戸藩士の一人が指さした。

「雉子橋門の近くだ。賊が迫っている」

水戸藩士たちが色めき立って話し合い、手勢を二つに分け、一方をこのまま一ツ橋門の護衛に充て、他方を雉子橋門へ向かわせることに決めた。義仙も、反対しなかった。

「極楽組が、中央を突破する気ならば、例の神童もいるだろう。私はあちらへ行く。お前はここにいろ」

「はい、義仙様」

素直に応じる了助へうなずきかけ、義仙は水戸藩士六人とともに駆けていった。

残りの水戸藩士六人、了助、仁太郎、辰吉、両火房、鎌田又八は、避難者の邪魔にならないよう、一ツ橋前の火除地へ移動した。

一ツ橋門には、平時から三十人余の武士が詰めている。うち長柄を持つ十人、弓を持つ五人、彼らに指示を下す二人が、了助たち同様、橋周辺の火除地に立ち、避難者に紛れて賊が入って来ないか目を光らせている。

駿河台から避難して来るのは、ほとんど武士だった。早足だが走らず、粛々と列をなして内堀から南へ移動していく。先の大火の経験から、どう逃げれば安全か、主君から指示されているのだ。徐々に避難する者の数が減り、堀の北側から人が減っていった。かと思うと、武士の一団の後についてこちらへ来る者へ、多くの者の視線が吸い寄せられた。

隻腕隻眼の錦氷ノ介だった。簑笠は着ず、二刀を差し、右手に火縄を持ち、悠然と歩いてくる。かと思うと、武士たちの背後で立ち止まり、右手にある火のついた火縄をくわえ、懐からインヘルノを取り出した。

「極楽組だ！　賊だ！　逃げよ！」

両火房が氷ノ介を指さしてわめき、水戸藩士たち、門番の武士たちが武器を構えたことで、粛々と避難する武士たちがかえって驚いて足を止めてしまった。

そしてその武士の一団へ、氷ノ介がインヘルノを投げ込んだ。

「散れ！　散れ！　逃げろ！」

両火房と水戸藩士たちが、声を限りにわめいた。

武士たちが眉をひそめて彼らを見返した。その足下へ、導火線に火がついたインヘルノが転がってきて凄まじい爆発を起こした。武士たちが木っ端のごとく弾き倒された直後、氷ノ介が二つ目のインヘルノを、門番たちへ投げ放った。

耳を殴りつけるような爆音とともに、門番が五人も爆風に弾き飛ばされ、さらに多くの者が破片を浴びて身悶えた。

仁太郎と辰吉が、光國から言われた通り爆発地点からすぐに離れ、門へ危険を報せるため、橋へ向かいつつ、「こっち来い、了助！」「危ねえぞ！」と口々にわめいた。

だが了助は、木剣を肩に担ぎ、両火房や鎌田又八とともに、その場にとどまった。

氷ノ介は火縄を竹筒に入れて懐にしまうと、悠々と右手で刀を抜き、左手の鎌もあらわにし、晴れ晴れとした顔で門へ歩んだ。

「父上、徳川の城が焼けるのを御覧あれ！」

その背後から、燃える簑を着た二人がにわかに走り出た。まだ動ける門番八人が道に並び矢を放った。火を運ぶ二人がその身に矢を受けながら駆け続け、氷ノ介がその二人を盾としながら追走した。そして橋の手前で二人が力尽きて倒れると、火に包まれた彼らを、氷ノ介が軽々と跳び越え、門番たちへ斬りかかったのだった。

雉子橋門は、北東、北西、南の三叉路のうち、南に建てられており、橋は南と北東の二方向に架けられている。その門前に水戸藩士たちと義仙が到着したとき、橋の前の火除地は、すでに地獄絵図と化していた。

視界にある全ての武家屋敷が燃え、火炎の渦を生じさせているばかりか、道ではインヘルノで吹き飛ばされた者たちが多数倒れて血溜まりを作り、散乱した荷とともに降り注ぐ火の粉を浴びて燃えていた。避難者も門番も、一緒くたにずたずただ。加えて、燃える簑笠をまとう男女が矢で射られて倒れ、他の骸同様、人の髪や肉が焼けるときのたまらない異臭をまき散らしている。

猛火を背負って立つのは、まだ火のついていない簑笠を着た三人、槍を持つ三弥、そして刀を持つ四郎時貞だ。

橋の前では、七人の門番が弓や槍を構えて極楽組と対峙していた。通常、雉子橋門に配置されるのは二十人余の武士だが、今動けるのはそれだけのようだった。

橋も御門も燃えていないのは、火除地、二重のお堀、南東へ吹く風のおかげだ。しかしここから西へ火が移れば、風が火の粉を城内の御蔵に浴びせ、竹橋門・平川門より内側に火が侵入して御城へ迫ることになる。まさに極楽組にとっても、御城を守る側にとっても正念場だった。

極楽組五人は祈りの声を上げており、門番七人は異様に警戒した様子で、刀をだらりと引っ提げた四郎時貞を注視している。

四郎時貞は、静かに刀を持ち上げ、門番七人の視線が吸い寄せられるのを見計らって、

「――エッ！」

と鋭い声を放った。

門番七人が、びくりと身を強ばらせ、槍も弓も握りしめたまま凝然となった。

その声を正面から浴びていない水戸藩士六人ですら、見えない壁にぶつかったように一斉に足を止めて身をすくめたが、

「喝！」

義仙の鋭い声が、彼らを金縛りから解放し、みな息を吹き返したように動きを取り戻した。

そのまま義仙は、するすると前へ出て、刀を突き出す四郎時貞と対峙した。

「旅の供の少年はどこに？　一ツ橋門に置いてきたなら、錦氷ノ介に斬られますよ」

四郎時貞が言った。義仙の動揺を誘うためだ。

「了助ならば、病んだ者に斬られはせん」

義仙が淡々と返したとき、

「行け！」

三弥がにわかに命じ、簑笠を着た三人が祈りを唱えながら走った。

風と火の粉を浴びて簑笠がすぐさま燃え上がり、火の玉と化した二人が橋の門番七人へ、一人が水戸藩士六人へ迫った。三人とも、矢や刀槍を受けたが止まらなかった。一人が門番にしがみつき、一人が橋の上に身を投げ、一人が刀に貫かれながらも水戸藩士の襟をつかんだ。

火をまとう者たちにつかまれた武士たちは、着衣や髪に火を移され、怒声を上げてもがいた。だが死を求める者たちを容易に引き剝がせないため、やむを得ず周囲の者たちが、火をまとう者とつかまれた同輩をまとめてお堀へ突き落とした。武士二人がお堀の冷たい水の中でどうにか死者の手を振り払ったが、簑笠は水を浴びても燃え続けた。

橋に身を投げた者も、槍でお堀へ突き落とされたが、橋に移った火が燃え広がり、残る門番は、それを踏み消すことに努めねばならなかった。

この間、四郎時貞は、再び武士たちへ金縛りの術をかける機会を窺っていたが、義仙が巧みに間に入ってそれを妨げ、かつ三弥が振るう槍を避けるという、尋常ではない身のこなしでもって二人を門前に押しとどめている。

「いたぞ！　極楽組だ！」

そこへ、中山と配下の者たちが火の中を駆け現れたため、

「三弥、あちらの相手を頼みます」

四郎時貞が言って、三弥の槍を、中山たちへ向けさせざるを得なくなった。

義仙も相手の刀を奪って捕らえる機を伺ったが、四郎時貞が左手で懐からインヘルノを取り出したことから、容易に近づくことができなくなった。火縄を使うまでもなく、宙に差し出すだけで、舞い飛ぶ火の粉でインヘルノの導火線に火がつくからだ。

門番七人と、水戸藩士六人のうち、お堀に落ちた二人を引き上げようとする別の二人を除き、九人が四郎時貞を取り囲もうとしたが、相手がインヘルノの導火線を手で覆って抱いており、かつ祈りの言葉を唱えるものだから、やはり距離を取るしかなかった。

四郎時貞は、義仙と武士たちに向かって刀尖を左右に振ってみせた。牽制ではなく、どいていろと言うのだ。

「そこをどかねば、私と一緒に死にます」

「そうはさせん」

一歩も退かぬ義仙へ、四郎時貞が刀とインヘルノを手に、じりじりと間合いを詰めていった。

その右手では、中山と配下の者たちを相手に、三弥が荒れ狂うような槍さばきをみせている。齢六十をゆうに越えている者とは思えぬ膂力と気合いの声であり、「かかってこい！　徳川の犬ども！　かかってこい！」という叫びには、紛れもない歓喜の響きがあった。

そしてこのとき、同じく火に囲まれて喜び笑う者がいた。

「こっちだ、谷公！　おれはここだぞ！」

鶴市が、巧みに馬を駆って狭い道を縫うように逃げながら、呼び続けるのだ。

光國は、その意図を正しく見抜き、

「あやつが我らを引き寄せんとするのは、俎橋を渡り、清水門へ向かうためだ」

と言って、水戸藩士数人に橋を見張らせ、残り数人と手分けして鶴市を追い、その退路を断つことに努めた。

そして激しい火の音に混じって馬蹄の音を聞きつけると、単身、煙と火の粉の中を走り、旗本宅が密集する通りへ入った。

だが待ち構えていたのは、燃える藁簔を着る男で、こちらへ飛びかかりながら、

「アウト・ダ・フェ！」

と叫ぶその顔面へ、光國はすっぱ抜いた刀を猛然と突き込んだ。刃は男の口から頭の後ろへ飛び出し、相手を即死させた。

光國は、そのまま膂力に任せて燃え盛る骸を持ち上げると、お堀へ向かって走り、勢いをつけて刀を振った。燃え上がる骸が宙を飛び、お堀の水面へ叩きつけられて飛沫を上げた。

そこでまた馬蹄の音を聞きつけ、光國は抜き身の刀を手に、狭い通りを駆けた。激しい馬のいななきが聞こえた。光國はいよいよ相手が近いと見て、曲がり角を右へ折れて刀を構えた。

馬だけが、燃える旗本宅の門前でつながれ、火に怯えていないていた。

光國はそちらへ歩み寄り、馬をつなぐ縄を刀で断ち切ろうとすると見せかけ、素早くその場から跳び退いた。

案の定、鶴市が門の上で待ち伏せており、頭上から跳びかかってきた。その刀が空を切り、着地した鶴市が歪んだ笑みを浮かべて、唾を吐いた。

「おいおい、斬らせてくれよ、谷公」

光國は、冷静にその火傷面を見つめ、

「ならんぞ、鶴市。代わりに、水戸家の刀の切れ味を教えてやろう」

と告げ、刀を構えた。

了助は久方ぶりに、氷ノ介の恐るべき剣技を目の当たりにした。

くるり、くるりと回転することで、隻腕であっても鋭く強い太刀筋を発揮し、隻眼にもかかわらず正確に間合いを見抜いて相手の刀槍をかわすばかりか、矢が放たれる前にその狙いを読んでかわすのだ。

門番の武士たち、刀を握る両火房、長大な刺股で捕らえようとする鎌田又八を相手に、むしろ攻め立ててさえいた。

このままでは、永山たちがあえなく斬り屠られた悪夢の再現となる。了助はそう思いながらも、離れて見る限り、氷ノ介の凄まじい乱舞のごとき剣閃に、かつての冴えがない、とも感じていた。

叶慶や永山たちと戦ったときに比べ、氷ノ介の間合いが短くなっている気がした。なぜだろうか。ふいに原因がわかった。胸元から肩にかけて、動きに強ばりが見て取れた。古傷だ。了助はそう悟った。脳裏に、氷ノ介がそこを撃たれ、ぶっ倒れる光景がよみがえった。光國が放った弾丸が命中したことで、肋が砕けたか、弾丸や鎖帷子《かたびら》の破片が食い込んだかしたのかもしれない。

だがそれでも氷ノ介の猛攻に、門番が一人また一人と斬り伏せられていった。両火房が危うく指を切り飛ばされかけ、鎌田又八が首を裂かれかけて後ずさった。

みな、どんどん後ろへ下がり、気づけば火除地から橋のたもとまで押されていた。

了助は彼らの動きに合わせて後ろ向きに橋に乗り、氷ノ介の動きを読み切ったという確信がわくや、左手の欄干にのぼった。そのまま欄干の上を危なげなくすたすた歩き、大人たちの横を通り過ぎて前へ出ると、地面に降りて木剣を掲げ、大声で叫んだ。

「錦！　叶慶さんのものだぞ！」

意図して、相手の右側からそうしていた。

隻眼の氷ノ介が、左目の視界でとらえるため、体の向きを変えた。

「よせ、了助！」

両火房が叫んだが、了助は落ち着いて木剣を左肩に担ぎ、するすると左へ移動した。その見事な摺り足に、大人たちが感嘆の声をこぼした。

「あなた、よく会いますね。父上の知り合いですか？」

氷ノ介がさらに体の向きを変えつつ、左側にいる者たちから不意打ちを食わないよう距離を取った。と見るや、瞬時に身を回転させ、稲妻のように了助へ刀を振るった。

稲妻だろうと何だろうと、当たらなければ怖くない。了助はそう思いながら、すっと下がって刃をかわし、すぐさま踏み込んで、木剣を左から右へ猛然と振るった。

氷ノ介は死角の側からの一撃を嫌い、くるりと身を回転させながら退いた。くるくる回ることで、隻腕の膂力不足と、隻眼の視界の狭さを、同時に補っているのだ。

だが身の強ばりを補うすべはなかった。強ばりは心身や姿勢を崩す最大の原因になることを了助は旅を経て学んでいた。

氷ノ介はいったん下がるとみせ、すぐさま刃を振るってきた。了助はその動きも十分に読み、下がって刃をかわし、すぐ踏み込むという先ほどと同じ動きをした。

違うのは、右から左へ木剣を振るう構えであったことだ。氷ノ介にとって十分に視界に収められるため、今度は回転して逃れず、僅かに下がっただけだ。了助が木剣を振り切った刹那、刀か左の鎌のいずれかで、その頸《くび》を掻き切る構えだった。

了助は木剣を振るとみせ、前へ跳ぶようにして突いた。これも旅で義仙から学んだ技だった。

氷ノ介は完全に虚を衝かれ、木剣の先をまともに左の胸元に食らった。了助の狙い通り、古傷がある辺りに、しっかりとした一撃を叩き込めた。

氷ノ介は、かつて撃たれたときのように背から倒れると、地に転がって了助と武士たちから距離を取って立った。だが了助はただちに距離を詰めており、改めて、右から左へと木剣を振るった。氷ノ介がそれを防ぐ手だては一つしかなかった。左手の鎌で受けるのだ。氷ノ介はそうした。そして了助は、遠慮なくその鎌を打ち砕いた。

氷ノ介がくるりと舞い、牽制のために刀を振るって了助を近づけさせないようにしつつ、今度こそ距離を取った。おかげで橋に迫っていたはずが、火除地にまで下がらされている。その氷ノ介の左側で、義手である鎌と装着するための金具がばらばらになって地面に落ちた。

了助は油断なく木剣を肩に担いで構えながら、氷ノ介の姿勢が決定的に崩れたことを確信した。古傷を痛打されたことで上半身がいっそう強ばり、左手の鎌が失われたことで全身が微妙に右へ偏っている。失われた左腕の分だけ、左側が軽く、右側が重いのだ。しかも右手に刀を握っているのだから、右へ右へ傾くしかない。

誰よりも氷ノ介自身が、おのれの状態を察しているはずだった。剣技に優れていればいるほど、自分が不利であることを悟るに違いない。結果、降参してくれることを了助は期待したが、氷ノ介にそんな気はまったくなかった。

氷ノ介は頭を左へ傾けると、唇の両端を吊り上げ、ものすごい目で了助を見つめた。顔をほとんど横にし、頭部の重みで、左右の差を打ち消そうというのだ。

その異形といっていい立ち姿に、武士たちが戦慄の呻きを漏らしたが、了助はただ静かに、手負いの氷ノ介が次に何をする気かを、その姿から読み取っていた。

「むん！」

光國が気合いを入れて太刀を振るい、鶴市と激烈に刃を打合せ、鍔迫り合いをした。膂力と体格ではるかに勝る光國が打ち勝つのは必然だった。鶴市は弾き飛ばされた勢いのまま、刀を上段に振りかぶった。その目が憎悪と歓喜でぎらぎら輝いている。

光國は決然とその眼差しを受けながら、ずんずんと踏み込んだ。そして鶴市が渾身の力を込めて刀を振り降ろすよりも速く、その腹に刀を叩きつけ、猛然と撫で斬りながらすれ違った。

鶴市の刀はまたしても空を切り、裂かれた着衣から、どろりと腸がこぼれ出した。鶴市は刀を落として膝をつき、頭を垂れてうつむいた。いかにも首を斬ってくれと言わぬばかりだ。

「武士の情けだ。介錯してやる」

光國が歩み寄り、鶴市の傍らに立った。

うなだれていた鶴市が急に顔を上げた。その口から歓喜の哄笑が迸《ほとばし》り、手には導火線に火のついたインヘルノがあった。

「ともに死ね！　おれは天国《パライソ》へゆくぞ！」

光國は無言で刀を持たぬ方の手で拳を作ると、鶴市が持つインヘルノを、ぶん殴って粉々にした。散弾となる瓦礫と火薬が入り交じったものがばらまかれ、導火線の火がその一部に着火したが、軽く燃え上がっただけで炸裂はしなかった。火薬は圧縮した状態でなければ爆発しないことを、光國は商館にいるオランダ人から聞いて知っていた。

鶴市のほうは、飛び散った火薬と火のせいで着衣が燃え上がり、言葉にならぬ恐怖の声を上げている。光國は冷静に、おのれの因縁そのものである男を見下ろし、

「互いに、悪縁であったな」

呟きざま、一刀のもと、その首を刎《は》ねた。

同じとき、三弥も、火に包まれながら叫び声を上げていたが、こちらは恐怖とは無縁だった。

槍を縦横無尽に振るいながらも、矢を受け、刀で切られ、槍で突かれ、全身血まみれとなり、ここまでと思い定めるや、倒れた信徒に駆け寄り、その燃える簑をむしり取っておのれの身にまとったのだ。

「デウスに栄えあれ、我に恩寵あれ！」

火だるまとなりながら槍を振り回し続ける三弥は、中山と配下が滅多刺しにすることで、ようやく息絶えた。互いに満身創痍であり、中山は腕や肩を負傷し、配下の一人は脚を三弥の槍で突かれてうずくまっている。

中山は刀を杖にして上体を預け、

「以前の緋威《ひおどし》といい、ひと昔前の荒武者とは、これほどのものか」

称賛するというより、忌々しさをこめて呟いていた。

四郎時貞が祈りを口にするだけで、弓を持つ武士すら金縛りを恐れて後ずさった。ひとたび術にはまった経験を持つ者ほど恐れを抱き、相手の意図通り、術をかけるまでもなく動けなくなっていくのだ。

義仙だけが、四郎時貞がにわかに振るう刃をかわし、

「それは私のための祈りか？　それともデウスに命乞いしているのか？」

挑発することで、刀とインヘルノの両方を奪う機を窺っていた。

四郎時貞は微笑み、

「我が身の大切よりも、デウスの御大切に催され、その御奉公と御名誉を目当てにせらるる人々を、いよいよ御納受なされ、なお高く勝れたるグロウリヤに備え給う」

高らかに唱えるや、義仙へ刀を投げ放った。

義仙が半身になってかわしざま、投げられた刀の柄をぱっと握った。

四郎時貞は、抱えていたインヘルノを頭上へ掲げ、降り注ぐ火の粉が導火線に火を付けるや、それを義仙に向かって放り投げた。武士たちが一斉に後ずさるのをよそに、義仙はその場を動かずにいる。そしてインヘルノが間合いに入った刹那、義仙は手にした刀を一閃させた。

その刃が、正確無比に、宙にあるインヘルノの導火線を根元から切り飛ばした。しゅっしゅっと音を立てて火花を散らす導火線が地面に落ち、点火手段を失ったインヘルノのほうは、義仙の手で受け止められた。

義仙はそれを無造作にお堀へ投げ捨て、刀を引っ提げて四郎時貞との間合いを詰めた。

四郎時貞は素早く指を十字に動かして祈りを唱え、

「――エッ！」

と金縛りの術を仕掛けたが無駄だった。四郎時貞の発声は、無心で迫る義仙の身をただ通り抜け、何の効果ももたらさなかった。

義仙は、脇差しを抜こうとする四郎時貞の腕を、柔らかに押さえ込んでひねり、流れるように足を払ってその身を地に倒すと、手にした刀を相手の鞘に難なく差し戻した。

「ここで死なせはせん。苦難の道を最後まで歩むがいい」

義仙が言った。取り押さえられた四郎時貞は瞑目し、一心に祈りを唱えた。

氷ノ介が、激しく身を回転させながら了助に迫った。

左から右へ刃を振るって了助の頸を狙うとみせ、にわかに動きを変えた。横から縦に近くなった。刃を地面に平行に振るうのではなく、斜め上から振り下ろしつつ、代わりに宙で体を横にするようにして斬りかかったのだ。見事であると同時に、途方もなく異様な体さばきだった。体を可能な限り左へ傾げて跳ぶことで、左右の重さの差をなくす斬り方だった。

だが了助は、この動きを予期していた。頭を横に倒したときの視界と視線から、刀は縦に来ると読めた。そうしなければ手と目がばらばらに働き、狙い通りに斬ることはできないからだ。

了助は半身になって、迫る刀に合わせて左へ一歩、身を移した。顔をできるだけ横にしたとしても、氷ノ介の死角がその右側にあることに変わりはない。了助は相手の視界の暗がりへ身を潜め、その刀が空を切るのに合わせて、左から右へと木剣を振り抜き、氷ノ介の胴を打ち払った。

氷ノ介が地に転倒し、なおも幽鬼のごとく起き上がった。そのおもてには驚きとともに様々なものが浮かび上がっていた。憎悪や敵意だけでなく、どうすればこの子どもを斬れるのかという、謎解きを楽しむような気持ちまで表れている。

了助が、この相手に抱いてほしい思いは、かけらも見当たらなかった。

「叶慶さんは死んだ。お前が殺したんだぞ」

悲しみを込めて了助は言った。だが一言半句たりと、この悪妄駆者《あもくもの》には届かないこともわかっていた。

そのとき、氷ノ介の背後の大通りで声が上がった。

「観念せよ！　残るは貴様一人だ！」

光國だった。右手で鶴市の首の髪をつかみ、左手で馬の手綱を引き、水戸藩士たちを引き連れて来ている。

氷ノ介は、前後を挟まれるのを避けるため、火の粉が雪崩《なだ》れるように降る、お堀沿いの神田橋門に通じる道へ迅速に退いた。

光國は、藩士へ首と手綱を預け、氷ノ介と了助がいる方へ、ずんずんと歩んだ。

了助も、木剣を担いだ構えで、氷ノ介を追って火の粉の雨の中へ歩み入った。

「ともに天国《パライソ》へ行きましょう、父上」

氷ノ介は、刀の柄を口にくわえると、懐からインヘルノを取り出して頭上へ掲げた。

すぐにその導火線に火がついた。

氷ノ介がそれを投げ放つや、了助はするすると歩んで木剣を差し伸べ、打ち返すのではなく、柔らかに受け止めた。そして、木剣の腹を転がるインヘルノを、右手でつかむと、さっと相手へ投げ返した。

氷ノ介は、炸裂で了助と光國を怯ませて突破する気だったのだろう。証拠に、刀を手に取って真っ直ぐ前へ進んだため、目前に投げ返されたインヘルノを避けるすべがなかった。

爆発の炎が、氷ノ介の姿を包み込み、ついで爆風と散弾がその身を弾き飛ばして地に転倒させた。だがなんと氷ノ介はそのまま倒れるのではなく、後方に転がる勢いを利用し、俊敏に立ち上がっている。痛みをまるで感じていないとしか思えない動きだ。しかしその体の前面はずたずたに引き裂かれ、残っていた左目も潰れてまっ赤な血を涙のように流していた。

「父上？　そこにいるのですか？」

氷ノ介が、刀を握る手を、燃え盛る火へ向けた。そちらへ刀を振るおうとするのではなく、単純に手を差し伸べたように了助には見えていた。

次の瞬間、波濤のような火の粉が押し寄せ、氷ノ介を呑み込んだ。

氷ノ介が生ける薪となって燃えるさまに思わず見入ってしまった了助の両肩を、光國がつかみ、どこかへ引き寄せた。お堀の方だった。

怒濤のように迫る火の粉から逃れるため、光國は了助を抱いてお堀へ跳んだのだ。

一瞬ののち、了助は光國とともに凍るように冷たい水の中に落ちていた。あっという間に手がかじかみ、木剣を手放さないようにするだけで精一杯になった。いつか三吉とともに落ちた水と同じ冷たさだと思った。

光國がその肩を抱いて、堀の石垣まで泳いでくれた。頭上から火の粉と炎熱が、足下からは凍える冷たさが迫った。了助は光國と抱き合いながら、三吉とそうしたように、熱と冷たさに耐えた。だがこのままでは、どちらか、あるいはどちらも死ぬかもしれない、と了助は思った。

そうはならなかった。すーっと舟が近づいてきたかと思うと、鎌田又八が、両手を伸ばして、その怪力で二人いっぺんに引き上げた。舟には仁太郎と辰吉も乗っており、

「馬ぁ鹿野郎、了助」

「こんな無茶して、お鳩に殺されっぞ」

と口々に詰《なじ》った。

了助は、なんとか落とさずに済んだ木剣を抱え、光國とともに舟底に横たわり、青空と黒煙と火の粉を見た。降り注ぐ火の粉の熱で着物から湯気が立ちのぼっていた。

「また、焼けた。建ったばかりなのに」

ぽつっと了助が呟くと、

「また、建てるのだ。人が続く限り、建て続けるのだ」

光國が、同じく空を見て力強く言った。

七

明暦四年（一六五八）こと万治元年（七月改元）の大火は、『江戸火災記』によれば、本郷六丁目の吉祥寺付近から出た火が、乾（北西）からの烈風に乗り、本郷一帯を焼き、

神田駿河台から鎌倉河岸へ延焼した。さらには白銀町、石町、本町、日本橋、京橋、新橋までもが焼け、東は霊岸島、八丁堀、鉄砲洲、馬喰町にも火が及んだ。

一年前の大火から復興したばかりの江戸の東半分が灰燼《かいじん》に帰し、焼失した家は四千四百二十一軒にものぼる。だが、死者の数は先の大火に比して激減していた。火事についての知識と経験に基づく、幕府と市井の双方の延焼防止や待避の策が、多くの人命を救ったことは確かだった。

なおこの火事で盗みを働くなどして捕縛された者は、町奉行所が把握しただけでも六十名を超えた。このうち極楽組を名乗る一派の頭目は、ただちに市中引廻しののち、火刑に処された。

「お世話になりました、義仙様」

了助は、涙ぐんでしまいそうになるのを何とか我慢しながら深々と頭を下げた。

「達者でな」

すっかり旅装を整えた義仙が微笑んで言った。了助に光國への報復を諦めさせたことに加え、ようやく極楽組が消滅したことで、義仙は、三ざるからの頼み事をつつがなく終えていた。

柳生の郷へ帰る義仙の見送りに、了助、三ざる、罔両子と寺の拾人衆が門前に集まっ

ており、

「義仙様に教えられた旅の仕方を忘れず、いつかまた旅をしたいと思います」

　顔を上げて熱心に言い募る了助へ、

「今のお前であれば、一人でも旅ができるだろう。もしかすると住職が、お前をどこぞへ使いに出すかもしれんしな」

　義仙が言って、ちらりと罔両子を見た。

「たとえば柳生の郷へ、ですか。さて、それがかなうような問答ができればいいのですけれど」

　罔両子が微笑んだ。そのふくみのある言い方に、了助が思わず目をみはった。

　とたんにお鳩がきっとなって了助の横顔を睨みつけ、小町が驚いて肩をすくめた。他の拾人衆の面々も首を傾げており、

「なあ、誰か柳生の郷へ行かされるんか？」

　伏丸が、自分は絶対に嫌だというように、恐る恐る周囲に訊いた。相変わらず、伏丸いわく、義仙がその身に漂わせているという血の臭いが怖いのだ。

「そんなわけないでしょっ」

　お鳩が叱るように言うと、

「私たちのお願いを聞いて下さり、ありがとうございました、義仙様」

三ざるを代表して礼を述べた。

「お前たちも、みな達者でな」

義仙は、別れを惜しむ風もなく、かといって急ぐ様子もなく、ゆったりときびすを返し、街道へ向かって歩いていった。

その後ろ姿を長々と見送る了助の袖を、お鳩がぎゅっと握りしめていた。


義仙が去ってすぐ、了助は拾人衆として、さっそく建て直しが盛んな日本橋の長屋に配置された。大火後の混乱に乗じて、盗賊がはびこったり、浪人たちが良からぬことをしでかさぬよう、中山がいっそう監視の目を厳しくしていたのだ。

そこへ使いが来て、了助に、水戸藩の駒込屋敷へのぼるよう指示があった。

何の用件だろうと了助は不思議に思いながら、のんびり半刻（一時間）ほどかけて歩いて駒込屋敷へ向かった。到着すると、いつもの書楼や道場ではなく、茶室に案内された。茶席など経験がない了助は、異様に低い出入り口に目を白黒させながら入室した。

中には、光國と中山がいて、囲炉裏を囲んでいる。奇妙で静粛な雰囲気だった。了助はますます不思議な気分になりながら、光國が無言で目配せするのに従い、木剣を置いて部屋の一角に行儀良く座った。

光國は黙ったまま、茶を了助のために淹れた。

了助は、作法も何もわからず、ただやたらと高価そうな茶碗を受け取り、ちびりと抹茶を口にした。これまた経験のない味で、何と言っていいかもわからない。濃くて美味いとは思うが、寺で僧たちが作る番茶の方が、了助には飲みやすかった。

「急にすまぬな、了助。お前に一つ、頼み事があって呼び立てた。が、その前に、ともに供養をしてもらえぬか？」

「供養ですか？」

茶碗を両手で持ったまま了助が目を丸くした。この茶室で何をするのか、まったく想像がつかず、つい中山に目を向けた。

「子龍《しりよう》様なりの、な」

中山も、なぜか困惑した顔でいる。

「かつての武将の作法だ。父に学んだ」

光國は誇らしげに告げると、背後に置いていた木の箱を取り、捧げるような手つきで、それを囲炉裏の前に置いた。

そしてその箱から、とんでもないものを取り出してみせた。

人間の頭蓋骨だった。しかもただの白骨ではない。漆や金粉を塗られ、綺麗に飾られていた。まるで豪華な調度品のようなしろものの、てっぺんの部分を、光國が取ってひっくり返した。

頭蓋骨のいわゆる皿の部分である。中山が低く呻き声を漏らし、了助はぎょっとするばかりで、二人とも光國がすることを黙って見守った。

光國は、酒壺を引き寄せると、小ぶりな柄杓で酒をすくい、なんと頭蓋骨の皿に注ぎ入れた。

いや、皿ではない。盃だった。人間の頭蓋骨で作られた漆器なのだ。了助はそう理解した。光國は作法と言ったが、あまりに衝撃的すぎてついていけなかった。

「鶴市のものだ」

光國が、さらにすごいことを告げた。

酒のことではない。頭蓋骨だ。斬り落とした首から、どうやってか短期間で毛髪も皮も肉も削ぎ落とし、骨だけにして、あまつさえ本当に調度品にしてしまったのだ。

了助は、あんぐりと大口を開け、髑髏《どくろ》盃に注いだ酒を、しずしずと干す光國を見つめた。

光國は、口をつけた箇所を軽く拭ってから、再びその髑髏盃に酒を注いだ。そしてそれを、了助へ差し出した。

「飲んでくれ」

光國が真顔で言うのへ、

「飲みません」

了助は、呆れ顔できっぱり拒んだ。

光國は意外そうに眉をひそめ、中山が、当たり前だろう、と了助に同意するような溜め息をこぼした。それでどうやら、決して一般的な「作法」でないことが了助にもわかった。

「供養なのだぞ」

光國が、髑髏盃を揺らしてみせつつ強調したが、了助は強く顔を横へ振り、

「飲みません」

同じ言葉を返した。

「む……、そうか。供養なのだが……」

光國の方も繰り返し強弁し、髑髏盃を宙にさまよわせ、ちらりと中山を見た。

中山も辟易した様子でかぶりを振っており、

「仕方ない。わしだけで供養してやるか」

光國は残念そうに言うと、やっと諦めて髑髏盃を置いてくれた。

「頼み事って、なんですか？」

了助は、頭蓋骨から目を離して尋ねた。

「うむ。お前の将来のことだ」

光國が、どうにか威厳を保とうとするように腕組みして告げた。

「将来?」

「わしの将来のことでもある」

「はあ」

「いずれ、わしが水戸藩藩主となった暁には、お前を藩士として迎えたいのだ」

「ああ、はい」

了助は、納得の声を返した。やたらと回りくどいやり方に、いかにも武士らしいことだとつくづく思わされた。

「すぐ返事せずともよい。お前にとって、容易でないことはわかっている」

了助は首を傾げた。

「今、返事をしました」

「なに?」

光國が腕をほどき、前屈みになって了助の顔を覗き込んだ。中山も意表を衝かれたような顔で、いつもは糸みたいに細い目を、丸く見開いている。

「はい、と答えました」

了助は、あっさり言った。

「まことか? 武士が嫌ではないのか?」

光國が、いっそう身を乗り出しながら、念を押して尋ねた。

「嫌いです。でも嫌う気持ちのままでは、この世では生きづらくなります。それで恨みが溜まれば、錦や鶴のような悪妄駆者になってしまうかもしれないですから。勝山《かつやま》さんを見習って、きちんと受け入れます」

中山が顔をしかめた。

「あれは遊女だぞ。お前は士分に取り立てられるのだ」

だが了助は涼しい顔のままだ。不自由という点では、どちらも大して違わないとわかっていた。いや、誰だって不自由さから完全に逃れることなどできないのだと思った。

光國の方は、この茶室で初めて了助に同意するようにうなずき、

「嫌い方にもいろいろある、か」

感心したように呟いて姿勢を戻した。

「はい。それと、おとうはたぶん、武士だったんだと思います。形見の刀も、武士しか持ってなさそうな品ですし。武士を嫌えば、おとうを嫌うことにもなります」

了助はそう述べ、何度もうなずく光國へ、

「おれ、いつ侍になりそうですか？」

と尋ねた。まったくありがたがっていない態度に、中山がまた顔をしかめたが、光國はかえって面白げな気分で頰を緩めた。

「いつとは言えぬ。いつかだ。事前に、どこぞの養子になるという手もあるが」

「親はいりません」

「うむ。ただの段取りと思え」

「今すぐにですか？」

「いや、養子縁組はそうそう決まらぬ」

「ではその前に、しておきたいことがあります。武士になったらできないことです」

光國と中山が、視線を合わせた。二人とも、了助がしておきたいことが何か、察している様子だ。中山がうなずくと、光國は了助を真っ直ぐ見つめて告げた。

「何でも言うてみよ。わしが叶えよう」


それから数日後、了助は、東海寺で罔両子と対面で座っていた。

独参という、禅問答のためだ。修行する僧が、師のいる部屋に入り、悟りを得るための問答を行うのである。そこで何を話したかは誰にも教えない決まりだった。

むろん了助には、僧になる気などなかった。なれと命じられたこともない。だが罔両子は気にした様子もなく、

「与えられた問いを覚えていますか？」

と尋ねて、問答を開始した。

「はい。地獄はあるのかないのか。剛毅《つよ》くて柔弱《よわ》く、柔弱くて剛毅いものは何か」

罔両子はにっこりうなずいた。

「地獄はありますか？」

「塵を払った場所で、塵はあるかと訊かれたら、ないと答えます。塵が積もった場所で同じことを訊かれたら、あると答えます。地獄は、塵と同じです」

「では浄土はありますか？」

「塵を払った場所で、綺麗になったかと訊かれたら、はいと答えます。塵が積もった場所で同じことを訊かれたら、まだですと答えます」

「ふうん、なかなかいいですよ。では、剛毅《つよ》くて柔弱《よわ》く、柔弱くて剛毅いものは、なんでしょう？」

「なんでもそうです」

「なんでも？」

「風に倒れない樹も、斧や鋸で切られます。斧や鋸も、火に焼かれれば使えなくなります。火はいつまでも燃えることができず雨風で消えます。その雨風でも倒れない樹があります。一人の人間の心の中でも、沢山の人たちの間でも、そっくり同じことが起ります」

「ははあ。あなたが今そうして感ずることが、まことに会得されたと、どうしてあなたにわかりますか？」

「切支丹の人生は、二つあると聞きました。地上の生はお試しで、天の国での生があると。本当にそうかどうか、おれにはわかりません。でも、おれにも人生は二つあるんだとわかりました」

「一つは？」

「命を惜しく思うことを、ちゃんと知らなかったときのおれです」

「もう一つは？」

「命を惜しく思うことを、やっと知ることができたおれです。一つしかない命を生きているのが、おれだとわかりました」

罔両子はゆったりと息をつき、穏やかに了助を見つめて微笑んだ。

「惜しいところもありますが、その歳で、だいぶ悟りましたねえ。いや、なかなか大したものですよ。いっそ私の弟子になりませんか？」

了助は首を傾げた。あまりに今さらの言葉だった。また、罔両子の微笑み方から、誘っているのではなく、引き続き問答をしているのだと察することができた。

「罔両子様に尋ねられれば、弟子のように答えるかもしれません。罔両子様が弟子にするように雑巾を投げたら宙でつかむかもしれません。でも、罔両子様の弟子でなければ答えられないとも思いません。罔両子様、義仙様、御曹司様、中山勘解由様、阿部豊後《ぶんごの》守《かみ》様、拾人衆、吽慶さんや、この木剣も、死んだ極楽組の人たちも、みんな、おれや誰かの師です」

了助がそう答えると、罔両子が、ぱん、と手を叩いた。了助は、おのずからその意図を察した。誰がどうだと並べる必要はないのだと。誰もが、天地自然の全てが、おのれの師であると感じられる自分でいることが何より大事なのだった。

「ありがとうございます、罔両子様」

「こちらこそ、素晴らしい弟子に出会えて、感無量ですよ。ところで、私、あちこちに御礼を伝えるために使いを出さないといけないと考えていました」

「はい」

「羅漢像を当寺に置くことになったのも鉄眼《てつげん》禅師のおかげです。勧進相撲では相撲取りの方々に世話になりました。義仙さんも去ったばかりですが改めて御礼を伝えたいところですね。他にありますか？」

「歩けば歩くほど、御礼を伝えたい人を思いつくかもしれません」

「そうでしょうねえ。そういえば伊豆守様から、将来は剣聖か、傑僧か、無礼討ちかと言われたそうですね」

「はい。でなけりゃ野垂れ死にかなと、おれは思っています」

「そうなっては、私が、御曹司様や、いろいろな方に怒られてしまいますよ。ひとまず、二年で歩ける範囲の人に、御礼を伝えるというのは、いかがですか？」

「はい、罔両子様」

了助は言った。問答は終わりだった。

「なんでよっ！　なんで帰ってきたばっかで、あんたが使いに出されるのっ！」

お鳩が顔を真っ赤にしてわめいた。

了助が、蔵でらかん様に、旅に出ることを報告しているところへ、その話を聞き知ったお鳩がすっ飛んできたのだ。

「武士になったらできないだろ。武士は命令されたところにいなきゃいけないんだ」

「武士⁉」

お鳩が可愛い目をまん丸にした。そのことは聞いていなかったらしい。

了助は微笑んで告げた。

「御曹司様に言われたんだ。御曹司様が藩主になったら、藩士になれって」

「それで、あんた、そうするわけ？」

「うん」

素直に了助は答えた。もう何の迷いもないと態度で示しながら、逆にこう問い返した。

「お前は、大人になったらどうなる？」

「さあ。三味線の手習いとか、どっかの家に入るとか……」

嫁入りするということだ。阿部は、実現するかどうかはともかく、拾人衆に残らず家を与えるつもりだった。きっとお鳩なら、自分の家を手に入れられるだろうと了助は思った。

「おれ、お前と、夫婦《めおと》になれるかな？」

お鳩がぎょっとなった。

「いきなり何よ？」

「武士になったら、そうなれるかなって」

お鳩が、手を握り合わせ、急にもじもじし始めた。

「ちょっと、やめてよ。そのために武士になるって言ってるみたいじゃない」

「そうだよ。嫌いなものを嫌わなくなって、好きな相手をもっと好きになるためだ」

了助は真面目に言った。お鳩がまた違う意味で、顔を真っ赤に染め、

「あたしも、あんたのこと好きよ」

ぽつっと言って、そっぽを向いた。

「だからって、お嫁に行くとは限らないけど。あんたがちゃんと帰って来ないんなら、どっかのお家にもらわれるんだから」

「帰って来るよ」

「どうだか」

了助は、まだそっぽを向くお鳩の両手を取って言った。

「いつか、武士になって、お前と夫婦になりたい。な、旅に出させてくれよ」

「なんであたしに頼んでんの。勝手に行けばいいじゃない」

「そんなこと言わないで、頼むよ」

「馬鹿」

「頼む」

この上なく真剣な顔の了助に、とうとうお鳩が噴き出し、両手を握り返しながら綺麗な声で笑った。了助もやっと安心して笑顔になった。

お鳩は、了助の手をおのれの頬に当て、さも仕方がない、というように言った。

「もう、本当に馬鹿だね。気をつけて行ってらっしゃい。ちゃんと帰って来るんだよ、了助」

了助は、お鳩の滑らかな頬を感じ、いつか、お団子はいるか、と芥溜で訊かれたときのことを思い出しながら、うん、と満面の笑みでうなずいた。

かくして、街道にまだ雪が残る晩冬のさなかに、了助は再び旅装をまとった。

行李には、義仙から教えられた種々の品に加え、泰姫から与えられた硯と筆もあった。それらを使って、もしかすると誰かに手紙を出したり、書き置きをしたりするかもしれなかった。

義仙に教えられた通り、路銀を体のあちこちに忍ばせた。路銀はこれまで得た褒賞や、使いとしての駄賃を罔両子から渡されたものだ。罔両子には、関所で必要な品も揃えてもらうだけでなく、了助の身分と移動の目的を保証するため一筆したためてもらってい た。これで、僧ではないが、寺の使いという体裁がすっかり調った。

行李を背負い、木剣を差し、寒さのため頬《ほ》っ被《かむ》りをした姿で、了助は、東海寺の門を出た。逃げてしまおうとするのではなく、行って帰って来るためだった。そのことが了助には、我ながら不思議になるほど嬉しかった。

了助の見送りに、義仙のとき同様、罔両子、三ざる、寺に住まう拾人衆だけでなく、元拾人衆の僧である慧雪までもが、わざわざ早朝から集まってくれた。

「くれぐれもお気を付けて、了助さん。何かあったら、お鳩さんが心配しますからね」

亀一がにこにこして言った。

「そうだぞ、了助。お鳩がどこかへもらわれて行っちまう前に戻らないとだぞ」

巳助までもが、笑顔でそんなことを口にした。お鳩が顔を赤くして睨みつけても、巳助は平気な顔だ。

了助とお鳩の蔵でのやり取りを、たまたま寺にいた亀一が、すっかり聞き取り、巳助や他の拾人衆の面々に話して聞かせたのである。

おかげで、伏丸、燕、鳶一、鷹、小次郎《こじろう》、仁太郎、辰吉、春竹、笹十郎、幸松といった、寺の同房として了助と一緒に暮らした少年たちが、くすくす笑って顔を見合わせ、お鳩をもじもじさせた。小町などは、まるで自分自身が将来を約束されたかのように、感動で目を潤ませている。

みな、からかうような態度でありながらも、とことん嬉しげだった。拾われ子同士が、いつか武士となり、その妻となるなど、空想することすら難しいことなのだ。だのに、それを実現してしまおうとする了助とお鳩に対し、拾人衆の誰もが、救われるような気持ちでいるのは明らかだ。拾人衆同胞の誰かが、そうした望外の境遇を得るならば、自分も少しは高望みできるのではないか。そう思うのは自然なことだった。

罔両子も慧雪もそれがわかっているから、了助が旅から戻って武士となり、お鳩を娶るという、本当に実現するとは限らない筋立てを、今すでに確実となったかのように振る舞っていた。了助やお鳩が、どこかで心変わりしたとしても、それはそれだというようだ。

「あ、そうそう、お鳩さん。了助さんに、餞別は渡しましたか？」

罔両子が尋ねると、お鳩が、みなの注視を浴びて居心地が悪そうに、襟元から御札を出した。旅の安全を祈願するものだ。行李に入れた羽織には、すでに火難除けの札が縫いつけてあるが、もう一つ札が増えたな、と了助は思った。

「はい、これ。怪我とか病気とかしないよう、気をつけるんだよ」

お鳩が差し出す札を、了助はありがたく受け取って懐に入れた。

「ありがとな、お鳩」

たちまち拾人衆が二人をはやした。お鳩が困惑したように眉をひそめて彼らを見やったが、了助と目が合うと、まんざらでもなさそうに、ちらりと笑みを浮かべた。

了助も微笑み返し、お鳩の両肩に手を置いて、

「行って来る」

と告げた。お鳩は、その手におのれの手を置いて、

「行って来な」

ちょっとだけ涙を浮かべながら、笑顔のまま言った。


了助が寺を出発し、まずは海岸沿いの通りに出ようとしたところで、馬上の武士二人が、待ち構えていた。

光國と中山である。了助は行儀良く頭を下げて挨拶した。

「おはようございます、御曹司様、勘解由様。お寺に御用ですか？」

「お前の見送りだ、了助。寺に行っては、お前の同胞や、お鳩の邪魔になると思うてな。勘解由と、ここで待っていたのだ」

光國がにこやかに言って馬を下り、中山も肩をすくめてそうした。亀一ときたら、ほうぼうに話を広めたらしい、と了助は察した。

「わざわざ、ありがとうございます」

「まずはどこへ行く気だ？」

中山が、日光へ向かったときとは違うぞ、と言いたげな調子で訊いた。手紙を出す費用を出してもらえるわけでもなければ、道々で一里塚番士が宿を与えてくれるわけでもないのだと。

「柳生の郷へ行って、義仙様に御礼を言います。それから、京へのぼって、鉄眼様や、関西で相撲をしている明石志賀之助《あかししがのすけ》さんを探して、会えたらいいなと思ってます」

了助が何の不安もなく答えると、光國が、だしぬけに馬の手綱を持ち上げてこう訊いた。

「馬はいるか？」

了助と中山が、茶室でそうしたように眉をひそめた。

「いりません」

了助が即座に断った。

「乗れるわけないでしょう。乗り方も知らず、乗る身分でもないんですから」

中山も溜め息交じりにそう諭した。

「む……うむ。では、旅から戻ったら、馬術を教えてやろう」

了助は、鼻を鳴らす馬を見て、それはそれで面白そうだと思い、

「馬に乗れる身分になれるんなら」

と返すと、中山まで呆れて鼻息をついた。江戸で騎乗が許されるのは、主に二百石以上の武士だけなのだ。

「そうなると約束しよう」

だが光國は断言し、中山に白い目で見られるのも構わず、

「お前が乗る馬を用意しておいてやる。しっかりと旅を済ませ、無事に戻れ」

とまで付け加えた。

「はい。ありがとうございます。それでは、行って参ります」

了助は、また頭を下げると、光國と中山の横を通り過ぎ、北へ足を向けた。

「待て待て、そちらは江戸へ戻る道だぞ。柳生の郷へ行くのではないのか？」

光國がびっくりして尋ねるのへ、

「その前に、少し、地獄を払っておこうと思って」

了助が答えると、すぐに光國も中山も納得したような顔になった。

「お見送り、ありがとうございます」

了助は、重ねて礼を口にし、そのまま品川の北へと向かった。

札の辻で火刑に処された四郎時貞が、そこに晒されていた。首無しの鶴市、焼け焦げた錦と三弥の骸も、他の賊の骸とともに、刑場の一角に打ち棄てられていた。

火刑で罪人が晒されるのは三日三晩と決まっており、そのあとは、地面に放置し、鳥や野犬が食い漁るに任せるのだ。そうして天地自然に還り、墓が作られることもなく、人として生きた痕跡は一切失せる。それが大罪人の末路だった。

了助がそこへ足を運んだとき、草と砂ばかりの地に、まだ焼け焦げた遺体が積み重なって残っていた。

火刑では、罪人が死んだあとに止め焼きを行う。男なら鼻と陰嚢を、女なら鼻と乳房を焼くのだ。おかげで、誰が誰だかわからぬ焼死体の山としか見えなかったし、早くも鳥獣に荒らされているせいで、人の形をしているものの方が少なかった。

それでも、よくよく見れば、誰が誰だかおぼろげに理解された。首がない骸は鶴市だった。隻腕は錦氷ノ介だった。大柄なのは三弥。そして、顔面と股間が真っ黒に焼けただれているのが、四郎時貞だ。

それ以外にも多数の骸があったが、どうにか、その四人を判別することができた。

了助は彼らのなれの果てを眺め、果たして二つ目の生を勝ち得たのだろうかと思った。

そうであっても、そうでなくても、自分には関係がないことはわかっていた。

命を惜しく思って生きると決めた身にとって、死後のことは別問題だった。考える必要のない問いと言っていい。死んだらどうなるのか、という不安や疑問が降り積もるなら、心の塵として払うだけだ。

了助は、霜を帯びる草地に行李を置き、木剣を抜くと、頰っ被りを取って首に提げた。それから、木剣を肩に担ぎ、無惨な骸の群へ、渾身の力を込めて振るった。

ぶん、と我ながら良い音がした。もしここに叶慶がいたら、振り抜けたな、と言ってくれただろうと思った。

了助は木剣を差し、再び行李を担いで頰っ被りをした。

しばし骸の群を眺めたが、自分の心に迫る地獄は、もうなかった。塵一つ降ってこない。そう確信し、了助は死者たちに手を合わせ、そして背を向けた。

海沿いの道を南へ下るうち、やがて西へ向かう道に入った。了助は、まだ知らぬおのれとこの世へ通ずるその道を、浮き身と言っていいような軽やかな足取りで迷いなく歩いていった。

解説

末國善己

歴史時代小説には、吉川英治『宮本武蔵』、藤沢周平『蟬しぐれ』、宮本昌孝『剣豪将軍義輝』、葉室麟『あおなり道場始末』など、剣の修行を通して成長する若者を描く青春小説の系譜がある。冲方丁〈剣樹抄〉シリーズも、この列に加わる作品である。

物語の舞台は、明暦の大火の直後、四代将軍・徳川家綱の時代で、火災に強い新たな江戸が再建されている途上である（今の東京に痕跡が残る江戸の町並みの多くは、明暦の大火後の都市計画で造られたものである）。江戸時代に入ると武士は兵士ではなく官僚としての役割を求められ、武術や学問に秀でていても親の跡を継ぐだけで出世は望めず、家督は長子相続が原則になったので次男以下は養子先が見つからないと実家で飼い殺しのような扱いを受けた。まだ合戦で武勲をあげれば出世ができた戦国の気風が残っていたので、生まれてきた時代が悪かったと自暴自棄になり暴力沙汰を起こす武士も少なくなかったようだ。社会に殺伐とした空気が流れていただけに、作中で描かれるような火付け、盗賊との派手な戦闘があっても不思議ではなく、著者はアクションもあれば頭脳戦もある諜報戦を描くのに絶妙な時代を選んだといえる。なお戦国的な武断の気風が排除され文治政治になっていくのは、本書の舞台となる家綱の時代以降になる。

徳川光國は、父の頼房に特殊な能力を持った捨て子を間諜に育てる幕府の隠密組織・拾人衆の束ねを引き継ぐよう命じられる。明暦の大火を起こした火付け犯を追う光國は、その一味らしい浪人に木剣を手に我流の剣法で立ち向かう了助を目にし、剣の才能を認め拾人衆に引き入れる。拾人衆は、コナン・ドイルが生んだ名探偵シャーロック・ホームズを助けるストリートチルドレンの集団ベイカーストリート・イレギュラーズを、拾人衆に一度見たものは忘れず絵に描けるみざるの巳助、一度聞いた声を真似られるいわざるの鳩、遠くの声が聞き取れるきかざるの亀一ら異能の持ち主がいるのは、一芸に秀でた食客を集めた孟嘗君の逸話を想起させるので、拾人衆は西欧のエンターテインメント小説と東洋の歴史から生まれた異色のハイブリッドに思えてならない。

明暦の大火が広がった裏には、火付け、強盗を繰り返す極楽組の暗躍があり、さらなる陰謀をめぐらす極楽組と了助ら拾人衆との戦いが本格化する。その過程で、実父を殺したのが自分が慕う男と知った了助は仇討ちをしようとするが、列堂義仙に取り押さえられ、廻国修行として日光へ向かう。これが『剣樹抄』と続編『剣樹抄　不動智の章』の概要で、シリーズ第三弾となる本書『剣樹抄　インヘルノの章』は、了助と義仙の旅の途中から始まる。前作のタイトルは、何物にも動かされない智慧を意味する仏教語で、義仙との旅で禅に触れた了助が、実父を殺した男への恨みを乗り越えようとした。キリスト教で地獄を意味するインヘルノをタイトルにした本書は、過去に囚われ憎悪を募らせた者たちが江戸を地獄にする陰謀に、成長した了助が挑むことになる。

〈剣樹抄〉シリーズは巧みに虚実を操っており、勝山、水野十郎左衛門、幡随院長兵衛ら実在の人物のエピソードを物語にからめている。さらに無宿人に育てられた了助の目で、武断から文治への世の変化に対応できなかったり、昔を懐かしんで変化を拒む者たちが起こす事件を見ることで、武家社会の矛盾を暴いている。シリーズ全体を貫く構図は、長引く経済の低迷が好景気だった昭和を懐かしむ風潮を生み、生活のために理不尽に耐えることを強いるケースもある現代日本と重なる。了助が迷い苦しみながらも、こうした後ろ向きな思考に立ち向かうからこそ感動と痛快さが味わえるのである。

〈剣樹抄〉シリーズは現代の特に若い世代が共感できる物語になっているが、それだけではない。了助の宿敵になる剣客・錦氷ノ介は、初登場時は隻腕で後に隻眼になり、「悪目立ちする姿と美貌」で口元には冷笑をうかべ、「女物の羽織をわざわざかけて風になびかせ」る傾《かぶ》いた格好をしている。隻眼隻腕、女物を身に着けているところは林不忘が生んだ怪剣客・丹下左膳を、また美男子でニヒルなところは柴田錬三郎が生んだ眠狂四郎を彷彿させる。日光を目指す了助と義仙の旅は、財宝の在り処を記す「こけ猿の壺」を手に入れた少年チョビ安を守って丹下左膳が日光へ向かう林不忘『丹下左膳　こけ猿の巻』『丹下左膳　日光の巻』を思わせるなど、名作のエッセンスが導入されているので、古くからの時代伝奇小説のファンも満足できるだろう。列堂義仙（創作物の中では柳生烈堂などの表記もあり）は、小池一夫原作、小島剛夕画の劇画『子連れ狼』などの影響もあり、汚れ仕事を引き受ける柳生の刺客集団・裏柳生のトップとされることも多いが、著者は柳生家の菩提寺・芳徳寺の初代住持になった禅僧という史実に近い列堂を描いてジャンルの刷新を行っており、剣豪小説好きは驚きが大きいのではないか。

本書の第一話「東叡大王」では、捕縛された極楽組の頭領・極大師が江戸に護送され、水戸家の蔵屋敷に造られた座敷牢に入れられる。極大師は、尋問に来た光國に「全国の反幕の士、賊、侠客の、顔、名、出自、生業」などが頭に入っているというが、それが真実なのか、真実であるとしても何らかの謀略が隠されているのか判然としないだけに、二人のやり取りには裏を読み合う静かながら息詰まるサスペンスがある。極大師は朝廷を巻き込んだ謀略の存在を臭わせるが、これは後水尾天皇（退位して院になった後も）が朝廷、公家への統制を強める幕府に抗った史実をベースにしている。このモチーフは、五味康祐『柳生武芸帳』（未完）、隆慶一郎『花と火の帝』（未完）などでも用いられているので、興味がある方は本書と読み比べてみて欲しい。

続く「八王子千人同心」では、豊臣秀吉に関東へ国替えさせられた徳川家康が、召し抱えていた甲斐武田家の遺臣を八王子城下の警固に当らせたことに始まり、その後、やはり武田家に仕えていた大久保長安の発案で増員し成立した八王子千人同心の千人頭・

石坂正俊が、江戸城内で道に迷い違う部屋に入ったため十人の千人頭全員が「躑躅の間」詰めから「御納戸前廊下」詰めへ降格させられた史実が描かれる。だが作中で指摘されているように、千人頭が道に迷うのも、その後の処分も不可解なのだ。著者は、正俊の事件の裏を独自に解釈して歴史を読み替え、家康の側近になるも公金横領で処分された長安とその一族、禁教令による弾圧が続く切支丹ら、幕府に叛旗を翻す可能性がある集団と、汚い手を使ってでも反幕組織を抑え込もうとする幕府との暗闘を浮かび上がらせていく。

再び江戸を焼き尽くしインヘルノに変えようとする敵に対し、光國は困窮する浪人を集めて幕府転覆を目論んだ由井正雪の名を冠した絵図を参考に、敵の動きを推察しようとする。江戸は何度も火災の被害に遭っているだけに、敵の付け火が成功するのか、失敗するのかが史実を知っていても読めず、終盤に向けた緊迫感は圧倒的である。

本書では、了助の剣の師であり、精神の師でもある義仙が、敵と戦い凄まじいアクションを見せ、剣を捨て禅僧になった悲しい事実も明らかになる。禁教令で棄教を拒む多くの切支丹が殺されたが、処刑に倦み病と称して職を辞す者が続出した。そこで幕府は切支丹を処分する「禁教の士」の派遣を決め、義仙もその一人に選ばれ死体の山を築いた。自分を殺す者の幸いを祈る切支丹を処刑した義仙は、罪悪感を植付けられ剣の修行を名目にして乱暴狼藉に明け暮れた。それでも義仙は、人を殺すのではなく人を活かすための「活人剣」を習得することで救われたいと考え、剣の修行だけはやめなかったという。

武士として生まれ上からの命令は絶対と信じていた義仙は、多くの切支丹を殺したことで、悪夢に苦しめられるようになるが、剣の修行を続けて悟りを得て、武士としての自分を消し一個の人間になれた。実父を殺され敬愛している犯人を殺したいという地獄を見た了助は、義仙の告白を聞き、どのようにすれば自身の地獄が払えるかを考えるようになる。光國と了助が追う極楽組とその協力者も、政争に敗れたり、一方的な、あるいは理不尽な処罰で平穏な生活を奪われ地獄に叩き落された経験を持っているが、地獄を抜け出すのではなく、無関係な人を巻き込んでも地獄を広げようとしている。江戸を地獄にするという執念が結実するクライマックスは凄まじく、了助たちの戦いも苛酷になっている。この戦いは、地獄の底まで落ちる道と地獄を克服しようとあがく道では、どちらを選ぶ方が幸福になれるのかを問い掛けているのである。

著者が史実を掘り下げ、壮大な陰謀の原因を敗者の怨念にしたのは、〝問題の先送りやミスの放置が数年後、数十年後に思わぬ形で災厄に繋がる状況には普遍性がある〟と示すためだったように思える。常に自分の力では修正できない歴史の流れに翻弄される小さな個人は、生まれた時代、家庭環境、友人関係、導いてくれる先生や上司の違いによって人生が左右されるのも珍しくない。あまりに長く不遇が続くと、その原因を悪い時代、悪い家庭、悪い友人、悪い先生などに求めダークサイドに落ちる危険があるが、地獄を見ながら踏みとどまり逆に地獄を払おうとする了助は、ついに一つの結論を得る。光國、罔両子、義仙らに導かれながら極楽組と長く戦い、多くの死者を目にすることで成長した了助がたどり着いた境地は、主要先進国の中で若者の自殺死亡率がトップの現代日本で生活するすべての人へ向けた強いメッセージになっているのである。

本書のラストを読むと、人生は長い旅なので明るい時も暗い時もあるが、諦めずに生き続けなければ楽しいことが経験できないと気付かせてくれるはずだ。

（文芸評論家）

文春文庫

剣樹抄《けんじゅしょう》　インヘルノの章《しょう》

定価はカバーに表示してあります

2024年6月10日　第1刷

著　者　冲《うぶ》方《かた》丁《とう》
発行者　大沼貴之
発行所　株式会社 文藝春秋

東京都千代田区紀尾井町 3-23　〒102-8008
TEL 03・3265・1211(代)
文藝春秋ホームページ　http://www.bunshun.co.jp

落丁、乱丁本は、お手数ですが小社製作部宛お送り下さい。送料小社負担でお取替致します。

印刷製本・TOPPAN

Printed in Japan
ISBN978-4-16-792227-6